大英图书馆

·侦探小说黄金时代经典作品集·

湖区疑案

THE LAKE DISTRICT MURDER

［英］约翰·布德 著

钱竞 译

中国青年出版社

序　言

约翰·布德在完成了那部有趣的处女作——《康沃尔海岸疑案》之后，马上投入再创作。就在同一年——1935年，斯基芬顿出版社出版了这部《湖区疑案》。从这两本书的书名，我们就可以看出布德的创作思路：把故事设定在英国的风景名胜区，希望以真实背景兼具神秘的谋杀情节吸引读者。这是一个精明的营销策略。但如果作者对地点缺乏真实体验是难以成功驾驭的。幸运的是，布德不仅熟悉那里，甚至是深深热爱着那美丽的湖区。

故事始于3月的一个晚上，在北部湖区一条偏僻道路的附近，有个农夫在德文特修车厂的一辆车里发现了一具可怕的男尸。这一案件交由梅瑞狄斯督察调查。乍一看，犯罪现场证据显示杰克·克莱顿属于自杀身亡。但老道的侦探小说迷们仅凭书名便可看出,事实绝非如此简单。克莱顿没有自杀理由:他精神很好,已与一位叫莉莉·里德的年轻漂亮姑娘订婚。随后,梅瑞狄斯还发现克莱顿正计划移居国外,而且其银行账户里有巨额存款,路边修车厂的一半利润对他来说仅为太仓一粟。但如果克莱顿是被谋杀的,动机又是什么呢?

布德在他的第一部小说中,采用了一些拿业余侦探与警方作对比的创作手法,但本书从头到尾都聚焦于对梅瑞狄斯不屈不挠寻找真相的刻画:"无论欧洲大陆其他国家或美国如何诟病英国警方,也绝不会说英国警方不够细致。"

重点不在于"谁干的",而在于如何证明。今天,受阿加莎·克里斯蒂非凡成就的影响,存在一个普遍的假设——即20世纪30年代的侦探小说总是以乡村别墅或像圣玛丽米德那样的美丽乡村为背景。事实上,当时的侦探小说家有更丰富的写作手法,布德的方法则师从于弗里曼·威尔斯·克罗夫茨。

克罗夫茨(1879~1957)在鼎盛时期,被许多人认为与克里斯蒂齐名甚至更有名气,这些不吝赞誉的人中就有侦探小说迷兼业余评论家T.S.艾略特。从1920年那部广受欢迎、影响深刻的《谜桶》开始,克罗夫茨专注于描写警方工作,其中的关键情节往往是侦探如何摧毁牢不可破的不在场证明。克罗夫茨对故事结构的极度关注，给读者以及其他作者留下了深刻的印象。他有相当多的门徒，包括亨利·韦德和G.D.H.科尔等。在这里，约翰·布德也交出了一部令克罗夫茨引以为傲的作品。

梅瑞狄斯督察既不是一个怪才，也不是任何一种特立独行者。他是一名机智的、善于合作的、平凡的、勤奋的职业警探，有一位吃苦耐劳的妻子和精力充沛的十几岁的儿子。在对克莱顿案相关人员审讯之后，通过种种细枝末节，梅瑞狄斯归纳总结出了有罪指控。那些线索很小，但意义重大——有趣的是，其中一条甚至是关于阿道夫·希特勒式小胡子的。

尽管把湖区当作吸引读者兴趣的"诱饵"，布德还是明智地避免把小说变成游记。我们看到的是湖区人们生活和工作的地方风情，而不是旅游指南。布德笔下的湖区常常出现安静的酒吧和孤零零的车站，城镇和乡村里和蔼可亲的银行经理、身材魁梧的油罐车司机，以及负责购物、做饭、打扫、缝纫、修补、洗衣、熨烫的——周薪10先令的妇女。

避开安布尔赛德或温德米尔那些热闹的地方，布德喜欢将故事情节设定在普通沿海城镇，如怀特黑文和玛丽波特，因为这样更加真实可信。本书虽产生于侦探小说的黄金时代，但却脱离了那些构架的虚拟世界——比如藏书室的尸体，抑或是洲际列车上发生的精心策划的谋杀。在小说结尾，梅瑞狄斯得到了当之无愧的晋升，他从开始在布德的谋杀故事中崭露头角到1957年去世，共出现了30次之多。

《湖区疑案》出版三年后，穆纳·李和莫里斯·吉尼斯（以牛顿·盖尔为笔名）短暂爆发式地创作了五部侦探小说——其中《险恶峭壁》也是发生在湖区山脉的谜案。但他们给出的是旁观者视角；而布德则展现了一个更广阔、更真实的图景——美丽世界一隅中的生存和死亡。

布德，真名欧内斯特·卡彭特·埃尔莫，1901年出生于肯特郡，其文学生涯始于一些奇幻故事——如1928年出版的《钢蛆》和两年后的《塞壬之歌》。尽管现在以侦探小说闻名，但实际生活中他是剧院制片人和导演。布德1953年成为侦探小说作家协会创始人之一。今天，他前两部小说版本非常稀有且备受收藏家的追捧，引起了新一代读者的高度关注。约翰·布德本人也恰似一个朴实无华但精巧十足的谜案，理应拥有更高的知名度。

英国警衔说明

由于"侦探小说黄金时代"系列小说的故事发生地主要在英国,书中机警睿智的侦探也以英国警察为主,所以在读者阅读本书之前我们先对英国的旧时警衔和称呼做一些简略介绍,以便读者更好地理解小说背景。

英国的旧时警衔主要分为5等(从高到低):

警察总监(Chief Constable);

警司(Superintendent)/总警司(Chief Superintendent);

督察(Inspector)/总督察(Chief Inspector);

警长(Sergeant);

警员(Constable)。

伦敦以外地区的警署还有以下几种职级(从高到低):警察局长(Chief Constable)、警察局副局长(Deputy Chief Constable)、助理警察局长(Assistant Chief Constable)。

另外,对于担任刑事调查部门或其他某些特别部门职务的警务人员,一般会在他们的职级之前加有"侦探(Detectives)"前缀,本书中译为"警探"。此类警务人员由于职责性质特殊,所以一般不穿制服,而着便衣执行任务。

在警务人员的升迁或训练等临时过程中,他们的职级还会加有"实习(Trainee)""临时(Temporary)""代理(Acting)"的前缀。

目　录

1	第一章	车中尸首
11	第二章	梅瑞狄斯着手侦查
25	第三章	软管之谜
36	第四章	银行的线索
43	第五章	动　机
58	第六章	引起轰动的判决
67	第七章	路边的运油车
84	第八章	普林斯和贝特尔的解释
95	第九章	洛斯维特案
107	第十章	油库的发现
124	第十一章	第二个谜团
134	第十二章	非法交易？

149	第十三章	梅瑞狄斯启动计划
161	第十四章	一升杯子两升水
176	第十五章	度量检验员
194	第十六章	蜜蜂头啤酒厂
207	第十七章	棉布袋
224	第十八章	梅瑞狄斯一探究竟
240	第十九章	管　道
252	第二十章	海军上将酒店
269	第二十一章	犯罪案情重现
284	第二十二章	间接证据
308	第二十三章	最终围捕

第一章

车中尸首

从凯斯维克小镇向北出发，在德文特湖畔有一条小路。它沿着风景如画的波廷斯凯尔村庄蜿蜒而上，继而近乎笔直地穿过广阔平坦的山谷，最后止于山阴下的布雷斯韦特小村。沿着山谷北上的车流涌动，在夏季更是如此；由于这是通往山谷的唯一道路，前往巴特米尔山谷度假的游客们一定会经过这里。这条路还将内陆的坎伯兰郡各镇与怀特黑文、沃金顿和玛丽波特连接起来。

大约在波廷斯凯尔到布雷斯韦特的半道上，分出一条人烟稀少的岔路。路边是广阔的草甸，草甸上建着一座用石头与水泥砌成的汽车修理厂。修车厂看上去还算新。路边混凝土浇筑的停车场边竖立着几个加油机，这样停靠加油的车辆便不会造成交通堵塞。修车厂本身是简约的长方形平顶建筑。厂房的一边紧靠着一间用砖搭建的披棚，上面架着波纹状的铁皮顶。在厂房朝布雷斯韦特方向十步开外的地方，建着一座小小的石屋，屋上盖着石板瓦。石屋离路边约15米远，屋前是一座凌乱的花园，园中栽着几棵野山楂树，由于常年风吹，长势不佳。这一小片孤立的建筑称不上漂亮，让人感觉一个人若不是只有靠此勉强糊口，是不会愿意栖身于此处的。

3月底一个风雨交加的夜晚，一台破旧的福特T型车驶过波廷斯凯尔空寂无人的街道，车身咔嗒作响。驾车的是一位60岁左右的农夫，他面色涨红，看上去是个直率豪爽的人。他刚刚在凯斯维克小镇参加完农民协会聚餐，正返程回家。他心情愉悦，与世无争，感觉世间一片祥和。因为他身体健朗，足够抵御寒冷。而他福特车的发动机历经多年依然运转如丝般润滑。只要20多分钟，他想着，就能回到布雷斯韦特的家中，在熊熊燃烧的炉火边烤着脚丫，肘边摆着一杯睡前小酒，给欢乐的一晚画上圆满的句号。

但命运之神往往不这么看，他们常常会在你喝着小酒，感觉十分惬意的时候，突然出手。此刻命运之神突然降临，决定农夫卢克·佩里曼今夜必定难眠。

他刚刚驶离村庄边缘的几家农舍，福特车的引擎便爆发出了一连串咳嗽般的异响，逐渐熄了火。卢克低声骂了句粗话，把车靠到路边，将外套的衣领扣紧，从口袋里掏出手电筒，去检查汽车出了什么问题。他没查多久，事实证明他的第一反应是正确的，车没油了。

所幸卢克对这条线路非常熟悉。尽管他在夜色中看不远，也知道再向北约400米处，道路有个小小的拐弯，德文特修车厂就在那里。他没有带备用油罐，没办法，只好低头冲入风雨中，带着怒气迈开沉重的脚步，向布雷斯韦特方向走去。

很快，光亮处一排加油泵映入眼帘。几分钟后，卢克走到了修车厂前方。尽管主屋里点着一盏灯，还是透出一股久无人住的萧瑟气象，给人一种荒无人烟的感觉。卢克提高了嗓门，喊人来帮忙。他注意到了一个门铃，显然与小屋相连，按了一下，但等了一会儿依然没有回应。他正准备前去查看透出光亮的窗户时，突然又站定了，仔细地听着声音。在呼啸的狂风声中，他隐约听到了发动机的声响。起初，他以为是有辆车沿路开过来了，但他忽然意识到，这声音是从厂房南面的披棚里传来的。

卢克有些疑惑。披棚里没有点灯，否则尽管门是关着的，也会有一点光透出来。他的第一反应是，有人在杰克·克莱顿和他的搭档马克·希金斯发动车后，把他们叫走了，他们忘了回来关发动机。

他推了下门把手，发现门没有锁。他打开门，用手电筒往里面照去。随即一股刺激难闻的气味，让他屏住了呼吸，连连咳嗽。披棚门打开后，气味慢慢淡了。手电筒发出的光圈从车的后部慢慢移动到了驾驶座上。他看到一个人坐在那里，背对着他。他从肩膀处认出那是克莱顿。

他喊了一声："克莱顿，怎么没听见我喊你们？我没汽油了，把车丢在了路边。"

那人没有回应，让卢克十分意外。卢克有点担心，他走到了车前方，把手电筒照在那人的脸上。他此生从未受此惊吓。他的脸呢？他的脸部恐怖异常，混沌一片！

老佩里曼十分恐惧，花了几秒时间才恢复了理智。他脑子尽管转得慢，还是立刻意识到自己见证了悲剧，还是最为赤裸裸、场面骇人的悲剧！

那人的头上裹着沾着油渍的雨衣，脖子上缠着一条麻绳。从后面看时，卢克把雨衣当成了一顶普通的皮制头盔。他惊慌失措，无暇多想。他把手电筒放在前排座位上，伸出一双颤抖的手，笨拙地解开绳子，把帽子拉到一边。接着，他惊恐地叫起来，然后又站回去，盯着他面前可怕的幽灵。是克莱顿没错！克莱顿的脸扭曲得可怕，唇色泛蓝，目光发直！他摸了摸他的胸，没有心跳！他的手也是冰凉的！

他在巨大的压力下还没有完全意识到，当他松开麻绳时，有什么东西从雨衣下滑了出来。他听到有东西滑到了副驾驶的软垫上，发出砰的一声。他快速地看了一眼，突然明白克莱顿为什么死了。

他匆忙关上门，一时犹豫不决，无法决定要不要去看看那座小屋是否真的空无一人。他想，如果真的有人在场的话，应该在他按铃的时候就在那里。于是他吃力地走回主厂房，找到了一罐汽油，然后朝自己的车小跑过去。在不到5分钟的时间里，他就开着自己的T型车，以最快速度驶向凯斯维克警局。

福特车抵达警局时，刚好晚上10:00。幸运的是，梅瑞狄斯督察仍在大楼里。拖欠的日常工作让他加班到深夜。当一个警员把农夫带进办公室时，梅瑞狄斯抬起头笑了。

"天呐，先生。"他的声音洪亮又令人愉快，"你不会来告诉我你的车被偷了吧，你可没法说服我。"

可怜的老卢克上气不接下气，被他的发现吓坏了。他跌坐在椅子上，一开口就让督察收起了笑容。

"我也希望如此。但这事很严重，督察。是德文特修车厂的小克莱顿。"

"怎么了？"

"我想他自杀了。"

"自杀！"督察伸手去拿他的帽子。

"你的车在外面吗？佩里曼先生。"

卢克点了点头。

"那你在路上和我详细说吧。"

当他们经过办公室外间时,梅瑞狄斯转向那个警员说道:"雷顿,给伯尼医生打电话,请他尽快到布雷斯韦特路上的德文特修车厂见我。然后你骑上警用摩托车来找我们。"

老福特车又一次在雨夜开了出来。卢克·佩里曼把细节一点点说给梅瑞狄斯听,等他一个人说完了,督察咕哝道:

"今晚不太愉快吧,佩里曼先生。看来我今晚也要辛苦了。你了解这个小伙子吗?"

老卢克想了一下。

"我了解,但也可以说不了解。我听说他和汤姆·里德的大女儿莉莉订婚了。你也许认识他,他是布雷斯韦特的仓库管理员。但我除了和克莱顿聊过几句生意,我也不敢说我了解他。"

"我想那姑娘住在店里?"

"是。"

"那克莱顿的搭档呢?你了解他吗?"

卢克摇了摇头,然后说道:"尽管从各个角度来说,克莱顿才是有商业头脑的那个。我听说——我要强调,我并不知道——希金斯有点太喜欢喝酒。"

梅瑞狄斯记下了这条信息。有没有可能是因为希金斯把利润都喝没了？这可能导致克莱顿自杀。

然而他没时间再去推理了。福特车的刹车发出了尖厉的声音，车停在汽油泵旁边的水泥地上。梅瑞狄斯立刻跳了出来，卢克关掉了汽车的引擎。督察在风中听到了先前引农夫走到事发地的声音。他大步走到棚子前，打开双开门，把灯照进室内。

"里面没有灯吗？"他问。

卢克承认他被自己的发现吓坏了，没找过开关。不过梅瑞狄斯很快在门边找到了开关。电灯立刻照亮了棚屋。

"我想你没有移动尸体吧？"

"没有。我只碰了这家伙头上的雨衣，还有他脖子上的绳子。督察，我当时不确定他是不是死了。"

"那没事。"

梅瑞狄斯探身到仪表盘上方，关掉了发动机。

"那，我们来看看他到底是怎么死的。"

一番检查后，摸清了状况。汽车尾部排气管上的鱼尾消音器被拆下了。在排气管的末端，装上了一段普通人家用来给花园浇水的软水管，这段软管从汽车的后座穿过老式的敞篷旅行车，经过克莱顿的雨衣下面，软管的末端绑在克莱顿的头上。当农夫把雨衣取下来时，软管掉在了前排的座位上。

"干净利落！"梅瑞狄斯在检查完后直截了当地说。

一辆车在公路上摇摇晃晃地开过来，停在了福特车后面。"你好！请问哪位？"梅瑞狄斯接着问道。

一个穿着束腰大衣、身材魁梧、精力充沛的年轻人走进了光亮中。

"晚上好，督察。我接到警局电话时正在停车。这里发生了什么？"

梅瑞狄斯几句话向伯尼医生勾画了卢克的发现。伯尼医生立刻彻底地检查了尸体的外部。几分钟后，他报告道：

"毫无疑问，梅瑞狄斯，死因是因吸入废气而窒息。你应该知道，汽油燃烧的主要产物之一是一氧化碳。他看起来好像吸入了相当大的剂量。"

"你觉得他死了多久？"

"很难确定精确时间，大概2～3小时。当然，这也因人而异。"

正当他们进一步讨论这件事时，雷顿骑着摩托车来了。梅瑞狄斯派他到小屋去调查。他很快就回来说，客厅里虽然点着一盏灯，但还是空荡荡的。

"看来希金斯不在。"督察总结道，"我们得尽快联络上他。现在，我们把尸体搬到小屋里吧，那里更私密些。行吗，医生？"

医生同意了，梅瑞狄斯和雷顿走过花园小路，把尸体扛到小客厅里的马毛沙发上。伯尼医生又做了一次检查，但没有改变他的初步意见。与此同时，梅瑞狄斯充满兴趣地环顾四周。

桌子上盖着一块白布，上面放着一顿饭，是下午茶。茶壶的盖子放在一旁，壶里已经放了一匙左右的茶叶。还有，梅瑞狄斯很快注意到，房间里有一股奇怪的、金属燃烧的气味。几乎是出于本能，他向厨房望去。在一个老式的厨房里，炉火已经熄灭，只剩下一把燃烧后的余烬，上面放着一只黑色的大水壶。梅瑞狄斯拿起它，毫不意外地发现水壶已经烧干了，底部已经开始融化。

梅瑞狄斯很困惑。克莱顿竟然把饭摆好，把茶叶放在茶壶里，把水壶放在炉灶上，然后突然离开了小屋去自杀。他自杀的方法应该是预先设计好的，雨衣、绳子、水管——都说明了这是一个精心策划、巧妙执行的自杀事件。既然如此，他为什么要做这么多饭前准备？是不是有什么事情突然发生，让克莱顿自杀了？但可以肯定的是，早上的几个小时更适合自杀，比傍晚路上车来车往的好。

他转向雷顿。

"你知道有没有女人在照顾克莱顿和希金斯吗？"

雷顿摇了摇头。

"不，长官。不过，我恰巧知道下午2:00后斯温利太太会从波廷斯凯尔来打扫。但没和他们住在一起。"

梅瑞狄斯想着会不会摆好晚餐是斯温利太太的职责。这样就能解释很多疑点，但还不能解答全部问题。比如说水壶吧，她肯定不会在下午2:00就开始烧水，为一顿可能在下午6:00吃的饭做准备。他向医生提醒这一事实。

"我承认，这很奇怪，"伯尼医生点评道，"但想自杀的人常常做怪事。"

"你还有需要补充的吗，医生？"

"没有了。不过看起来克莱顿在自杀前喝了很多威士忌。我注意到他的嘴唇周围有一股淡淡的酒精味，但除了通常的窒息症状外，这个年轻人似乎身体健康。当然，我会写在官方报告里。等调查日期确定后，请给我打个电话。"

督察和伯尼医生走到门口，握了握手。督察目送医生开车离去，然后，苦思冥想着回到房间，给卢克·佩里曼做正式笔录。

第二章

梅瑞狄斯着手侦查

卢克·佩里曼被自己的发现吓坏了。在他颤颤巍巍地开着福特车走了后,梅瑞狄斯松了一口气。他现在可以把全部注意力集中在手头的事情上了。现在已经过了晚上11:00,他觉得没必要通知里德小姐了,明早再说也可以。话说回来,希金斯在哪里?他和克莱顿最为亲密,应该找到他。

"要想找到希金斯不是一件容易的事。"他对雷顿说,"他可能整个周末都不在。我们没法找到他在哪里,是不是?"

雷顿想了想。

"布雷斯韦特有个'猎犬追兔'酒吧,店主叫弗雷迪·霍格。希金斯是他的常客,他也许会知道。我可以骑车去问一问,督察。"

梅瑞狄斯立刻同意了这个提议,雷顿就此出发。如今一人面对尸体,梅瑞狄斯的思绪又一次回到了晚饭和烧坏的水壶上。不知为何,他无法接受伯尼医生浅显的解释。的确,自杀往往由暂时性精神失常导致,但在本案中,一切证据都表明克莱顿并不是一时兴起。就拿软管来说吧,梅瑞狄斯注意到软管正好能卡在汽车的排气管上。这也许纯粹是个巧合,但也可以是预谋行事的有力证据。

还有一个问题,克莱顿为什么留了一盏灯?如果他不想被人打断,亮着灯就太奇怪了。如果客人在修车厂里找不到人,又看到棚屋里亮着灯,自然会来看一看。如果棚屋也无人回应,他们一定会觉得出了事。还有一点——时间。在这个时间点,路上一般都会有汽车,更别说这是周六晚上了。如果有人停在加油泵旁,关掉发动机,他一定会听到棚屋里车子的引擎声。

梅瑞狄斯越想越觉得不对劲。

他四处寻找,看看克莱顿是否留下了给验尸官或未婚妻里德小姐的遗书。他在房间里粗略地翻了一番,什么也没有发现。他开始仔细地检查死者的口袋。

克莱顿穿着一套深色工装裤,里面是一件闪亮的蓝色休闲服。从工装裤里,梅瑞狄斯取出一个可调扳手,一卷绝缘胶带,一两个五瓣螺母和螺栓,一块油布。他把这些放在了桌上。从休闲服的口袋里,他只找到了小刀、一串钥匙、一包唱片、火柴等，都是克莱顿那样的人明显会带的东西。他没找到遗书。

梅瑞狄斯熄灭了灯，关上小屋的门，回到披棚里。这次他更仔细地检查了软管与排气管的连接处。然后他戴上皮手套，谨慎地边扭边拔。他花了些时间，最后终于将软管卸了下来。他立刻注意到一个新的细节。软管套在排气管上的那端是最近新剪的。白色的橡胶被剪断了，留下了一个干净的截面，塞在雨衣下面的那端则脏兮兮的，有磨损的痕迹。

"这个细节也能证明是有预谋的。"梅瑞狄斯想，"这条软管显然剪到了正好够用的长度。"

然后，他从后轮轴下捡起鱼尾消音器。他注意到这本来是用螺栓夹固定在排气管上的，便试图把它放回原来的位置。经过不断地边扭边拽，最终成功了。修车厂里值得注意的东西都看过了，他心满意足地关掉灯，回到了小屋里。

披棚里的发现让他更加疑惑，他开始在小房间里踱来踱去。克莱顿显然提前量好了长度，把软管切割好。但是，在他做了周密的准备之后，他又做了什么呢？他准备好饭菜，悠闲地走出小屋，又随意地自杀了！肯定出了什么问题！一个人不会细心地设计好自杀步骤，然后突然转变策略，草草地执行计划。

这些不合常理之处困扰着梅瑞狄斯,他拉下手套,放在白色桌布上。他不是沉溺于浮想联翩的人。他一直认为,理性是刑事调查的根本。这个案子里,他的理性判断是什么?这是不是代表了……

他突然从沉思中回过神来,发出一声惊叹。他紧紧盯着桌布。桌布显得不那么白了,是手套把它蹭脏了。一道灵光乍现。他的手套是在摆弄鱼尾消音器时沾上了污垢。他立刻意识到,要是有人把鱼尾消音器卸下来,再把软管套上去,一定会把手染脏。梅瑞狄斯认为这一事实极其重要。

他迈了两步,站到尸体旁边。他抓住克莱顿的右手,把手掌向上转。非常干净!然后是左手。也很干净!虽然有一些顽固污渍,但很明显克莱顿最近用肥皂洗了手,真让人吃惊。那他究竟是怎么在卸下消音器、装上软管后还不弄脏手的呢?

梅瑞狄斯立刻想到了两种解释。克莱顿要么戴着手套,要么他自杀前一段时间就把软管装好了。但他为什么要戴手套呢?汽车修理工应该不怕弄脏手才对。又为什么要冒着被人发现的风险,提前把软管装好呢?希金斯应该有一把小车库的钥匙。当然,这很大程度上取决于希金斯何时离开。但有希金斯在身边,克莱顿似乎不会傻到冒着被搭档发现的风险去自杀。

若是如此——那这意味着什么？有没有可能装上软管的并不是克莱顿，而是另有其人？如果是这样的话，各种各样意料之外的联想涌入了他的脑海！

首先，备茶、烧水，这十分正常。客厅里点着灯也理所应当。最重要的是，克莱顿洗了手完全在情理之中。如果他正准备坐下来喝茶，那先洗掉劳作带来的污垢不是显而易见的吗？

如果不是克莱顿装的水管，那他就不是自杀。这意味着……但此时督察自我否定了一下。这些推论在把他引向何方？他的怀疑是否让他离常识越来越远？毕竟种种迹象都表明他是自杀，仅仅因为一两个不寻常的细节引起了他的注意，他也不能擅自揣测这不是自杀。但事实就是事实。他必须把自己的怀疑写入官方报告中。之后的事嘛——他能做的也只有留给他的上级了。

雷顿回来了，打断了他的沉思。

"没事儿了，长官。我找到了他。他住在彭里斯的灯塔酒店里。我没有等他来面谈而是从'猎犬追兔'酒吧打了个电话。"

"好的。他在来的路上了？"

"骑着摩托车来了。他应该1小时内能到，长官。"

"他反应如何，雷顿？"

"他听上去心痛不已，这是自然。还很惊讶。嘟囔着

'这不可能'之类的话。"

督察点了点头。他不止一次听人说这句话了。

雷顿警员的话的确不假,还没到一个小时,一辆大功率摩托车轰鸣着冲向修车厂。一个裹着皮衣和头盔的人迅速走上了屋前的小路。

梅瑞狄斯没有浪费时间介绍来龙去脉,他在自我介绍后说了几句深表同情的话,便让马克·希金斯正式确认了尸体的身份。希金斯大约30岁,他身形瘦削、尖嘴猴腮。他一开口,督察便知道他是伦敦东区人。他似乎很容易紧张,但梅瑞狄斯不能确定他一直如此,还是克莱顿的死让他突然不安了起来。回答了几个例行提问后,希金斯摘下头盔和手套,用手帕擦了擦被雨淋湿的脸,倒进扶手椅里,点燃了一支香烟。

"打扰了你的周末休假,希金斯先生。"梅瑞狄斯漫不经心地说,"你本来打算什么时候回来?"

"明天下午。是这样的,我去彭里斯做生意。我明早11:30要见我们的顾客。我希望能卖给他一辆二手车。"希金斯挤弄了一下眉眼,"看来这笔单子黄了,是不是?我可怜的杰克!想不通他经历了什么让他这么做,督察。我从不觉得他是这种人。我可告诉你,太让我心痛了!"

"你今天什么时候出发去彭里斯的?"

"我想大概下午5:45。我发誓我离开时杰克一切正常。

提醒你，倒不是说他从来都不会忧愁。冬天在这里还是有点孤单的。生意也不是一直都好。"

"你觉得克莱顿可能有点担心修车厂的生意吗？"

"有可能。也不是说我们生意不好，但冬天一向萧条很多。我们要倚靠游客才能维持收支。"

梅瑞狄斯点了点头。他有些不理解希金斯的行为。克莱顿的死似乎真的吓到了他，让他着实悲痛。与此同时，奇怪的是，他似乎在努力掩饰他觉得男子汉不该有的情绪。不过，这时再询问希金斯也没有什么意义，梅瑞狄斯告诉他，根据规定他必须协助调查，并安排了日期和时间。

"我们自然还要联系克莱顿的亲属。你了解他们吗？"

希金斯否认了。他只知道他的搭档是孤儿。他从没听克莱顿说起过什么亲戚，他感觉因为克莱顿一直孤身一人，似乎15年左右都没和家里联系过了。战后不久，两人在曼彻斯特一家小酒馆里认识。他们都有点积蓄，很快决定搭档做汽车修理生意。他们一开始在曼彻斯特郊区开了一家店，之后这里的前店主突然决定要出国。他们便以低价买下了现在这个店面。当然了，希金斯还没想好以后怎么办。他大概会在能力范围内独自支撑一段时间，然后找个愿意出钱的新搭档一同经营。

梅瑞狄斯在走之前，确认尸体在克莱顿自己的房间里躺着，然后让希金斯陪他去披棚看看。希金斯指认了雨衣是克莱顿自己的。他记得软管原本挂在小屋后的一个柴房，屋子里都是一些不常用的杂物。据他所知，杰克和莉莉·里德并无不和。总要告诉她，对不对？希金斯告诉督察他不是特别愿意做这事。梅瑞狄斯立刻让他安心，承诺会在第二天告诉里德小姐。在道了晚安后，雷顿载着督察回到了凯斯维克。

第二天一早，梅瑞狄斯就向卡莱尔市的坎伯兰郡警察局总部汇报了此案。他的报告很快得到了回复。警司要求他立刻到总部报到。在报到之前，他要去布雷斯韦特见里德小姐，了解她和死者关系的所有细节。从和总部谈话的情况来看，梅瑞狄斯觉得总部和他一样对案件的表象并不认可。

大约10:30的时候，他抵达了布雷斯韦特。杂货店的门关着，他按响了门铃。里德一家正准备出门去教堂。督察谨慎地选择了用词，把这个不幸的消息告诉了他们。等这可怜的女孩情绪稍微平复了一些，梅瑞狄斯请她父母暂时离开这过于拥挤的客厅，容他们独处。

"我想这对你来说很可怕。"梅瑞狄斯和声细气地说着，"但我恐怕一定要问你一两个个人问题。首先，里德小姐，我了解到你和克莱顿先生生前正式订婚了。"

那女孩点了点头。她显然注意到了督察说的"生前"

一词，眼泪立刻涌上眼眶。这两个字表明悲剧已成事实，她无法回避。

"我想你们订婚后也没有起过争执吧？你们没有吵过架一类的？"

那女孩摇了摇头。

"不！绝不会！"她激动地喊着。然后她努力想控制住眼泪，断断续续地说道："都已经安排好了。杰克上周三才来看过妈妈，讨论婚礼的事。我们打算4月初结婚。蜜月后在这里住一周，然后就去加拿大。杰克都已经买好票了。他在那里已经找好工作了。结果现在……"

那女孩迅速把脸埋进手里，再次啜泣了起来。梅瑞狄斯谨慎地沉默了几分钟。他从长期的经验中得知，若需要证人提供重要信息，就不应该粗暴应对案件中的人性因素。过了一会儿，他低声地问："我猜希金斯先生已经知道这个安排了？我是说去加拿大的事。"

这悲痛的女孩向上瞥了一眼，摇了摇头。然后，她努力地克制那急剧的悲伤，抽噎着说道：

"不，杰克周三来时还没跟他说。他们最近关系不大好。杰克知道那会让他不高兴，他不想让修车厂里太尴尬。他打算等到我们……我们结婚前6周——再告诉马克。他觉得那样更好。"

梅瑞狄斯赞同道，他可以理解克莱顿的顾虑。

"他们为什么关系不好,里德小姐?"

"哦,都是些小事。我想马克太喜欢酒馆了。可怜的杰克得包揽所有工作,马克却总是不知道在什么地方寻欢作乐。但这却不改变他们拿的钱。杰克告诉我,他们约定平分利润。你懂我的意思了吗?"

督察非常理解。这意味着头脑清晰、精力旺盛的克莱顿要像拖着个累赘一样带着希金斯。希金斯和一个隐名合伙人没什么区别。然而,他觉得在得到总部进一步的指示前,继续询问这个不幸的女孩不明智。因此,他在表达了同情之后,坐进了警用摩托车,让警员把他载到总部。

汤普森警司正在办公室里等着。两人握了握手,立马坐下来讨论手头的案子。梅瑞狄斯陈述着自己的怀疑,警司不时提出犀利的问题。梅瑞狄斯说完后,警司显然十分满意。

"督察,我认为还有很多问题需要解释。比如准备好的饭菜,还有克莱顿干净的双手。我认为应当推迟验尸官聆讯,等待进一步调查。乍一看,我同意你的意见,这看起来像是自杀。也许是故意做成这样的。若这不是自杀,那在车库里上演的这一幕显然是障眼法。不管怎样,这是我的想法。"

"那障眼法的幕后呢,长官?"梅瑞狄斯特意问道。

"那只有一种可能——谋杀。我们自然可以排除意外。

像克莱顿这样了解机械的人不会傻到拿废气做实验。"

"那您有何指示，长官？"

"你去查一查有谁在希金斯下午5:45离开后给修车厂打过电话。路过修车厂的人也许能给你提供线索。警察局长今天在怀特黑文，等他回来我直接向他汇报。在此期间这个案子由你负责，梅瑞狄斯。你惊扰了猎物，由你追查到底。"

梅瑞狄斯离开汤普森的办公室时十分满意。他想要的正是全权负责。他越来越确信克莱顿的死亡背后隐藏着秘密，在他询问了莉莉·里德之后更是如此。如果未婚夫妻间有所争吵，那也许有个自杀动机。但他们一点口角都没有。克莱顿实际上精细地规划了未来，这几乎排除了自杀的可能性。他预定了去加拿大的船票，做好了婚礼的计划，选定了日期。梅瑞狄斯认为，首先要做的就是向轮船公司核实两张船票的预订情况。无论如何，这将决定杰克·克莱顿是否和莉莉·里德坦诚相待。

然后是希金斯。假设希金斯已经知道克莱顿打算去加拿大，假设他们对克莱顿身后事有预先约定，大约修车厂的资金会归希金斯所有？对希金斯来说，克莱顿的死亡会带来双倍的利润。首先，克莱顿将无法撤资，如果他搬去加拿大就不一样了。其次，如果他死了，那笔资本将归希金斯所有。关键是要看看克莱顿的遗嘱，如果他有遗嘱的话。如果他还没将继承人修改为莉莉·里德，那这就是希金斯想除掉搭档的动机。

梅瑞狄斯脑子里闪过这些想法，他让雷顿驱车前往彭里斯的灯塔酒店。幸运的是，酒店就在卡莱尔到凯斯维克的半道上。

酒店经理认识督察，立刻请督察进了办公室。

"我不会占用你太多时间。"梅瑞狄斯说，"但我想请你跟我说说马克·希金斯。"

经理名叫查理·道森，身材肥大，性格随和。他笑了起来。

"马克！他又做什么坏事了？"

"据我所知——没什么。他说他原本打算昨晚住在这里。"

"没错，督察。他的确订了一间房，但他晚上 11:00 左右接到了布雷斯韦特打来的电话，就匆忙走了。"

"他几点到的这里？"

"大概下午 6:30。他吃了点晚饭，然后一整晚都待在酒吧里。等酒吧打烊了，他就一直坐在休息室里，直到电话响起。我没收他预订房间的钱，他一直是我的忠实顾客。他周末经常来这里住。"

"知道为什么吗？"

"我想主要是为了有人陪。希金斯先生善于交际。他在彭里斯有很多朋友，我想他觉得灯塔酒店的吧台比镇里啤酒屋更热闹。"

"我明白了。你不知道其他原因了吗？"

"那可不止！只要你能察言观色，往往能就着啤酒谈个小生意。实际上，希金斯告诉我今早有个伙计要来看他，谈辆车的事情。如果我没记错的话，是11:30在休息室见面。我还有点期待马克来遵守预定呢！"

梅瑞狄斯抬头看了眼钟——11:25。

"这样，道森先生——我想请你帮我个忙。等他约的人来了，请解释下希金斯昨晚被叫走了，然后记下他的姓名和地址。就说希金斯说起要发一封信，却忘了告诉你收件地址。明白了吗？"

经理眨了眨眼。

"好嘞！我尽力而为。"他向办公室玻璃门外看了一眼，"实际上我们等的人看上去来了，你等下。我马上回来！"

不到一分钟后，经理就回到了办公室里，和蔼可亲的脸上喜气洋洋。

"拿到了！"他开心地提高了嗓门，"威廉·罗斯先生，帕特代尔路32号。"

"很好！"

"巧的是，"经理补充道，"我和这伙计挺熟悉。他经常来。他是这里诺克加油站的经理之类的。我想你大概知道这地方？从这边沿凯斯维克路走400米开外便是。"

"谢谢你，道森先生。不用我多说，自然要为这事保密？"

经理又眨了眨眼。

"没问题，督察。我守口如瓶。"

"一切顺利。"梅瑞狄斯想。他和雷顿沿着颠簸的凯斯维克路轰鸣前行。"希金斯有了不在场的证明。早上的约看来也是真的。看来我能从一开始就把希金斯先生从嫌犯名单中排除了。"

不过话说回来，除了希金斯以外，还有谁能知道软管的长度？是谁有时间把杀人装置在披棚里安装好，又不引起克莱顿的怀疑？这应当是一个对修车厂非常了解的当地人干的。除了希金斯，还有谁具备这样的条件呢？

第三章

软管之谜

周一早上,雨仍在下。这一场持续多日的倾盆大雨,模糊了山影。风小了一些,但还是很冷。尽管如此,梅瑞狄斯督察早早地出了门。他还有很多事要做。他意识到对克莱顿之死的调查不能无休止地推迟下去。要证明他的猜想,必须要花3～4天时间集中调查。尸体迟早要下葬,顶多能推迟一个星期。

因此9:00时,他已经和马克·希金斯一起坐在修车厂的办公室里了。

"很遗憾,希金斯先生,因为一些原因,调查进度稍有耽搁。我建议将尸体先搬去太平间,需要征求你的同意。"

希金斯看起来很惊讶,他问了一两个问题,梅瑞狄斯都巧妙地回避掉了。之后他没有提出异议。于是他们安排了一辆救护车早上来将尸体搬运至凯斯维克太平间。

"还有克莱顿先生的遗嘱，"督察继续说道，"我猜你也不了解，对吗？他有没有立遗嘱呢？"

"我还真知道，督察。克莱顿前几年和哈本律师起草了遗嘱，他是彭里斯市威尔辛和哈本律师事务所的。我是见证人之一，据我了解这份遗嘱依然有效。主要条款是克莱顿死后，他投资的资产将继续留在厂里。"

"也就是说，这笔钱算是留给你了？"

"我想是这个意思。"

"还有其他继承人吗？"

"我想没有了。当然遗嘱可能改过，那我就不了解了。我应该尽快联系哈本。要是遗嘱修改过，我的处境可就尴尬了。要知道，我一个人可负担不起修车厂的运营。"

"没错。"梅瑞狄斯说，"顺便问一下，你知道克莱顿打算在婚后定居加拿大吗？"

希金斯露出怀疑的神色。

"加拿大？克莱顿吗？我是第一次听说，督察。他具体怎么想的？我一直以为杰克打算婚后和莉莉在布雷斯韦特居住。他从没跟我说过他打算就这么放弃修车厂。直说吧，他没有。"

"哦，好吧，这可能只是谣言。"梅瑞狄斯轻描淡写地结束了这个话题，"我现在能看看你说的那个柴屋吗？"

虽然督察的调查让希金斯有些困惑和不安，他还是尽力协助。他领着督察穿过花园,把他带到农舍的背面,在一片菜园子后面搭着一个柴屋。屋子里又黑又潮,堆满了杂物。墙上有一个生了锈的钩子,上面挂着一圈白色软管。梅瑞狄斯仔细检查了一下。正如他所料,管子的一端近期被切断了。毫无疑问,排气管上近3米长的软管来自这里。但既然如此,凶手是怎么知道柴屋里有软管的呢?他是如何在事先不知道所需尺寸的情况下,成功地切出一段确切的长度,并将其固定到排气管上的呢?软管的长度和直径非常精准。督察想起,他把软管从排气管上卸下时非常之困难。他又一次怀疑起了希金斯。只有他才有机会稳妥地量好长度、准备器械。但案发时希金斯在灯塔酒店的酒吧里。一条死路!

他接着拜访了布雷斯韦特杂货铺。在商店里面的房间里,莉莉·里德吃着留给她的早餐,面色苍白、心烦意乱。她的母亲关切地转来转去,想让女儿多吃点。梅瑞狄斯走进屋,那姑娘抬起布满血丝的眼睛望向他,试图挤出一丝微笑。

"抱歉再次打扰你,里德小姐。我得例行问一下。是船票的事情。你知道克莱顿先生打算坐哪一班船吗?"

女孩无精打采地摇了摇头。她似乎根本没理解督察在说些什么。里德太太开腔救了场,给了梅瑞狄斯一点信息。

"我不知道具体是哪一班船,长官。但我知道杰克是从彭里斯的旅行社买的票。也许他们能告诉你。"

督察向里德太太道了谢，他对悲痛欲绝的莉莉说了几句安慰的话，然后便出发前往镇上的邮局。几秒钟后，他已经接通了彭里斯警局的电话。

"我是梅瑞狄斯。我想请你们调查一下旅行社，有没有一家给一个叫克莱顿的小伙子订了两张船票，到加拿大的。是的，J.D.克莱顿。知道了吗？你说什么？哦，我想应该是二等舱。大约在4月下旬。查出来后请发到凯斯维克来好吗？谢谢。"

梅瑞狄斯关上了电话亭的门。镇上的邮差走进邮局，把空荡荡的邮包挂在柜台后面。督察在这里也算熟人，邮差看见督察后，露出了然的表情。

"小克莱顿可真不幸，是吗，梅瑞狄斯督察？"

梅瑞狄斯出声附和。

"也很离奇，我觉得。"邮差继续说道，他显然想从督察那套出对案件的看法，"非常离奇。有传闻说事情并非表面那么简单——你懂我的意思吗？"

"是吗？"梅瑞狄斯平静地微笑。

"我倒不是会听闲言碎语的人。但我自己也觉得奇怪。我周六下午送完一轮回来后看见杰克了，他开心得像个孩子似的。没错，我停下来和他聊了聊，就像我会跟你聊天一样。"

梅瑞狄斯的眼睛这时才闪出感兴趣的光芒。

"你和他说话了?那是什么时候?"

邮差想了一会儿。

"我想想。我是下午5:45送到庄园的。从霍华德上校家到修车厂大概15分钟,所以我想应该是下午6:00吧?"

"我想克莱顿没跟你透露什么心里话,是吗?"

"他才不会那样!"邮差激动地答道,"他看上去好得很。我们在拿他的婚礼打趣。你应该听说了,他和汤姆·里德家的女孩一个月后就要结婚了。我在拿这逗他,但小杰克开朗地回应。我听说他自杀后有点震惊。"

"我明白你的感受。从各个方面来说,他都是个好孩子。"

"的确如此。比他那尖嘴猴腮的伙伴好多了。"

"谁,希金斯吗?顺便问一句,你和克莱顿聊天时他在吗?"

"不。但我看到他骑着那辆吵人的摩托车了,当时我刚从庄园的车道拐出来。"

梅瑞狄斯更感兴趣了。这是希金斯的又一个不在场证明。希金斯说他大约下午5:45离开了修车厂,这和邮差说的一致。看来无论如何,在希金斯出发前往彭里斯之前,克莱顿还活得好好的,而且精神正常。

"我突然想到,"督察说,"你一定是最后一个看到克莱顿的人了。"

"不是我！"邮差带着胸有成竹的表情叫了出来，"你认识弗雷迪·霍格吗，酒吧老板的儿子？他在整整一个半小时后看见了杰克·克莱顿。我们昨晚在'猎犬追兔'酒吧聊起这桩案子，小弗雷迪告诉我们，他返回凯斯维克的路上看见克莱顿了。他没停车，但他确实看见他了。"

"他确定那是克莱顿吗？"

"当然了。他和克莱顿关系挺好，我想弗雷德不会看错。"

"有意思。"梅瑞狄斯掩饰着得到情报的开心，"我想和霍格先生谈谈，要去哪里找他？"

"前面的酒吧里。他在店里给他爸爸帮忙。"

梅瑞狄斯从邮差没完没了的唠叨中解放出来。他让雷顿把他载到"猎犬追兔"酒吧。幸运的是，霍格一个人坐在酒吧里，擦着啤酒机的把手。

"弗雷迪·霍格先生吗？"梅瑞狄斯问道。

"是我，长官。需要帮忙吗？"

梅瑞狄斯笑了一下："希望如此，霍格先生。是关于小克莱顿的。你周六晚上似乎看到他了？"

"没错。我去凯斯维克看了电影，回来的路上经过了修车厂。我看到杰克·克莱顿站在大门口。我对他喊了句'晚上好'，他冲我挥了挥手。当时下着雨，我就没停下来聊天了。但肯定是杰克没错。"

"你十分肯定?"

"我可以在法院上宣誓证明。"霍格郑重地说。

"我希望没这个必要,"督察回道,"你是几点看到他的?"

"晚上7:30左右。可能再晚一些。"

"可以更精确一些吗?比如,你记得你是几点到家的吗?"

"这我记得。我走进柜台时,酒吧的钟刚好敲了8下。算我花了5分钟停自行车、脱下帽子和外套好了。我到家时大概晚上7:55。"

"从修车厂到这里,你大概要骑多久?"

"当时是逆风,但我挺确定我能在20分钟内骑完。"

梅瑞狄斯点点头,把这些关键信息快速记录下来。他很快抬起头,说道:"那可以说你在周六晚7:35左右看到了克莱顿,对吗?"

"没错。"

"你说'晚上好'时,他回答了吗?"

"他没说话,只是用手跟我挥别,你懂我的意思吧。"

"你经过修车厂时,没注意到有其他人吗?"

"我没发现有人,没有。"

梅瑞狄斯在"猎犬追兔"的调查到此结束。几分钟后，他便和警员顶着雾蒙蒙的雨朝凯斯维克疾驰而去。路上他们与急救车打了照面，那是从修车厂接尸体回太平间的车。梅瑞狄斯不禁想到，车上的那具死尸给他出了一个很难解开的题目。

回到办公室里，他点上烟斗，把脚伸到炉子旁，重新过了一遍早上的调查发现。

有一件事是肯定的：周六晚7:30时，克莱顿还活着。老卢克·佩里曼是在晚上9:30左右发现了尸体，这说明克莱顿是在晚上7:30～9:30丧生的。梅瑞狄斯特地用了"丧生"一词，因为他觉得到目前为止还不能排除自杀的可能性。还有一点，按照布雷斯韦特的邮差所说，下午6:00时克莱顿还"开心得像个孩子似的"，甚至开着他要结婚的玩笑。这像是要自杀的样子吗？而且，弗雷迪·霍格在晚上7:30骑车经过时，克莱顿还在修车厂门口闲逛着。还有做好的晚饭呢？茶壶里放了茶叶，水也烧上了，克莱顿应该会忙里偷闲把饭吃了吧？最后是软管的问题。一开始，他觉得软管是自杀身亡的证明，因为只有两个人知道软管的尺寸和位置，克莱顿就是其中之一。但克莱顿的手是干净的，这又与自杀相悖。也许是希金斯将软管套到排气管上的，但希金斯那时已经骑着摩托去彭里斯了。

梅瑞狄斯突然想到一件事——案件中根本没有动机。不仅没有谋杀的动机，连自杀的也没有。克莱顿身体健康。据督察调查,他不愁钱花,还要娶心爱的女孩为妻。他为什么要自我了结呢?如果这是谋杀案,动机一样不明。希金斯也许会为了钱犯罪,但梅瑞狄斯又一次绕回到了他那无懈可击的不在场证明。

不过,他现在已经基本肯定这是谋杀了。因此,他下一步是利用手头仅有的信息重建犯罪现场。首先,克莱顿一定被人制服了,被拖或扛到车边,搬到驾驶座上,再把雨衣戴到他头上。然后套上软管,发动汽车。或许杀人犯一开始在车里,然后才溜走了。克莱顿坐在驾驶座上时肯定还活着。伯尼医生认定死因是吸入一氧化碳,也就是尾气导致的窒息。那克莱顿究竟是怎么被制服的呢?梅瑞狄斯想到了三种方法:打晕、麻醉、下药。伯尼医生的验尸结果排除了第一种方法。打晕人是不可能不留下淤青或挫伤的。用麻醉剂倒是有可能,但却很难操作。所有的麻醉剂都有强烈而独特的气味,很容易沾染在死者的衣服上。但他和伯尼医生都没在克莱顿身上闻到氯仿或其他药剂的味道。虽然这也不能排除麻醉剂的可能性,但如果想把克莱顿之死伪装成自杀,一点点麻醉剂的味道都会让整个计划功亏一篑。梅瑞狄斯倾向于下药。下药的方法简单,结果明确。只需要说服克莱顿和他喝一杯……

梅瑞狄斯突然打了个响指,开心地叫了一声。克莱顿的确喝过一杯。伯尼医生不是说他的嘴唇上有威士忌的味道吗？谢天谢地，总算有证据符合他的猜想了。如果克莱顿被下了药，要检测起来太容易了。只要取得尸检许可就行。如果在肠胃里发现药物痕迹，那就能解答所有自杀或他杀的问题了！

梅瑞狄斯兴奋不已。案件终于有了一丝曙光。要说服警察局长批准尸检也许有些难度，但他决定全力以赴地争取。

他刚想到这里，桌上的电话突然响了。他拿起话筒。

"我是彭里斯警局的马修斯警长。是船票的事。我查到预约记录了。克莱顿在安大略公司订了两张4月7日利物浦出发的二等舱位。船票是这个月20号买的，支票支付，署名J.D.克莱顿。您用得上吗，长官？"

"很好，我正需要。"

梅瑞狄斯挂了电话。

"这一条线索就明确了。"他想，"克莱顿和那女孩是认真的。毫无疑问，他的确打算去加拿大。不然他不会付钱买船票。20号……来看看……是死亡前三天。照我看他当时根本没想过自杀。"

督察大步走到办公室外间。

"让本地所有报纸刊登一则通告。"他对当值的警长说。警长拿起了铅笔。

"如有人于周六晚7:30～9:30电联或路过德文特修车

厂,请立刻与凯斯维克警局联系。记下了吗?不错。另外,波廷斯凯尔和布雷斯韦特的警员怎么说?有什么有用的消息吗?"

"恐怕没有,长官。路上私家车和运油车数量不少,但没有什么可疑的。"

"希望有人看到这则通告会来。当时下着雨,真是太糟了。雨天人们不出门。"

"有眉目了吗,长官?"警长恭敬地问道。

督察摇了摇头。

"恐怕杯水车薪,警长。我有一些怀疑,不过也仅此而已。全方位考虑的话,这案子很让人费解。"

第四章

银行的线索

梅瑞狄斯下午还有日常工作和一些小事要处理,只得将调查暂时搁置。但整个一下午他不断地想起克莱顿的案子。一个词不断地涌现在他的脑海,他认为这是案件的症结所在:动机。

他现在确信可以把自杀的猜想抛之脑后了。克莱顿一定是因为什么原因被人谋杀了。杀人犯,不管他们有几人,一定是将犯罪现场伪装成了自杀的样子。但他们为什么要杀害克莱顿呢?梅瑞狄斯想到了常见的几种原因:忌妒、利益、复仇。他不相信这是激情犯罪。犯罪经过明显经过周密策划。那忌妒呢?莉莉·里德会不会有其他的追求者?这一定要调查一下。还有一件事要查,死者的真实财务状况。不能仅仅依靠希金斯提供的只言片语。梅瑞狄斯觉得,等忙完手头的事情,应该尽快调查此事。

因此，下午5:00时，他打电话到皮克福德的彭里斯分公司，请他们提供克莱顿用以购买船票的支票信息。接待员回忆道，支票是巴克莱银行凯斯维克分行开具的。梅瑞狄斯觉得有点幸运，因为他的朋友波顿是这家银行的经理。一点时间不能浪费，他戴上帽子，冲去了银行，希望在波顿下班喝茶前拦下他。经理还在行里，几分钟后，梅瑞狄斯便拿到了他想要的东西——克莱顿财务状况的机密报告。

结果让他大吃一惊。克莱顿的账户，一个活期账户，上面有超过2000英镑！他的存折不显示这意料之外的财务来源。在过去的7年中，陆续有50～100英镑的进账，都是用一英镑纸币支付的，但间隔有些奇怪。波顿确定这些钱不是修车厂的利润。第一，他确信克莱顿的利润分红每年不超过300英镑。要是超过了，那就说明修车厂每年的利润能达到600英镑，波顿认为这断然不可能。第二，波顿知道修车厂的账户开设在威斯敏斯特银行。克莱顿在巴克莱银行的账户纯粹是个人账户。

进一步调查发现，克莱顿大约在8年前首次在凯斯维克分行开设了账户，他从曼彻斯特转出了40英镑。第一年只有少量进账，之后突然开始出现50和100英镑。督察认为这极为重要。

是谁在给克莱顿付钱？又是为何？

"你认识威斯敏斯特银行的经理吗？"梅瑞狄斯问波顿，"要是他能准许我看看修车厂的账户，我可欠你一个人情。"

波顿和他很熟，他们是一个高尔夫俱乐部的成员。在一通简短的电话后，督察带着问题兴奋地动身前往威斯敏斯特。一开始，戈雷斯顿不大愿意向波顿透露客户信息，但在波顿说明了克莱顿死亡的案件后，他似乎愿意尽力协助。但梅瑞狄斯这次扑了个空。修车厂每周大约有6英镑利润。在夏季，每周利润金额高达12～14英镑，然后逐渐下降，到一二月时就只有2～3英镑。

"你知道户主怎么把钱取出来吗？"梅瑞狄斯问道。

"再简单不过了。"戈雷斯顿答道，"克莱顿每个月拿来一张16英镑的支票，我们用1英镑的纸币支付。他们其实有一项约定，每人每月支取金额不能超过16英镑。克莱顿和希金斯先生都有权随时查看共有账户。但说实话，我都不记得在银行见过希金斯先生。他肯定没有以自己的名义来取过钱。但只要他遵守我刚刚说的条款，他完全可以取钱的。我想他们平分了每个月取出的16英镑。"

"我明白了。"梅瑞狄斯站起身，伸出了手，"谢谢你，戈雷斯顿先生。请放心，我不会对外说起这次谈话，请你也对我说的信息保密。"

梅瑞狄斯一刻也不耽搁，快速穿过凛冽的寒风，回到办公室。他很快和哈本律师通了电话。哈本律师是威尔辛和哈本律师事务所的高级合伙人，他断然拒绝透露克莱顿遗嘱的信息。

"无论如何，督察，过几天就会公之于众了。我实在不觉得有必要在正式宣布遗嘱前透露出来。"

梅瑞狄斯没有回应。他知道自己没什么权利逼问，就算他强烈怀疑克莱顿是被谋杀的，也绝不可能向律师诉说他的怀疑。他心烦意乱地挂了电话，开始思考那2000英镑的惊人储蓄。他的第一反应是偷窃。克莱顿有没有可能是个惯偷，他在7年间用偷窃积攒了一笔财富？但本地入室偷窃案件极少。另外，进账时间有些规律，基本一年四次，每次都是现金支付的。梅瑞狄斯不相信一个聪明的小偷会愚蠢到把自己的偷窃所得换成现金存入银行。纸币都有编号，容易被追踪。克莱顿必须和一个销赃犯合作，如果通过现金追踪到了销赃的人，那可就麻烦了。

勒索似乎更说得通。但若是如此，他勒索的是谁呢？应该不是希金斯吧？无论如何，这可能是谋杀的动机。克莱顿持续不断地威胁要曝光自己，希金斯也许会陷入绝望，认为只有杀死自己的合伙人才能重获安宁。但又一次，梅瑞狄斯想起了那不在场证明。他彻底心灰意懒，最终放弃了解开克莱顿银行账户之谜，决定集中精力解决他的死因。他相当紧张地拿起电话，接通了卡莱尔的汤普森警司。

"我是梅瑞狄斯,长官。我想和您谈谈克莱顿的案件。"

对方轻松愉快地回复"说吧"。梅瑞狄斯简要汇报了案件的进展,特别强调了克莱顿在搬上车前被下了药的猜想。让他如释重负的是,警司猜到了他的请求。

"我想你现在希望申请解剖,对嘛,督察?"

"没错,长官。有希望吗?"

"稍等一下,我和局长汇报一下。他正好在我办公室里。我得提醒你,我没法保证,但我会尽力。"

"谢谢。"

梅瑞狄斯忧心忡忡地等待着局长的决定。他太依赖尸检了。他很肯定,仅仅依靠他目前的怀疑,还不能说服陪审团做出谋杀的裁决;但只要证明克莱顿被下药了,审判结果十拿九稳。梅瑞狄斯也不希望判决结果耸人听闻,只是他现在基本肯定克莱顿并未自杀。

警司的声音猛地把他从沉思中拉回来。

"你还在吗,梅瑞狄斯?我见过局长了。他一开始有点疑虑,觉得你提出尸检的理由有点太少了。不过我最终说服了他,我很高兴,你可以放轻松,继续调查吧。"

"这真是好消息,长官。我会立刻让伯尼医生开工,明早就把报告发给你。"

"很好。还有,聆讯定于下周三下午2:30。尸体在太平间了,对吧?"

"是的，长官。"

"那我们会安排让法医上庭。你最好传讯有必要作证的目击者。如果有时间，我应该会去。"

这通电话让梅瑞狄斯非常满意。他很快就联系上了伯尼医生和怀特医生，一同执行尸检。不到一个小时，两位医生便在警局旁的小太平间里开始了他们可怕的工作。等督察匆匆吃完饭回来后，医生已经在等着他了。

"结果如何，两位？"

伯尼医生露出微笑。

"你看上去很焦急，督察。"

梅瑞狄斯大声笑出来。

"的确。我在总部如此坚定地提出怀疑，要是检查结果是否定的，我可就成了彻头彻尾的傻瓜了。"

"至于这点，你倒是可以美美地睡一觉。我们不改变对死因的判断，一定是窒息。但是我们也在死者胃肠里发现约30格令①乙丁二砜。我想你知道那是什么吧？"

"是种药吗？"梅瑞狄斯紧张地问。

伯尼医生点了点头。一旁矮胖的怀特医生气喘吁吁地插了一句。

"一种强效药物。30格令乙丁二砜能让人立刻睡着。"

伯尼看着督察的表情，咧开嘴笑了。

---

① 格令：药物专用计量单位，30格令约合1.94克。

"我知道你要问什么,督察。'立刻'是多久?在本案里,20～30分钟,对吧,怀特医生?"

"我认为20分钟就够了。当然了,我不能完全保证。药物效果因人而异。不过大概就这么久。"

医生们穿起外套时,梅瑞狄斯边看边说:"不用我多说,两位,你们知道这意味着什么吧?"

伯尼眨了眨眼。

"不是自杀,你指的是这个吧。另外,聆讯是什么时候?日期定下来了吗?"

在听梅瑞狄斯说了日期后,伯尼开车载着怀特医生离开了。他们打算一起写一份官方报告。

督察独自一人,自鸣得意了一会儿。做完一天的工作,他累得筋疲力尽。他拖着沉重的脚步,穿过结了霜的街道回家,用夜晚仅剩的时光陪17岁的儿子托尼组装五灯收音机。托尼在给当地的摄影师当学徒,不过他和梅瑞狄斯一样,有严密的逻辑思维。这一点大大促进了父子俩的感情。梅瑞狄斯非常为自己的独生子而骄傲,他相信儿子也是这么看他的。若不是他妻子反对,托尼一定早就加入警察队伍了。

第五章

动　机

星期二早晨,天气放晴了,但依然寒冷。从调查克莱顿死亡一案开始,督察第一次可以越过凯斯维克小镇上的屋顶,仰望那湛蓝天空背景映衬下的白雪皑皑的斯基多山脉。在清冷的晨曦中,他的精神振作起来,在早餐后向办公室走去。

他对昨夜尸检的结果非常满意,9:00过后不久,他就联系上了卡莱尔的汤普森警司。验尸结果为阳性,警司听上去和梅瑞狄斯一样高兴。

"值得夸奖,督察。毫无疑问,克莱顿是被谋杀的。既然要吸一氧化碳自杀,那给自己下药毫无意义,对不对?"

梅瑞狄斯表示赞同。

"那么,你可以继续调查了。"警司继续说着,"我会和局长汇报,看看他对下一步有没有想法。他可能会向伦敦警察厅刑事侦缉部申请支援。若是如此,我会尽量让你和他配合。你今晚可能得来这里开一次会。我晚点会告诉你的。"

"好的,长官。"

在他处理完堆积的信件后,梅瑞狄斯叫来了雷顿。

"对于你提到的斯温利太太,雷顿,你知道她住在哪里吗?你知道?她几点会到修车库的小屋打扫?"

"我觉得是10:00,长官。我想她大概9:45出发……"

梅瑞狄斯望了一眼钟。

"好的。请你把警用摩托开出来,我估计5分钟后可以出发。我们要在她出发前找到她。"

罗斯玛丽小屋离波廷斯凯尔邮局仅一步之遥。当梅瑞狄斯抵达时,斯温利太太正戴上帽子准备出门。克莱顿不幸去世,已经让她相当不安,督察的出现更是让她颤抖起来。不过,她还是邀请他走进了那整洁干净、令人愉悦的小客厅,用颤抖的声音问他自己能帮些什么。

"是这样的,斯温利太太。我听警员说,在德文特汽车修理厂,你负责替克莱顿和希金斯先生料理家务。"

"是的,长官。克莱顿先生的事情让我震惊。我一直觉得他是个聪明的小伙子。不明白他怎么会那么做。我真的不懂！"

"大家都这么说，"梅瑞狄斯同意道，"我想说的是，在午餐后，离开小屋前，你会摆好晚餐吗？"

"绝不会！"斯温利太太惊呼，"我想你一定知道，督察，摆在桌上不管的话，食物会变干的。"

"没错。你也从不会烧水吗？"

"不。我只会把柴火堆起来，把水壶装满，然后放在炉子上就好了。"

"你具体要做哪些工作？"

斯温利太太长吸了一口气，梅瑞狄斯为一段滔滔不绝的长篇大论做好了准备。感觉似乎比起说斯温利太太要做的事，说些她不需要做的更好些。但主要来说，斯温利太太的职责是购物、做饭、打扫、缝纫、修补、洗衣、熨烫，周薪10先令。

督察巧妙地等这一串信息都消化完毕，然后狡猾地引导斯温利太太说说修车厂两位合伙人的关系如何。没过多久，梅瑞狄斯就看出她已经耗尽了对希金斯的同情心。照她所说，所有工作都是克莱顿一人做的，希金斯则一有机会就溜去"猎犬追兔"酒吧。她觉得这两位的关系不大好。尽管她从未听他们大声争执，但两人似乎经常就生意吵架。她相信克莱顿先生一直在思考如何终止这段合伙关系。

听到此处，梅瑞狄斯竖起了耳朵。希金斯说他根本不知道克莱顿要去加拿大，是不是在敷衍他？

"你为什么会觉得他想退出，斯温利太太？"

"是我无意中听到的，长官。大概在悲剧发生前三天，我在洗涤室里，那两位在吃晚饭。门没有关好，所以我听到了他们的谈话。先是克莱顿说，'这对你有好处，对我来说，我必须要解决这个问题。'然后我听到希金斯先生说那样对他来说最糟糕了。希金斯先生态度很粗鲁。希金斯先生接着对克莱顿先生说，'我们做得很好，你匆忙离开意味着什么？'他还低声说，克莱顿明明知道退出合伙关系的结果会怎样！然后修车厂的门铃响了，希金斯就走了。"

"这听上去像是希金斯在威胁克莱顿先生，是不是？"梅瑞狄斯问道。

"我当时正是这么想的，长官。跟你说，他的语气让我起了鸡皮疙瘩。十足的威胁，尽管是一种低沉的、让人不舒服的语气，你懂我的意思吗？"

"你有没有特别注意过克莱顿或希金斯先生的朋友？"

"朋友！"斯温利太太看上去既困惑又惊讶，"天哪，他们从来没有朋友。我不知道他们有朋友。至少我在房子里时,从没人来拜访他们。"

"你确定你从没见过任何人?"

"很确定!"斯温利太太发泄般地强调着。但很快,她的眼里恍惚了一下,仿佛想起了什么。梅瑞狄斯急切地往前倾去。

"但是?"他问道。

"我一回想,的确是在那见过一个人。见过两次,但不在白天。我突然想到,有些不对劲。我记得我晚上去过那里两次,两次他都在。"

督察精准地问了一两个问题,得到了如下信息。有两个晚上,前后间隔大约一个月时间,斯温利太太在天黑后骑车到小屋,通知雇主自己第二天来不了。第一次是因为她收到电报称她的妹妹病危;第二次是因为邻居被运油车撞了,他的妻子请她帮忙照顾孩子。每次克莱顿开门时,她都注意到客厅里还有一个人。她很确定两次是同一个人。一是那个人有点口吃,二是他戴着玳瑁眼镜,镜片很厚。梅瑞狄斯请她仔细描述这个人。斯温利太太回答说他身材矮小,衣着讲究,脸颊瘦削,面容整洁,眼睛不大。可惜,她不知道他们三人在讨论什么。

"你第一次见到他是什么时候?"梅瑞狄斯问道。

"我想想——是在去年11月。那时我妹妹第一次病了。第二次是在圣诞节前夕。"

"以后你再也没见过他了？"

"没有。"

梅瑞狄斯觉得斯温利太太没法提供更多信息了，提醒她对这次面谈保密，然后回到了摩托车上。

"去德文特。"他对雷顿说。

"恐怕你在那儿谁也找不到，长官。"警员应道。

"为什么？"

"希金斯先生5分钟前骑摩托车经过这里。看上去是要去凯斯维克。"

"好吧，那样的话，我们去布雷斯韦特的店里看看。我有一两个问题想问里德小姐。"

督察依旧不走运。里德先生，穿着白色的围裙，站在柜台后面，很认真地告诉梅瑞狄斯他的妻女坐早班火车去了彭里斯。邮差一早就送来了信，威尔辛和哈本律所要求他女儿立刻去一趟律师事务所。他估计她要在下午1:30后才能回来。

"这样的话，里德先生，也许你可以帮帮我。"梅瑞狄斯和蔼可亲地说，"我们能进里屋说吗？这样就不会被打扰了。"

两人挨着温暖的炉火，坐进了单人沙发。

督察严肃地说:"我想请你先不要外传,里德先生。等克莱顿一案结案,这个信息会公开,但我希望在那之前你能保密。实际上……"

梅瑞狄斯压低了声音,想引起店主的重视。"我们有充分的理由判断小克莱顿是被谋杀的!"

"谋杀!我的天哪!但这肯定……"

"我现在还不能告诉你原因,但我可以告诉你,我们基本确定是谋杀。但我们的证据链中缺少一个关键点——动机。你可以帮帮我们。我想请你回忆一下,除克莱顿之外,还有没有人追求你女儿。"

"你的意思是?"

"谋杀克莱顿的动机也许是忌妒。里德先生,你觉得呢?"

店主小口吸着烟斗,沉思了一会儿,然后开口说:

"不,督察,我想你错了。请注意,我不是说一定没有其他人追求我女儿,但我一个也不知道。当然,莉莉有可能隐瞒了这种事。不过,她很坦率,要是她真的遇上了这种麻烦,我想她会向我倾诉的。"

"正是。那她的朋友呢。她有没有可以说心事的女性朋友?"

"当然有,罗斯·班普顿。莉莉和她从小关系就很好。

要是你想找人问问，找她没错。"

"我在哪能找到她？"

"去学校，督察。她是助教。"

"既然这样，那我就过去一趟，和班普顿小姐谈谈。"

他们穿过店面时，柜台磨砂玻璃板后的电话响了。

"等一下，可能是莉莉打来的。"店主叫道，"她们也许提前结束了，要搭早些的火车回来。如果你愿意等的话。"

督察很愿意等。店主接电话的样子逗得他忍不住微笑起来。里德先生先是惊讶地吹了声口哨，然后感到难以置信，高声感叹了几句，很快又志得意满起来，胡乱说了几句恭喜。等他终于挂断了电话，他抬起头来，在柜台上绽放出笑容，说道：

"你觉得呢？莉莉运气真好！你永远不会相信！她得到了2000多英镑！"

梅瑞狄斯装出惊讶的样子。

"的确。那真是太棒了！"

"是小克莱顿。"店主兴奋地说，"他看上去把一切都留给了她。不过，天哪，督察，我真没想到这小伙子这么有钱！"

梅瑞狄斯说他也没想到。店主跟他说起了各种各样上天眷顾的事情，他一边不断朝门口退去，一边确认了两位女士要到1:30才回来，好不容易才出了门。很快，警用摩托向村里的学校驶去。

班普顿小姐身形健壮，跟她的谈话，督察可以说是一无所获。她深信，除了克莱顿，她的朋友莉莉都没正经看过别人。她说，莉莉腼腆、懂事，很有趣，但从不卖弄风情。实际上，村里的男孩子都说她非常冷淡，难以亲近。班普顿小姐并不认同这种看法，但她很确定，除了克莱顿以外，莉莉从未吸引过任何人。

"我想也是这样。"梅瑞狄斯在车上喃喃自语，"我们想错了。动机不是忌妒。而且我觉得克莱顿也不是因为钱被杀害的。"

"您觉得不是……"警员恭敬地开口。

"小心！"梅瑞狄斯猛喝一声。拐弯时一辆大型运油车在路中央迎面驶来，警车猛地一转，避开了。

"猪头。"警员低声骂道，"我掉头抓住他们好吗，长官？我可以在1分钟左右轻松解决。"

梅瑞狄斯摇了摇头。他不能把时间浪费在交通犯罪上。他虽然没来得及记下运油车的车牌号，但他看到宝蓝色的油罐上印着鲜红的"诺克石油公司"字样。他想着似乎在哪里听过这个名字。然后他记起来，星期天上午，马克·希金斯打算在灯塔酒店见的人,就是诺克石油公司彭里斯油库的经理。梅瑞狄斯决定哪天去拜访他,跟他谈谈他手下的司机。这是件小事,他想,司机可能要在很短的时间里跑很多路。这种"赶时间"的开车方式太普遍了。

他们经过修车厂时,希金斯还没回来。但就在波廷斯凯尔郊外,希金斯大功率的摩托车呼啸着进入眼帘。督察打了手势,希金斯在路边停了下来。

"很抱歉打扰你,希金斯先生。我是想告诉你,聆讯定在明天下午2:30,在治安法庭举行。当然,需要你提供证据。"

"好的,督察。我会去的。看来我是躲不过严刑逼供了,是不是?"

希金斯大笑着,露出他的龅牙,他的脸越发像老鼠。他的变化让梅瑞狄斯震惊。他的紧张全数消失了,也不再为合伙人的不幸离世而悲痛。他不大好看的脸上满是得意和满足。督察思索着,是什么让他的心情突然转变了。没过多久,希金斯就自己奉上了答案。

"我很高兴,正如我希望的那样,杰克在生意里的投资留给我了。我刚见过律师。"

"所以遗嘱没改过?"督察漫不经心地问。

"看起来不像,对吗?"回答模棱两可。

"我不大确定。"梅瑞狄斯边说边紧紧盯着希金斯,"我听说克莱顿给里德小姐留了差不多两千英镑!你怎么想?"

希金斯顿了一下,然后露出惊诧的神情。梅瑞狄斯看在眼里,确信他听到消息的第一反应是恐惧和怀疑。

正如梅瑞狄斯暗暗担心的那样,希金斯问道:"你确定吗?"

"很确定。我刚从里德先生那里听到消息。看来遗嘱加了段你不知道的附加条款。你知道你的合伙人这么有钱吗?"

"天哪,我不知道。他从没跟我提起过。"

"那你也不知道这些钱是从哪儿来的吗?"

"不知道。我发誓,督察。"

梅瑞狄斯捕捉到了希金斯刻意地强调。他越来越确信希金斯的确知道一些钱的消息,不仅如此,还知道钱究竟来自哪里。但他为何要逃避、隐瞒呢?这只能有一个答案,是不是?钱来自非法交易,希金斯也插了一手。

"聆讯前还有一件事要告诉你。"尴尬的沉默后,督察继续说道,"警方有充足的理由相信克莱顿没有自杀。他们认为他是被谋杀的。自杀是用来掩盖他杀的,明白吗?幸运的是,我们成功看穿了。"

"谋杀?那不可能!老杰克没有仇家,督察。他很受大家欢迎。那是个愚蠢的想法,真的是!你说服不了我!"

"或许吧,但的确如此。"梅瑞狄斯简短地说,"目前我只能说这么多。"

他们再次启程。梅瑞狄斯问警员:"雷顿,你觉得那个人怎么样?"

"很可疑,长官。我的拙见是,他是个彻头彻尾的无赖。"

在凯斯维克警局,一个惊喜等待着梅瑞狄斯。他的办公桌前,坐着警察局长哈德维克上校和汤普森警司。"啊,督察!我想有点吓到你了吧。你过去和我们过来是一样的。无论如何,我们来了。把椅子拉来,烟斗点上。我们有很多要谈。不过首先,请你把克莱顿案的最新调查进展跟我们说说。等你说完了,我们再来说说我们这边的进展。"

梅瑞狄斯简要介绍了案发至今的调查情况,一句废话没有多说。他和盘托出,特别强调了他觉得死者留下的金钱是此案的重点,轻描淡写地提到本案缺失动机,最后说起他对希金斯的怀疑。等他一个人说完,他注意到警察局长和警司对看了一眼,露出赞赏的眼神。

"那就是说,到目前为止……你还没有找到突破口?"

"没有，长官。"

警察局长一边思考一边吸了几口高品质雪茄，然后开口说道："我并不意外。我意识到我们面临着一个棘手的案子。我不禁感到这案子背后有比给个人定罪更重要的东西。督察，你提到目前完全找不到动机。克莱顿似乎并不是因为忌妒或经济利益而被人杀害的。我们目前还不能排除复仇的可能性。另外，督察，你忽略了一个常见的谋杀动机。我解释一下。我和警司认为或许和违法行为有关。假使你发现了我们的秘密，威胁向警方举报。如果我们是无情的罪犯，你觉得我们会怎么做？"

"杀了我，长官。"梅瑞狄斯咧嘴答道。

"正是——灭你的口。这是一种可能性。还有一种是这样。假设我和警司设法控制了你，并因此强迫你与我们一同从事违法活动。之后，出于某些个人原因，你想退出。那会怎样？会不会也要灭口？一旦你脱离了我们的掌控，你就能很容易地报警，出卖我们，不是吗？"

"是的，我明白，长官。"

"那么？"

"那么什么？长官？"

"这没有给你一点提示吗？"

梅瑞狄斯茫然了一下，突然一拍大腿，发出一声轻快的感叹。

"天哪,长官!我理解你的意思了!你认为克莱顿可能参与了不法活动,现在想要退出?"

"我就是这个意思。"哈德维克上校眨了一下眼睛,"在我看来,克莱顿打算娶一个体面的姑娘,她或许对不法活动一无所知。他想和那帮人彻底决裂。所以他订了去加拿大的船票,除了未婚妻和她父母谁也没说。不幸的是,那帮人知晓了此事,最终克莱顿被谋杀了。"

等局长说完,一直沉默着的警司说了几句自己的看法。

"在我看来,克莱顿没有告诉希金斯自己要逃往加拿大,这件事意味深长。你想,他们住在一起,而且有好几年的时间,希金斯应该是他最亲密的朋友才对。但是照你所说,督察,可就并非如此了。我倾向于认为希金斯自己露出了马脚。因为他过于谨慎了。我认为希金斯也是犯罪团伙的一员,要不然,他不如说自己知道克莱顿买船票的事情。那样给人的感觉是克莱顿信任他。然而,希金斯恐怕是这么想的——因为克莱顿要逃跑,所以那帮人要除掉他,如果我说我知道他要去加拿大,那我可能也会被指控谋杀。因此,他选择了隐瞒。"

局长表示同意。

"肯定有这方面原因。我们知道,希金斯自然不是真正的凶手，但这不代表他在事前、事后都没有参与谋划。当然，这建立在假设的基础上。问题是，我们的推测能否成立？"

"长官，"梅瑞狄斯恭敬地说，"这就能解释那2000英镑了，不是吗？"

"我还没想到！"局长高声说道，"这自然能解释了。"

"另一方面，"警司苦笑着说，"对于是谁动手杀了克莱顿，我们还毫无头绪，是不是？您知道，长官，这只是我们推测，而推测和事实可能并不一致。"

"还有，汤普森，早上你提醒我的那件事呢？我觉得应该告诉督察。毕竟，它可能和克莱顿案有关，当然也可能只是巧合。无论如何，让我们再过一遍那个案子。"

第六章

引起轰动的判决

警司又拉了一把椅子到桌边,从钱包里掏出一小捆剪报,一张张摊开。督察掏出了笔记本和铅笔,准备记下要点。

"说吧。"局长向后靠在了木椅子上,把腿伸直。

"首先,督察,我先介绍一下案情,然后你可以看看这些剪报。我希望你时刻记着克莱顿案的细节。明白吗?"

"好的,长官。"

"首先,你知道一个叫赫斯霍尔角的地方吗?"

"我知道,长官。是在巴森斯韦特湖西岸,对不对?"

"是这样。那是深入湖中的一个小角。三年多前,从湖中打捞出一个中年男性的尸体。一个工人在铁路车厢上看到水上浮着尸体。你应该知道铁道是沿着湖西岸走的。

在铁轨另一边是凯斯维克-科克茅斯路，走这条路可以绕过温莱特森林。我们调查了此事，按当时的情况，看上去很明显是自杀。尸体泡在水里三天了，表征没有任何暴力的迹象。尸体的腰间系着绳子，我们觉得另一端绑了大石头或其他重物。无论如何，绳子脱落了，尸体就浮了上来。注意，当时我有一点疑惑。男子左手只剩拇指。它们不是被切断的。医生检定称，大约是几年前发生了意外。绳子是牢牢系在男子腰间，打了个漂亮的双重丁香结，这种结很复杂。我当时立即有了疑问：'一个少了四根手指的人，要怎么打这个结？'聆讯中自然也提出了这一点，花了很长时间争论是否可行。最终陪审团认为有这个可能性，做出了他在神志不清时自杀的判决。"

"现在，我之所以把这陈年旧案挖出来，是因为本案的死者彼得森，也是一家修车厂的合伙人。他因为左手残疾，并不是技师，但他会在加油泵旁提供服务，整理账簿等。他的合伙人是个叫维克的家伙，自然也引起了我的注意。坦白地说，我当时就对他心生厌恶。我说不出一句好话。他在悲剧发生时出城了，我们无法推翻他的不在场证明。但尽管如此，我的直觉告诉我，他不是个好人。我不能说我的怀疑一定合理。实际上，维克还在管理着那家修车厂，我想就他一个人。我想你注意到过湖边一段孤立的道路上那座建筑吧？"

"在洛斯维特吗，长官？"

"就是那里。这就是案情经过。你看出两案的相似之处了吗？死者都在修车厂工作。修车厂都是远离人群。维克和希金斯看上去都有嫌疑。我不能断定这有没有关联。但你可以看出，这能支持局长的推测，也许这两起案件的背后都有犯罪团伙？"

督察缓缓地点了点头。他当时还没分配到这一警区，对这一案件一无所知，但听完案件陈述，他的脑子全速运转起来，继续寻找着两个案子的关联。

"还有一点，长官。你记得那个人，彼得森，他留下钱了吗？比较充裕的钱。"

警司咧嘴笑了。

"我就猜你要这么问，督察。我准备好了要回答你。他留了！不小的一笔钱。要是我没记错，大概在1500英镑左右。"他转向局长说，"您看，长官，我之前没提到这一点，因为督察刚刚才提到克莱顿有个小金库。"

"这让两个案子的共同之处越来越多。"局长说，"我不想过分乐观——那样有点危险——但我倾向于相信我们找对了路。看起来还是条很难走的路。"

梅瑞狄斯急忙表示同意。三人又谈论了几分钟两案的奇异相通之处。最后，局长瞥了一眼手表，从椅子上站起身来，暗示他该走了。

"这案子接下来怎么办，长官？"督察问。

"我已经想好了，梅瑞狄斯。我觉得我们没有充足的理由找总部申请人手。毕竟，你很熟悉本地情况，你也掌握了本案所有情况，所以我觉得你可以独自处理这个案件。"

"谢谢您，长官。"

"你还有很多工作要做。"局长说道，"我想你在报纸上登的通告能找到证人。在我看来，你是想找出晚上7:30～10:30，有谁出现在修车厂附近，然后彻底调查他们。我想想，周中的报纸应该星期三发行，对不对？"

"是的，长官——是明天。我想这24小时里我们还能掌握更多信息。"

"很好。好吧，我只能祝你调查顺利，梅瑞狄斯。我只有一条建议——坚持查下去。只有这样才能破案。"

三人朝门口走去。警司补充道："对了，我把剪报留下来了。你会觉得有意思的。如果是我的话，就会尽快去洛斯维特看看。我会参加明天的聆讯，督察。"

蓝色的轿车朝卡莱尔的方向驶去。梅瑞狄斯精神饱满地回到了办公室，开始起草一份清晰、详尽的调查报告。局长十分信任他的能力，让他十分高兴，简直有点受宠若惊。他下了更大的决心把案件一查到底——不仅是克莱顿死亡的疑案，还有那2000英镑的来源。他已经开始觉得这两个问题有某种联系。还有，本案和三年前发生在洛斯维特的案件有一些难以解释的关联。

回到位于格雷斯托克路的家里，督察匆忙吃过午饭，赶紧回到了警察局。他花了一个下午对与案件有关的证据做了细致的检查。他检查了3米长的软管、排气管的鱼尾端和克莱顿头上的雨衣，查看有没有指纹。但正如他所料，一无所获。这个现代罪犯从前辈的苦痛中吸取了教训，在作恶时戴上了橡胶手套！但梅瑞狄斯不放过一丝机会。他甚至重新检查了死者口袋里的每一样物件，但依旧徒劳。下午6:00，他有点沮丧地回到家。

星期三，在一上午的日常工作后，他回到格雷斯托克路，在家里吃了午饭，又匆匆离开，和警司一起坐进了拥挤的小法庭。下午2:30，验尸官准时坐在了长桌前，在陪审团宣誓就职后，聆讯开始了。

从头到尾都和梅瑞狄斯想的一样。马克·希金斯指认了尸体。卢克·佩里曼穿着黑西装，显得庄重而拘谨，他介绍了在车中发现克莱顿尸体的过程。梅瑞狄斯接着解释了佩里曼立刻开车到警局报案，他自己和目击证人一起回到了案件现场。他描述了尸体的姿势，与佩里曼所讲的一致。然后他详细介绍了导致死亡的装置。

这些，对大家来说都是旧闻。然后，呈上了医生的证词。

"你是说,死因是吸入一氧化碳气体导致的窒息吗?"验尸官问道,"在检查尸体后,你是否推断死者是自杀的,伯尼医生?"

"那的确是我最初的判断。"

"'最初的'是什么意思?之后有什么原因让你更改了死因吗?"

"不完全是这样。但我接到指示,让我和怀特医生一起做解剖。警察对外部检查的结果并不满意。"

人群中出现了一丝期待。

"警察为何不满意呢?"验尸官戴着角框眼镜,困惑地瞪着眼睛。梅瑞狄斯督察迅速站起身。"督察?"

"我想我可以解释,先生。"

梅瑞狄斯用短短几句话描述了摆好的饭菜、烧化的水壶、点着的灯和死者出奇干净的手。他还强调了死者根本没有自杀的理由,比如克莱顿做了未来的计划、他即将结婚,而且他全无金钱困扰。

"基于手头的证据,先生,我们认为应当做解剖。"

"我明白了。"验尸官沉思道,"很好,督察。你可以坐下了。"他转向医生:"那么,伯尼医生,请你告诉我们解剖的结果好吗?"

"好的。我们在肠胃里发现了30格令乙丁二砜。"

法庭里骚动起来。尽管大多数听众一点也不了解乙丁二砜,他们也判断出聆讯出现了意想不到、令人兴奋的转折。验尸官敲了一两下木槌,人群才重新安静下来。

"你觉得这意味着什么,医生?"

"这说明死者被下了药。而且据我们检查,就在他死亡前不久。"

"死者可能自己吃下这些药吗?"

"我认为没有。他要在药物见效前坐进车里、发动引擎,还要把雨衣套在头上,把软管塞进去。一氧化碳能让他几乎立刻失去知觉。因此我认为,死者完全没有必要在自杀前吃药。"

"那你的意思是,"验尸官用他低沉、克制的声音继续说道,"药是另一个人下的?"

"是的。"

验尸官又一次敲起了木槌,旁听席上激动的低语声安静了下来。

"你知道你的证词会推断出什么结果吗?"

"非常清楚。"

伯尼医生坐了下来。怀特医生也证实了他同事的说法。之后验尸官询问是否还需要传唤其他证人。警司用眼神询问了梅瑞狄斯后,表示没有人了。验尸官立刻开始总结陈词。他指出陪审团要考虑三个问题。第一,他们要确认死因。他认为那不会有任何困难。伯尼医生明确指出,死因是吸入一氧化碳导致的窒息。要是他们喜欢的话,说废气也行。

第二,他们要判断,引起窒息的原因是意外、自杀还是他杀。关于这一点,他们听了佩里曼先生和梅瑞狄斯督察的证词——死者在驾驶座上坐着,上身挺直,头上罩着雨衣,雨衣下塞着软管,软管另一头套在汽车排气管上。验尸官认为,这些要素结合在一起,说明此案有预谋。如果陪审团同意他的看法,就可以排除意外的可能性了。死者是自杀的吗?这是一种可能性,陪审团不能忽视。所有外在迹象都指向自杀。

另外,还要考虑督察、伯尼医生和怀特医生的证词。两位医生在警方的要求下做了尸检。陪审团已经知道了尸检的结论。死者肠胃中发现了强效的药物。伯尼医生认为,死者没必要吃药。验尸官也认同这一看法。那只剩下一种解释,有第二个人让死者吃下了药。陪审团要扪心自问:"为什么要让他吃药?"如果他们认为这是要让死者失去活动能力,尸体是被人摆放在驾驶座上的,那就很明确是谋杀了。

如果陪审团做出谋杀的判断,就需要考虑第三个问题。如果他们认为是谋杀,那他们必须尽力言明有罪的一方或多方。验尸官认为,目前还无法做出这样的决断。但他们必须完全依据自己的判断找出答案。

正如梅瑞狄斯和警司预料的那样,陪审团投票决定休庭。35分钟后,他们排成一排回到了闷热的小法庭。在令人紧张的沉默中,验尸官询问了他们的判决。旁听席上一片惊恐,判决是故意谋杀,凶手未知!

第七章

路边的运油车

"瑞克夏少校的电话,长官。"当值的警长朝梅瑞狄斯说道。他刚结束聆讯回来,正往办公室走去。"他想和你谈一谈。"

"瑞克夏少校是谁?从没听说过这个人。"

"退役的印度军人,长官。他刚搬来这片居住,租了格拉斯米尔路上老收费站旁边的房子。"

"他想谈些什么?他说了吗?"

"克莱顿的案子,长官。他说他感冒卧床,没法到这里来。"

"我立刻过去。"

雷顿休班了。梅瑞狄斯自己把警用摩托从车库推出来,朝着老收费站的方向开去。他毫不费劲就找到了那栋房子——一座饱经风霜的四方形灰色建筑物,可以俯瞰德文特湖。房前有一片挺大的花园，就在路边。女佣立刻带他走进少校的卧室。一个赤褐色皮肤、脸型瘦长的病人正躺在床上读《坎伯兰新闻》。

"请进！请坐，督察。"他说，"抱歉我发不出什么声音，我有慢性咽炎。就这样——把那把椅子拉过来。你挨得越近越好。我只能低语，要是我能大声说话就好了。"

"没关系，先生。"督察热情地说，"听说你有克莱顿案的线索告诉我。"

"是的，我有。今早在报纸上读到了你的通告。"他举起《坎伯兰新闻》，挥了两下，"就是这份。周中这期今早才刚刚发行——不然我早就联系你了。你准备好记下我的话了吗？很好！"

瑞克夏少校喃喃低语着，断断续续地描述了他周六晚上是如何去了德文特修车厂的。当天，他先是在科克茅斯，在保守党会议上发言，然后和妻子驾车回家。在德文特修车厂，他停下来加了油，用他的话说是"那个留着希特勒胡子的小伙子帮我加的油，他一直负责这些"。他觉得自己是在晚上7:20左右到的修车厂。他和妻子都没有下车，付的钱数目正好，他也没必要多待。

"他怎么处理钱的？你注意到了吗，先生？"

"看到了——那个家伙把钱塞进了自己工装裤口袋里。"

"浅黄色工装裤吗？"

"没错，督察。"

"你付了多少硬币，先生？"

"只有一枚硬币，督察。半克朗①。我总是加最便宜的油。从不买单价超过1先令3便士的油。不过我不大明白……"

"这是个小问题。没什么重要的。"梅瑞狄斯快速答道，"真正重要的问题是——你注意到修车厂里有其他人吗？"

"完全没有！我记得办公室里亮着灯。看不到里面有没有人。装的是磨砂玻璃。一个加油泵前停着一辆运油车……"

"运油车！那一定有人在！"

"或许吧。"瑞克夏少校怒气冲冲地说，"但我也告诉你了，督察，我谁也没看见。"

"你看到运油车上的公司名了吗？"

"看了。诺克石油公司。那是奥姆斯比·莱特的公司。我参了股。不仅如此，他们还真的发分红呢！"

"你能肯定为你加油的人就是克莱顿，是吗？"

"很确定，督察，我一看就认出来了。"少校抚平了报纸，用手指着案件专栏底部的照片。梅瑞狄斯不知道媒体

---

① 英国旧制硬币，2先令6便士。

是从哪里拿到的照片,也许是里德家吧。

"那是克莱顿,是不是?"少校说。梅瑞狄斯点点头。"给我加油的小伙子就长这样。这就够了吧?如果你想再问问,我就让我妻子过来。"

"这样也好。"督察说,"我不是怀疑你。但请记住,那是个漆黑的夜晚。在这种情况下,总要多加小心。"

少校按了铃,让女佣请瑞克夏夫人过来。瑞克夏夫人大约50岁,骨瘦嶙峋。在互相介绍后,她用颤抖的声音证实了她丈夫的陈词。床边传来一声得意扬扬的"我早就说了"。

和瑞克夏夫妇聊清楚后,梅瑞狄斯一路思考着开车回了警局。诺克石油公司在本案中不断出现,让他极度好奇。先是希金斯的客户,彭里斯油库的经理。然后他在布雷斯韦特村外遇上一辆快速行驶的运油车。现在,周六晚一辆诺克石油公司的车就停在德文特修车厂的加油泵旁。他已经决定要审讯运油车上的人,而且明天就要去一趟彭里斯油库。

在这一点上,瑞克夏少校给了他什么有用信息呢?完全——没有!少校到达修车厂的时间让人恼火,他要是晚上8:30去的就好了。

他已经知道,下午7:35克莱顿还活蹦乱跳的。弗雷迪·霍格已经告诉他了。他真正想要的,是缩短案发的时间窗口。要是有人晚些时候去过修车库就好了!

第二天,梅瑞狄斯督察穿着便衣,乘坐去往彭里斯的公共汽车。天朗气清,但冷风穿过湖边的博洛代尔山谷呼啸而来。山峰耸立,峰顶的冰冻在阳光下闪闪发光,远处的瀑布像白色的蕾丝边。高山的阴面仍有些许积雪,山谷里则已经出现春天到来的气息。清甜的空气让梅瑞狄斯活力四射,十分乐观。不知怎么,他预感今天能取得重大进展。这种感觉为何如此强烈,他说不出来。其实他不认为能从运油车司机那里获得多少信息。瑞克夏少校离开后,运油车肯定很快也开走了。因为10分钟后,弗雷迪·霍格骑车经过时,运油车已经不在了。不过,按照惯例,还是要询问他。

快到油库时,梅瑞狄斯让巴士停下来,下了车。他不想让任何人看到他出入油库。他知道车上有一两个凯斯维克居民已经认出了他。当地人对他的行踪知道得越少,他破案的机会越大。

他轻快地走了一段路,来到油库的入口。这里被一道高高的波纹状铁栅栏包围着,栅栏上露出车库和商店的屋顶。90米开外,在油库后墙斜前方,是伦敦、米德兰和苏格兰铁路的科克茅斯-怀特黑文支线。梅瑞狄斯注意到一辆油罐车靠在诺克油库的一边,几根坚固的杆子上挂着两个软管,显然是用来插在油罐车上的。院墙外是开阔的草坡，基本没有其他建筑。但在3月清澈的阳光下，油库还是显得阴冷荒凉。

大门半掩着，梅瑞狄斯一走进去，就注意到水泥平台上有一座砖头搭建的会议室。乍一看，这地方仿佛完全荒废了。直到他走到和办公室齐平的高度，才注意到窗户里有个男人在注视着他。梅瑞狄斯走上办公室门前的台阶，咚咚地敲着门。那个人消失在窗户后面，几秒钟后开了门。

就在那时，梅瑞狄斯感到极度的激动，此生少有！

他压制着不让自己叫出声。眼前疑惑地打量他的那个人，拥有一张令人过目不忘的脸。他从未见过这个人，但无可否认，那人脸颊瘦削，面容整洁，角质眼镜厚厚的镜片放大了他的眼睛。就算梅瑞狄斯怀疑了一下他的眼睛，那人一开口，他就知道他没想错。那轻微的口吃也成了确凿的证据。眼前这个人，就是斯温利太太在修车库小屋里见过两次的人！

"这位，"那人有些气势汹汹地问道，"你有什么事吗？"

"我能见见油库的经理吗？"梅瑞狄斯刻意礼貌地问道，"是件私事。"

"我就是。"那人简短地说，"我叫罗斯。怎么了？"

梅瑞狄斯再次惊讶了。原来这就是马克·希金斯周日早上要见的人!看来威廉姆·罗斯先生和德文特修车厂的两个人关系甚密!

"不会花很长时间。我能进来吗?"

梅瑞狄斯变得越发和蔼起来。

"好的。"经理说。他踢了踢面向自己的办公椅。"坐下说,好吗?"

"谢谢。"梅瑞狄斯说,"我先介绍一下自己,罗斯先生。我叫约翰逊,我在布雷斯韦特租了间房过冬。两天前我开车经过波廷斯凯尔的一个急转弯处,差点被你们的一辆运油车撞上。我大声叫司机停车,但很遗憾,罗斯先生,他无视我,开走了。要不是我反应快,我现在就没法坐在这里和你说话了。"

"那?"罗斯不悦地问,"你想让我怎么办?"

"我的第一反应,是去报警。"督察继续平静地说,"但我考虑了一下,决定先来见你。毕竟,我不想让你的司机失业,或被吊销执照。我的想法是,你可以直接和那个家伙谈谈,这样就好了。"

"我明白了。"罗斯似乎想了一下,然后问道:"你确定那是我们的车吗?"

"当然。"

"那是什么时候的事?"

督察在内心偷笑。这是一个颇有新意的盘问方式,而且成果颇丰,他很开心。

"我想想——大概是晚上7:30。"

经理凹陷的双颊流露出讥讽和获胜的神情。

"那你可露馅了!我们的车下午6:00后就不上路了。车子下午6:00必须停在这里,我亲自确认他们返程了。你可犯了个错误,这位……"

"约翰逊。"督察愉快地笑了,"但我向你保证……"

"不可能!"经理厉声说,"要是你不相信我的话,可以在这里等到下午6:00,看他们进库。今天他们都出去了,6辆运油车。你可以站在门口数。这样够公平了吧,嗯?"

"确实……"梅瑞狄斯装作很疑惑,"我不知道该怎么说,罗斯先生。看来我是弄错了。我理应道歉。无法想象我怎么会犯这样的错误。你的车是绿色的,不是吗?绿车上刷了黄色的字?"

"这就清楚了!你的确弄错了!蓝底红字——才是我们的车!"

梅瑞狄斯不断地道歉。并一再表示,他不敢相信自己怎么会这么蠢。现在他想起来了,诺克的车是蓝色的油罐,红色的字,不是吗?他在附近看到过很多次。

"我想你在附近地区认识很多人吧?这工作很有意思,是不是?"

"还行吧。"经理粗暴地回答。

"好吧。"梅瑞狄斯宽容地说,"我们都觉得别人的工作比自己的有意思。我曾经是旅行推销员——起码在我精神崩溃前是。我现在做男装生意。你旅行过吗,罗斯先生?"

经理狐疑地打量着他,点了点头。

"时不时地。"他模棱两可地说。

"但现在你的运油车都有固定的轮班,我想你被束缚在办公室里了吧?"

"差不多吧。"

梅瑞狄斯突然站起身,带着歉意的神情,伸出手。

"我不能再耽误你的时间了,罗斯先生。抱歉我打扰了你。我还是想不通我怎么会犯这种错误。好吧,早安。"

"早安。"罗斯先生平静地说,送督察走下台阶。

梅瑞狄斯知道经理小心翼翼地跟着他走到门口,现在正看着他离开。他漫不经心地沿着路朝彭里斯走去。还要再过45分钟才有公交车,所以他决定走去彭里斯的灯塔酒店,好好利用时间。他在路口绕过一堵高高的石墙,拐了弯,立刻换成轻快的步伐。这种锻炼方法一直是他大脑的兴奋剂。

去油库一趟让他很高兴。他现在确定油库经理和德文特的合伙人之间有某种明确的联系——纯粹的商业关系,梅瑞狄斯对此不感兴趣。罗斯基本算是告诉了他，自己一直在那间办公室里工作。诺克公司已经和周边地区的修车厂建立了良好的联系，能看到很多地方都用他们蓝红相间的油泵。他已经注意到德文特修车厂也有这么一个加油泵。所以罗斯夜间去修车厂，很可能不是为了进一步扩大合作。那，这两方是如何建立起的亲密关系？局长的推测是对的吗？这些人是不是在各自的生意背后，一起经营着什么不法活动？

梅瑞狄斯回想起自己在办公室门前看到罗斯的震惊，忍不住咯咯笑起来。谢天谢地，他的应变能力没有在关键时刻消失！扮演约翰逊，扮演一名退休的旅行推销员，他至少获得了一些有效信息。要是罗斯猜出了他的真实身份，那他肯定会被拒绝。当然这也有后果。他现在不能去油库审问运油车司机了。如果让罗斯看到他盘问那些人，罗斯会立刻提防起来。

而且，经理保证所有诺克运油车都在下午 6:00 回库，为何晚上 7:30 时在德文特看到车呢？这里的差异立刻引起了梅瑞狄斯的警觉。这是否意味着运油车司机与克莱顿的死密切相关——他们是杀人犯吗？有这个可能，但这与弗雷迪·霍格的证词不相符。他经过时，没看到运油车，克莱顿也还活着。那些人可能把车停到了别处，步行返回了修车厂。这也有可能。要是他能知道周六晚上运油车是几点到的就好了！话说回来，为什么不顺着这个猜测，彻底检查下在哪些地方停车能让人看不见？梅瑞狄斯决定下一步就这么做，还要去盘问运油车司机。

看见梅瑞狄斯走进灯塔酒店，查理和蔼可亲的脸上绽放出笑容。

"你好，督察。今天休假？"

"怎么会！"梅瑞狄斯苦笑着回答，"没这么好运，道森先生。我能和你在办公室里谈谈吗？"

"没问题。这边请。当心地毯！"他走到茶几前，倒了点威士忌和苏打水。"不用客气。"他把玻璃杯递给督察，会意笑了笑："祝你好运，督察！"

梅瑞狄斯举起酒杯时咧嘴笑了。

"借你吉言。"他俗气地回答，"我想你看到克莱顿案的聆讯结果了吧？"经理点了点头。"只跟你说，我觉得我查到了些线索。还不能肯定。但我想你可以帮我提供信息，道森先生。"

"好的，说吧，督察。"

"你对诺克石油公司了解多少？这是我的主要问题。"

道森考虑了一会儿，拉了拉右耳垂。这是他思考时的习惯动作。

"嗯，我了解得不多。"他坦诚地说，"奥姆斯比·莱特持有这家公司。这是个新公司。刚发展十年左右。公司运转良好，每年向股东派发7.5%的股息。据我所知，一共只有两个油库——我们这儿有一个，卡莱尔郊外有一个。卡莱尔那里的我一无所知，不过我知道些本地油库的信息。"

督察急切地向前探身。

"很好——这正是我想要的。首先，有多少人在那里工作？"

"我想想，有罗斯，他是经理。你知道，我提到过他。然后有6名运油车司机，还有他们的搭档，再加12个人。还有个看院子的人。人挺多的，我想。"

"那么，每辆车上都配有两个人？"

"是的，都是两个。这我很确定，督察，因为大多数司机晚上都会光顾我的酒吧。"

"他们什么时候下班？"

"下午6:00。他们早上9:00出发，明白吗？每辆运油车都有特定的路线。如果他们能在预定时间内完成工作，就能在下午6:00前把车开回库里。实际上，他们的行程很周密，要利用好一整天的工作时间才能全部走完。你能猜到，不鼓励超速驾驶。不管怎么说，那都是重型机械，磨损是很严重的，不能超速。"

"没错。每辆车的线路不会更改吗？"

"是这样。你看，有6辆车，要负责6个不同的区域。比如，一个家伙负责肯达尔区，另一个跑这里和卡莱尔，还有个人负责凯斯维克、科克茅斯和沿海城镇。明白吗？"

梅瑞狄斯点点头。

"你说的很有用，道森先生。"

"时刻为警方服务。"道森咧嘴笑道，"还有别的问题吗，督察？"

"是的。你认识跑凯斯维克和科克茅斯的人吗？"

"当然了。司机是贝特尔——大块头，粗脖子，拳头有羊腿粗。卡尔内拉反应有点慢，从不多话，和他搭档的普林斯正相反。普林斯很活泼，花招很多！很会玩牌，会玩把戏，也很会模仿。告诉你，督察，普林斯来时，酒吧里总是很活跃。说话吗？他根本停不下来。逗得我们都哈哈大笑。"

"你说希金斯经常过来。见过希金斯和他们聊天吗？"

"简单聊过。希金斯和他们并不亲密。我觉得他们对希金斯来说有点俗气了。马克·希金斯更觉得自己是个斯文人。起码我是这么看的。"

"那罗斯呢？"

"哦，希金斯倒是认识他。马克·希金斯要是从凯斯维克过来，他十有八九会和罗斯在台球厅打几局。两位都很爱打球。也都很会打。我可看过小马克打出……"

梅瑞狄斯等道森唱完希金斯台球技巧的赞歌，然后抬眼瞥了下钟，他的公交车3分钟后就要开了。

梅瑞狄斯对早上的调查非常满意，他回到家里，吃了一顿丰盛的午餐。下午2:00后不久，他就穿过泥泞的田地来到波廷斯凯尔。他已经发现了四条可以隐藏运油车的小路。其中两条在路的右边，逐渐消失在巴森斯韦特湖旁的农场尽头。左边的两条通往湖边的主路，可以通向格兰奇和锡托勒。显而易见，梅瑞狄斯先检查了右边的道路。那些人一定会选择一条没人经过的小路。他沿着路走到了第二个转角，离车库有400米远。没有什么发现，他转而调查两边都是杂草的狭窄车道，仔细检查着两边的路面。

尽管这条车道本身铺满碎石，十分坚硬。但由于近期下了雨，两边的草皮依然很软。如果有运油车停在这里，肯定能看见轮胎的印记。但是，如果司机足够聪明，他一定会避免留下这样的证据。所以，半小时后，梅瑞狄斯发现"此路"不通。他很失望，但仍不愿放弃自己的推理。的确，有几条模糊的车辙暗示最近有车开过，但滂沱的雨让人无法辨别这些印记。

然而，他觉得有必要在附近的农舍里问一问，希望会有人看到了运油车。他问了六七个人，却一无所获。一位农场的主人托马斯·桑顿先生表示，如果有人在周六晚上看到了运油车，消息很快就会传开。任何不寻常的事一定会被大肆宣扬，原因很简单，这片地区很少发生不寻常的事情。梅瑞狄斯愿意相信这个推测，因此在向桑顿先生致谢后，他回到了车道上。

无论欧洲大陆其他国家或美国如何诟病英国警方，他们绝不会说英国警方不细致。受益于早期的训练，梅瑞狄斯耐着性子一寸一寸地重新检查了车道和路边的草丛。这一次，他的细致得到了回报！他找到了什么。虽然不是他想找的，但这足够出人意料，引起了他的注意。

在草丛深处不起眼的地方，散落着大量的碎片，约有1平方米范围。没有瓶颈或瓶底的碎片，难以判断原貌。实际上，每片玻璃都太碎小了，梅瑞狄斯认为这一定是被故意打碎的。很可能使用附近地上的石头砸碎的。他极有耐心地捡着，收集了一大把玻璃碎片，小心地倒进信封里。他粗略地看了看，有了一点发现。大块的碎片上明显有曲度，说明这可能是个瓶子或球体。但如此支离破碎的程度让梅瑞狄斯很困惑。他一时间想不出什么常见的东西是用这么易碎的材料制作的。他突然想到了电灯泡。但应该会有一块厚厚的玻璃上装着金属板，焊着灯丝吧？也不可能是手表的表面。那根本不会有这么多碎玻璃。梅瑞狄斯决定让伯尼医生来给这些玻璃做一次"尸检"！

接下来的工作让人失望。他花了两个小时的时间仔细检查其他三个岔路，累得腰酸背疼，但他完全没有发现任何线索。要是运油车在任意一条车道上停了一刻钟，那一定十分谨慎，采取了不同寻常的措施掩盖一切痕迹。梅瑞狄斯开始怀疑，那些玻璃碎片和案件到底有没有关系。尽管他尽了最大努力，但依然无法将发现的线索与克莱顿之死联系起来。因此，下午5:15时，他坐上了公共汽车，回到了凯斯维克。在回办公室之前，他拜访了伯尼医生，让他看看那些玻璃碎片。法医经过仔细检查，没做出任何肯定答复。

"这种玻璃是为实验室用的烧杯、试管、蒸馏器等制造的。但也不能肯定这本来是实验器皿。外国造的玻璃也很薄，一般用于制造普通家用物品。"

"我想你没办法判断这里面装过什么吧？"

伯尼讽刺地笑了。

"什么？它在地里都淋了好几天的雨了。基本不行。实验室检验就是浪费时间。抱歉！"

梅瑞狄斯不满地回到警察局。虽然他嘴上说自己不指望能查到什么，但内心还是很希望玻璃碎片能够提供一些惊人的信息。哦，好吧——破案就是会遇到烦人的死胡同。虽然选择了一条成功率很高的路，但经过疲惫的流浪，还是很容易发现自己走到了一堵空白的墙前。沮丧，困惑，都是他工作的一部分！

警长和雷顿换了班。

"钟准吗,警员?"梅瑞狄斯用大拇指杵了一下墙。

"下午5:10——是准的,长官。"

"我想派你去站岗,到下午6:00。明白了吗?"雷顿看起来很困惑。

"站岗?去哪里,长官?"

"格雷塔桥那条路的尽头。我估计几分钟内会有一辆诺克运油车经过凯斯维克。要是你看到了,就拦下来,把车上的人带来。我要和他们谈谈。"

雷顿打心眼里不愿意离开暖和的办公室,但还是戴上头盔离开了。

第八章

普林斯和贝特尔的解释

10分钟后，警员敲了敲里间办公室的门。

"他们在外面，长官。"

"带他们进来。"梅瑞狄斯轻快地说，"我需要请你记录一份口供。"

尽管他表面上很平静，梅瑞狄斯内心却充满了兴奋。虽然作为一个务实的人，他对直觉不屑一顾，但他不禁感到，即将到来的审问对他的调查至关重要。如果这些人什么都没告诉他，那么这个案子的前景对他而言就是穷途末路了。

那脖子粗壮的贝特尔先生一进门，梅瑞狄斯就觉得查理·道森给他取的绰号很贴切。他浑身上下透露出富有蛮力的基调，辅以巨大的躯干，有点小的头，宽而凸出的面颊。他的心智看上去不大健全，就算不是有重大缺陷，起码低于平均水平。他的眼睛慢慢地转动着，透露出他并不会轻信别人，而是充满怀疑。他的同伴站在这个笨重的巨人身边，形成了一种奇怪而滑稽的对比。普林斯的身高低于平均水平，衣冠楚楚，行动敏捷，一看就是个十足的伦敦人；尽管他身材矮小，但精力充沛，满脑子聪明才智。看到这两个人之间的差异，梅瑞狄斯立刻决定，应该把他们分开审问。

在他们告知了姓名后，督察陈述了他想见他们的理由。他第一次提到那起谋杀案时，紧紧盯着他们，但二人连眼皮都没动一下。贝特尔直愣愣地望着他，普林斯似乎迫不及待地想说话。两人都承认，他们在当地报纸上看到了调查报告，也看到了警方要求提供信息，但由于他们在修车厂只停留了很短一段时间，而且他们离开时克莱顿还活着，心态也很正常，所以他们认为站出来是没有意义的。

督察急忙纠正了这个错误的观点。

"在这种情况下，任何消息，不管多么微不足道，都可能是重要的。你们是最后见到克莱顿的人，所以我想你们得把能说的都告诉我。有意见吗？"

"没有。"普林斯立即回答。

"我也是。"贝特尔咕哝道。

"很好。我分开给你们记录陈述吧?"梅瑞狄斯打开门,叫了警员,"警长回来了吗?"

"刚回来,长官。"

"很好。那请贝特尔先生在另一间办公室坐一会儿。普林斯和我在这里有话要说。好了,雷顿,我现在需要你。那么,普林斯先生,让我们知道你星期六晚上去车库的详细情况。"

普林斯似乎很乐意帮忙。他滔滔不绝地说起来,以至警员只能尽力把他陈述的要点记下来。

"是这样的。"普林斯开始说,"我和我的伙伴负责诺克的凯斯维克-科克茅斯区域。星期六我们没有半天假。这是公司的规定。星期四我们放假,明白吗?我们这一圈的最后一个修车厂是德文特。我们星期五接到了一份订单,第二天必须送来900升的油。于是我们在德文特停了车,在办公室里和克莱顿聊了一两句之后,就接上油箱,按计划交货。我想这是我们一天中最好的半个小时,有这样那样的原因。克莱顿是个健谈的家伙——我想我应该说他生前是个健谈的家伙——我们争论了一下这一季谁会赢得足总杯。不管怎么说,大约晚上7:30时,克莱顿在送货单上签了字,检查了油罐,确认了货物,我们就动身回油库了。按我的观察，他当时是正常的，虽然有点心不在焉。我听说他很情绪化，督察，但这究竟是不是真的，我说不上来。"

"你离开的时候没有注意到有人在附近逗留吗？"

"没有，长官。"

"你确定你出发回油库的时间吗？"

"基本能够肯定。因为我们到油库时迟到了，所以我看了看我的表。"

"迟到了？"督察尖锐地说，"为什么？"

"发动机故障。化油器中进了一点水。我们花了将近一个小时才修好。"

"这是在哪里发生的？"

"你知道詹金山吗，在赫斯霍尔角和布雷斯韦特车站半路上。我们准时到了洛斯维特，然后遇上了这个麻烦。结果我们一直到将近晚上7:00才到达德文特。"

"我明白了。你离开德文特后就直接回到彭里斯油库了？没有停留吧？"

"没有。直接回去了。罗斯先生——他是经理——正在等我们回来，给我们登记。"

梅瑞狄斯从办公桌前站起来，伸手去拿雷顿匆忙写下的口述。

"谢谢,普林斯先生。你只要通读一遍,然后签名就行了。"

这边一结束,雷顿就把贝特尔领了进来,而普林斯则走出了外间办公室。

贝特尔在口述时远没有那么油嘴滑舌。每当梅瑞狄斯简短地问出一个问题,他就深思熟虑,拿帽子擦擦后脑勺,然后谨慎地回答着,让人十分恼火。他慢吞吞说的每一句话似乎都被拴上了沉重的锁链,督察只能尽力从贝特尔迟钝的脑袋里把必要的信息拖出来。但是他的口述在每一个细节上都和他的同伴一致。他们因化油器故障而迟到了。他们在德文特待了一段时间,同克莱顿争论着各个足球队获胜的可能性,晚上7:30就动身回油库了。贝特尔记得普林斯拿出手表看了看。实际上,当时他的同伴说道已经晚上7:30了,他们应该走了。他们径直回到油库,罗斯先生给他们做了登记。

贝特尔吃力地说完他的证词,并附上一个字迹潦草的签名后,梅瑞狄斯解释说,他没什么必要再见他们了。两个人急匆匆地跑回街上,爬上了他们的运油车。

梅瑞狄斯立刻回到他的办公桌旁。他打开一个抽屉,拿出一张巴特罗缪版当地地图,测量从德文特到诺克油库的确切距离。他最后认定有31公里。假设油箱基本是空的，梅瑞狄斯断定运油车可能在1小时或稍多一点的时间内就可以行驶完这段距离。最多也不可能超过1小时20分钟，就折中算1小时10分钟吧，那便意味着罗斯在晚上8:40登记了运油车回库。他下一步打算在罗斯不知情的情况下看一眼登记簿。他究竟要怎么做到这一点，梅瑞狄斯还没有想好。他必须想出一个计划。

除了时间点之外，他从这次询问中究竟得到了什么呢？太少了！他的直觉没有成真。他们到德文特时迟到了，但这些人给出了有力的理由。那时候在下雨。还有什么比化油器里进了一点水更自然的呢？他应该核对一下他们的口述，看看在赫斯霍尔角和布雷斯韦特车站之间，有没有人注意到停下来的运油车。他们最后一站是在洛斯维特。他可以很容易地向店主核实运油车离开的时间。实际上，他可以一箭双雕。听完警司说的赫斯霍尔角一案后，他已经决定去湖边的修车厂看一看。他想知道，这是否暗示了运油车是两个命运攸关的修车厂之间的一环？有可能，但可行性不高，他想。

然后他把注意力转向运油车的另一半路程。他肯定能找到他们在路上或经过凯斯维克时的目击者吧？他们也许不知道看到运油车的确切时间，但只要粗略的判断就足以证实这个故事的真实性。

突然，督察吹了一下口哨。他之前为什么没想到呢？他知道一个人能提供这些信息！弗雷迪·霍格不是从凯斯维克骑自行车回家的吗？那时运油车应该在回油库的路上。弗雷迪大约在晚上7:35经过修车厂，看到了克莱顿。运油车在晚上7:30离开了车库。所以弗雷迪应该在波廷斯凯尔附近遇见了那辆运油车。

梅瑞狄斯急不可耐地翻遍了电话簿。啊——找到了——布雷斯韦特的"猎犬追兔"。他轻快地拨通了接线中心的电话，几秒钟后就接到了酒吧。

弗雷迪·霍格本人接了电话。

"听着，霍格先生。"梅瑞狄斯言明身份后说，"我有一个非常重要的问题要问你。回答之前好好想想。我希望你能再次回想起星期六晚上。是的——这和克莱顿一案有关。你从凯斯维克回来的路上，在波廷斯凯尔和德文特之间有没有经过一辆诺克运油车？"

弗雷迪似乎想了一分钟，然后说："不，督察。我很确定没有。路上的车辆太少了，如果有的话，我肯定会记得的。"

"那么在波廷斯凯尔和凯斯维克之间呢？"

"没有。我根本没有看到过诺克运油车。我很肯定！"

"你从凯斯维克直接骑到布雷斯韦特——一直走的大

路吗?"

"是的。我还能去哪里?只有一条路,不是吗?"

"那确实是。"梅瑞狄斯立刻意识到了这一事实的重要性。霍格是对的。只有一条路。"你什么时候离开画室的?"

"大约晚上7:05。"

这是着手调查以来,梅瑞狄斯第一次感到兴奋。终于!他得到了一些非常重要的信息。他只能用一种方式来解释弗雷迪·霍格的证据——运油车晚上7:30离开了修车厂,但在骑自行车的人还没来得及遇见它之前,运油车已经离开了大路,停在一条岔路上,很可能没有开车灯。对此似乎只有一个合理的解释。当运油车停在汽油泵旁时,瑞克夏少校曾来过。因此,贝特尔和普林斯会意识到,他们不可能隐瞒他们拜访了克莱顿的事实。那他们如何行动呢?他们开车离开,在渺无人烟时,把车停在路边转弯处。然后普林斯步行返回大路,在那里等待,直到他看到有人向布雷斯韦特驶去。他看到的是弗雷迪·霍格。他意识到霍格完全有机会见到克莱顿,这正是他想要的,因为运油车已经不在那里了。危险解除了,他又找了个借口回到修车厂。他可能解释说化油器又出毛病了,请克莱顿帮忙。然而,在他们离开修车厂之前,普林斯请克莱顿喝了一点自己带的威士忌。在等待乙丁二砜生效的同时，他和克莱顿谈天说地，在克莱顿失去知觉的那一刻，他把克莱顿拖到车库，让他坐在车里，套好软管和雨衣，发动引擎，冲出去和贝特尔一起上了运油车。他们开足马力，设法在合理的时间内到达油库，给自己找到了不在场证明。

到目前为止一切顺利。"现在，"梅瑞狄斯苦笑着说，"有意想不到的困难。"他不年轻了，不会期待事事一帆风顺。对于他的新猜想，他几乎同时想到了好几种反对意见。

首先是时间。晚上7:35时，普林斯走的路上没有人——假设他从第一个岔路口（梅瑞狄斯发现碎玻璃那里）走到修车厂要5分钟。假设他花了5分钟解释自己为什么回来，让克莱顿拿着他的威士忌喝了一口。伯尼医生说，乙丁二砜生效至少需要20分钟。至少还要花10分钟把昏迷的人抬上车，装好仪器，发动引擎。然后，他回到运油车上还需要再花5分钟。总共45分钟。这就是说，运油车于晚上8:20开往油库，大约晚上9:30到达那里。但普林斯和贝特尔都向他保证，他们是晚上7:30动身的，到彭里斯去的路很通畅；他们一定知道核对这个证词很简单。因此，他那套漂亮的猜想似乎已经被推翻了。

克莱顿在油车驶离德文特之前喝下了掺了乙丁二砜的

威士忌,梅瑞狄斯不愿相信这一点。那太冒险了。在普林斯回到车库之前,克莱顿很可能就已经倒下了,在这种情况下,任何经过的人都可能注意到出了什么问题。

再说了,运油车司机会不会费劲地把车停在岔路,然后去谋杀克莱顿?让他们的不在场证明依赖于一个偶然路过的人会看见克莱顿?他们不能永远在小路上等下去。另一方面,那是星期六晚上。那个时候,科克茅斯路上的交通虽然不是很拥堵,但还是相当频繁。梅瑞狄斯估计,平均每10分钟就有一辆车或行人经过修车厂。因此,他倾向于认为,尽管他们的计划中有偶然因素,但这对他们来说是一场相当安全的赌博。关于这一点,他的最后结论是,都不足以推翻他的猜想。

时间才是真正的问题。即使这个装置已经通过某种方式安装好了——梅瑞狄斯突然发出一声惊呼!希金斯呢?他可以做到。他知道软管放在哪里,知道排气管的尺寸。有什么能阻止希金斯把软管和雨衣藏在事先安排好的地方,把车库锁起来,把钥匙和其他东西一起藏在外面,然后出发去彭里斯?也许只有一把钥匙可以打开披棚,所以即使克莱顿想上车,他也无法做到。或者更好的是,希金斯可能已经安装了整个致命的装置,只是把钥匙藏起来。这至少会减少普林斯8分钟的时间。但这就足够了吗?还是有太多时间无法解释吧？

这是梅瑞狄斯第一次试图重建现场，尽管他尽了最大的努力，还是无法说服自己保持自信。到处都是没解答的疑问。如果普林斯和贝特尔一起谋杀了克莱顿，动机是什么？这是最大的一个疑问。还有那2000英镑、洛斯维特惨案、玻璃碎片、罗斯夜访修车厂，以及那不可否认的事实：那辆诺克运油车肯定是直接从德文特返回彭里斯仓库的。

"还是有一大堆问题。"梅瑞狄斯一边想一边拖着疲惫的脚步回家，吃着期待已久的晚餐。

第九章

洛斯维特案

经历了稍显不安的一晚,梅瑞狄斯烦躁地回到他的办公室。此时,克莱顿之死的种种疑点在他的脑海中盘旋不去。随着调查的深入,此案非但没有查明,反而变得越来越复杂。现在有这么多不同的线索要追查,督察不知该从哪儿入手。他最后决定去洛斯维特看看,采访一下修车厂老板,再验证一下运油车司机所说在詹金山停下来的事情。

有一件事至关重要。他必须马上把希金斯、罗斯、普林斯和贝特尔的全部情况汇报给伦敦警察厅。根据他们的口音,他判断他们是南方人,以他对方言的了解,应该是伦敦人。如果其中任何一个人在大都会区被判有罪,那么伦敦警察厅就能让他了解他们的"犯罪模式"。但是他怎样才能获得那4个人的照片呢?目前为止口头上的描述还够用，但这些人的身份不能由此确定。

希金斯的十分简单。《坎伯兰新闻》已经登出了这名男子的肖像，描绘得十分真实，就在他们对这一悲剧的报道旁边。但是诺克三人组呢？

梅瑞狄斯回想起油库和附近的环境。他的头脑中有一幅十分清晰的画面。在彭里斯路的一边是高高的波纹状铁栅栏和高高的大门；另一边，就在大门的正对面，是一丛厚厚的冬青灌木。他为什么不派一个人，带着相机，隐藏在灌木丛里，趁着罗斯午餐离开时"抓拍"他呢？他很有把握经理会回到帕特代尔路32号去吃午饭。贝特尔和普林斯的情况则更复杂些。他们直到天黑以后才回到油库，这就意味着只有趁他们大清早上班前才能拍下他们的照片。这些人住在城里，他们肯定不是步行就是骑车上班，在9:00前到达油库。

梅瑞狄斯做好决定后，就转到主街上，走向了弗农的摄影店。商店的门铃声一响，店主亲自走上前来。当他看到督察时，咧嘴一笑。

"喂，梅瑞狄斯！你那个小淘气犯什么事了？你来教训他的是不是？"

"这次没有，谢天谢地。不过，如果托尼在的话，我想和他谈谈。"

"他在暗房里。我去叫他。"弗农说。

很快，托尼只身来到了店里。显然，对于父亲的不期而至，他茫然而不知所措。尤其是因为半小时前，他们才刚刚在早餐桌边分别。

"嘿，爸爸？怎么了？家里出什么事了吗？"

"没有，托尼。我跟你说几句话。"

梅瑞狄斯短短几句解释了他的想法，随着他的叙述，托尼逐渐变得兴致盎然，激动不已，他的蓝眼睛也熠熠生辉。于托尼而言，这真是一个冒险。这也是一种释放，把他从相当无聊的学徒生活中解放出来。

"那么，托尼，你觉得你能胜任这份工作吗？"

"保证完成任务。"托尼带着17岁的自信对他爸爸夸下海口，"如果你能搞定老板，爸爸，我就立刻带着相机出发。"

督察向弗农解释了摄影对查案的重要性，弗农表示理解。梅瑞狄斯提醒了弗农和托尼对此事保密后，阔步走回警局，取出警用摩托。刚过10:00，他就沿着布雷斯韦特路驶向巴森斯韦特湖。

过了通往布雷斯韦特站的路口100米后，他靠边停车，看起了巴特罗缪版地图。他估计詹金山就在前面差不多两公里的地方，从那里看，铁路线离公路大约有300米远。这对梅瑞狄斯非常重要，因为他知道，星期六下午6:25有一趟开往科克茅斯的运油火车要在布雷斯韦特车站进站。所以，很有可能运油车与停靠的运油火车擦肩而过。的确，当时天已经黑了，但运油车开着车灯，只要有车停着，就足以验证贝特尔和普林斯是否撒谎。到了詹金山后，梅瑞狄斯迅速地察看了地形，发现从过往的运油火车上看到运油车的可能性很高。超过400米的铁轨是建在较低的堤坝上的，两者间的草坪薄得像饼一样，而且上面没种什么植物。

"就这了。"梅瑞狄斯想着，心里有了点把握，"现在去洛斯维特。"

一脚油门下去，督察很快开到湖岸边。铁轨在此有一个大拐弯，右边与公路并驾齐驱，左边则靠着布满云杉的山坡，通往一座山脊。随后，巴森斯韦特的壮丽景色就展现了出来，闪烁着早春的光芒；对岸是无边无际的斯基多山脉。但梅瑞狄斯几乎没时间欣赏美景。他在转弯时，突然发现了什么，一下刹住车，滑到路边去了。

一个汽车修理厂就在前面不到180米的地方，一辆红蓝相间的诺克运油车正停在加油站旁边！三个人站在修车厂门口谈话，幸运的是，他们背对着梅瑞狄斯。但是即使隔着这么远的距离，梅瑞狄斯也毫不费力地认出了那个脖子粗硬的贝特尔先生和他健谈的同伴普林斯。

督察迅速把摩托车开到路边一排沥青桶后面，桶就立在路边一个小车站的边沿上。他爬上斜坡脚下的矮墙，一头扎进云杉林。他在浓密的矮树丛中东躲西闪,找到了洛斯维特这一小片建筑物后上方的一个位置。他迅速地扫视了一下这片土地,激动地意识到,他可以找到一个离他们不到10米远的藏身之处。修车厂建在一个天然的凹地里,很像一个废弃的小采石场,所以从树林里走近的人几乎都能俯视屋顶。

起初,梅瑞狄斯什么也听不清,但他想办法又接近了些,终于能听见零星几句话。他迅速抽出了笔记本和铅笔,开始记下他们的谈话内容。

首先是普林斯的。

"我想我们可能会要带些东西……加班……马克自然不参加……德文特……解决。"

接着,修车厂的老板开了口。这是一个矮矮胖胖的男人,他的腿有些弯曲,胳膊很长,活像只狒狒。

"……一切都很好……老板不能指望……提高产量……不可能……"

接着,他听见贝特尔粗声粗气地插进了谈话:

"那不是我们的错,维克。命令就是命令。O.W.一直心神不宁……不是我们能管的!"

这时,普林斯又开了口,但这次他的声音很低,梅瑞狄斯一个字也没听清。话一说完,贝特尔发出一阵刺耳的笑声,那三个人朝运油车走去。普林斯拆开连接运油车和油箱的接头，把盖子盖上。然后他把软管卷起来，把它放在木箱里。木箱就镶在蓝红相间的运油车油罐旁边。这时贝特尔爬上驾驶座。普林斯转动了几下起动柄后，强劲的发动机发出轰鸣声，几秒钟后运油车就轰隆轰隆地驶出了视线。

梅瑞狄斯没有浪费时间，从树林里跑了回来，骑上摩托车，向修车厂驶去。刚才和普林斯、贝特尔谈话的厂主走上前来服务他的客人。

"先生，有事吗？"

"给我来4.5升的诺克汽油。"梅瑞狄斯说，"我听说他们家的油不错，但我以前从没用过这个牌子。"

"的确不错。"对方同意道，"顶级的。"

"我猜卖了不少吧？"在厂主把油管的喷嘴插进油箱，转身转动加油泵的手柄时，梅瑞狄斯闲聊着问道。

"还可以。"

"一定很多。"督察一边仔细地观察着那人，一边说道，"6天内送两次货，要我说生意可真够旺的！"

"你这是什么意思？"那人突然问道。

"你看，"梅瑞狄斯回答道，"上星期六晚上，一辆诺克的运油车来这里加了油。今天早上，几分钟前，他们又送了一次。所以我觉得——生意真的不错。"

"那你就错了。那辆运油车上星期六晚上来过，但没有送货。我想要1800升,但他们的油箱里只剩下900升左右了。所以我让他们今早载满出来时就送过来。这是他们能交货的最早时间。不管怎样,"那人补充说,但他突然意识到,他犯了蠢,没必要解释这些,"不管怎样,你别见怪,这事和你有什么关系?"

"或许没有关系。"梅瑞狄斯回道,"来,看看这个,你就懂了。"

督察从他的大衣口袋里掏出他的证件,递给厂主。对方看上去有些困惑。

"警察?抱歉!我不知道——你没穿制服。"

"没错。我是梅瑞狄斯督察。你叫什么名字?"

"维克,格尼·维克。"

"你是这个地方的主人?"

维克点点头。

"你自己一个人开修车厂?"

"是的——我有个伙计,夏天的时候每天都从科克茅斯来。但到了冬天,我就自己运营,省点钱。两年前我在这儿合伙经营,我想你大概还记得赫斯霍尔角发生的那起倒霉事儿吧?"

"你是说彼得森的自杀?"

维克点点头,摆出哀痛的表情。

"我至今没有想通。不过我敢说,孤独使他心烦意乱。

冬天这里很枯燥。"

梅瑞狄斯暗自发笑。希金斯解释克莱顿自杀原因时不也是这么说的吗?

"你住哪儿?"他问道。

"在那儿。"维克指着一间破旧的木屋回答道,木屋搭在砖砌车库的旁边。"实际上,是给我自己建的。我在这里没时间和女人相处。她们太麻烦了,不值当。"

维克咳出一口痰,流露出轻蔑又厌恶的样子。他掏出一包廉价卷烟。这时他已经把油箱灌满了油,靠在加油泵上。他望着督察,脸上有种难以掩饰的不耐烦。

"听着,维克,问你件事。"梅瑞狄斯轻快地说,"上星期六晚上那辆运油车什么时候离开你的修车厂的?"

维克慢慢地点燃了香烟,思考怎么回答。

"大约下午5:45,或者更早。"

"对他们来说,那岂不是太迟了?我的意思是,他们返程时,是不是通常要比那天早?"

"看情况吧。"维克简短地回答道,"他们的工作不能一成不变。我的意思是说,如果他们那天要一家一家送小量的油,就需要多花点时间。这也和他们那天的线路有关,有些修车厂离寻常的大路有点远。"

"我明白。这么说,你不认为他们星期六来得太迟了?"

维克摇了摇头。"不过我确实听说，由于发动机出了故障，他们回油库时特别晚。我今天早上才说到这件事，因为这件事让他们到德文特时已经很晚了——我不必告诉你星期六晚上在那儿发生了什么事，对吧，督察？"

"没错。所以你也知道，我为什么急着查那辆运油车的确切行踪。"

维克突然哈哈大笑起来。

"督察，你不是怀疑比尔·贝特尔和小普林斯参与了这件事吧？我的天哪——那太奇怪了！"

"我的工作是怀疑每一个人，不放过任何人。"梅瑞狄斯简洁地说，"你最好再考虑考虑，维克先生。汽油多少钱？"

督察付了该付的钱，迅速扫视了一下周围，然后跨上摩托车，拐进公路，向布雷斯韦特车站驶去。

到了车站，他发现离从潘瑞斯开来的运油车进站仅剩10分钟。车站唯一的工作人员向他提供了他所需要的全部信息。彭里斯-科克茅斯线是定点班车，分为两班，在咨询了时刻表后，站长兼搬运工向梅瑞狄斯保证，马上到来的这列运油车上的司机和司炉工，就是星期六下午6:25从科克茅斯到布雷斯韦特那一班的工作人员。

运油车正点驶进车站，猛地停了下来。几秒钟后，梅瑞狄斯就走上了踏台，把头伸进了温度极高、散发着石油气味的车厢里。司机是凯斯维克人,他立刻认出了督察。

"老天,梅瑞狄斯先生,你来这干什么?不是有坏消息吧?"

梅瑞狄斯很快让他放松下来,并解释了他来这儿的原因。经过片刻的协商,司机和司炉工都确定,他们看到了在科克茅斯路上一辆车停着,但谁也说不清它停在哪里。他们觉得差不多有1600米远。

"嗯,我们可以轻易弄清楚。"梅瑞狄斯打断道,"你看到那辆车时,公路离铁轨有多远?"

司机用一根脏兮兮的食指尖挠了挠下巴。

"梅瑞狄斯先生,你问住我了。差不多从这里开始到那边的干草堆那么远。不会更近了,对不对,泰德?"

司炉工对此表示同意。

"很好。"梅瑞狄斯回答道,"大约270米。谢谢各位。"然后他眨了下眼睛:"如果你们想赶上到站时间,就得加快速度了。不过,如果有麻烦,就怪警察好了。祝好运。"

在他回凯斯维克的路上,梅瑞狄斯一边看着路,一边思索着他收集到的各种新信息,究竟哪些是真实的。

他现在非常赞同局长的观点。克莱顿谋杀案的背后隐藏着一个组织严密的犯罪活动。他说不出是什么,原因很简单,非法行为太多了。极有可能,德文特和洛斯维特的修车厂都受诺克石油公司控制。维克不是跟贝特尔和普林斯谈过"老板"吗？这段偷听来的谈话，不就暗示着这些人联合起来干着非法的勾当吗？贝特尔说"命令就是命令"。这表明，还有个"头儿"——犯罪组织背后的主谋。主谋是罗斯吗？梅瑞狄斯不觉得是他。油库经理给他的印象并不是一个特别精明或智慧的人。那么，贝特尔生动地提到的那个O.W.呢？这个O.W.是谁？他是不是幕后主谋呢……

梅瑞狄斯突然灵机一动，险些与迎面驶来的一辆农用马车相撞。他真傻，竟然没有立刻想到！O.W.只能是一个人！奥姆斯比·莱特——石油公司的老板！当一个人秘密地从事某种邪恶组织的活动时，还有什么比拥有权威、责任和信任的身份地位更好的掩饰呢？谁会怀疑一个著名商业公司的负责人是罪犯呢？梅瑞狄斯想了想，他感觉自己找到了问题的关键。

但如果情况果真如此，警方面临的将是一件比他们最初怀疑的更严重的事件。像奥姆斯比·莱特那样有才干的人是不会涉足小偷小摸的。以梅瑞狄斯对犯罪的了解，他要么不干，要么会大张旗鼓地干起来，他会要求巨额利润。为了赚取这些巨额利润，他的非法勾当必须颇具规模。这是否会成为破案的绊脚石，督察给不出答案。但他比较乐观，一个"犯罪团伙"里的人越多，警察找到这个

"犯罪团伙"的机会就越大。

他只知道,如果他能单枪匹马完成这项工作,那不仅是他自己的荣誉,更是整个郡警局的荣誉。

第十章

油库的发现

梅瑞狄斯吃完午饭,等托尼从彭里斯回来。他妻子对他进行了一次温和的训诫,因为在他老婆看来把孩子派出去是"愚蠢、卑鄙的警察伎俩"。梅瑞狄斯太太对警局没什么好感。在她看来,探案已经占用了她丈夫很多的时间,更不应该占用托尼的午餐时间。难道她没有尽己所能,掐灭孩子对警务的兴趣吗?她真的以为梅瑞狄斯应该多考虑一点她的感受。

托尼走进家门,结束了这场老生常谈的争论。他大捷归来,兴奋不已。

"拍到了三张!"他还没跨进门,就大声说着,"那小伙子走出大门,站在那里和另一个小伙子聊天。给了我想要的机会!"

"好孩子,托尼。你没被看见?"

"哦,你还会担心?"梅瑞狄斯太太讽刺道,"他的童子军也不是白当的。"

她甩着头傲然走入厨房。

托尼笑了。

"你知道,妈妈说的话有些道理。童子军训练确实有助于这类工作。"

"我想你听不到他们在说什么吧?"

"怎么听不到!我一个字也没漏,爸爸。"

"那你比我幸运多了。"梅瑞狄斯想。他大声地说:"如何?"

"是关于今天下午那个罗斯不在油库的事。他在彭里斯有生意,而另一个家伙觉得他要到下午5:00才回来。然后,第一个人让他在院子里做点事情,然后就走了。"

"那这第二个人,"梅瑞狄斯咧嘴笑了,"你觉得他怎么样?"

"我得说,他是个古怪的家伙。"

"这些照片呢,托尼,你什么时候能给我洗出来?"

"我应该在明天早上9:00之前洗出第二批货,不是吗?所以,如果我加急做完显像和冲洗,我应该能在下午4:00之前把所有的东西都准备好。"

"太棒了!我可以通过晚间邮政把他们送到伦敦警察厅里去。你做得很好,托尼。"

"谢谢,"托尼说,"顺便说一下,辛普森店里那辆新的'凤头'牌三速单车……"

梅瑞狄斯哈哈大笑,伸手去拿帽子。

"想想也无妨。"他说,"想象永远没坏处。"

他说了这番含糊的话,就动身走了。

他刚到办公室,警司就把头探入门内,问能不能进来。梅瑞狄斯给他搬了一把椅子。

"有什么新消息吗,督察?"

梅瑞狄斯概述了他早上的工作。

"这样我们就可以理解成,"等梅瑞狄斯说完,警司说,"贝特尔和普林斯说出了故障是真的?"

"嗯,有人在那时看到了他们。所以我想我们可以放心地说,他们确实在詹金山停了大约一个小时。但他们是否遇上了化油器故障是另一回事。"

"但他们还有什么理由停下来呢?"

"这个原因。"梅瑞狄斯回答,"凯斯维克队上星期六在客场和科克茅斯队比赛。不少人过去看了比赛。那就意味着下午6:00以后,经过德文特的车流会比较多。贝特尔和普林斯一定知道这一点。如果是他们谋杀的克莱顿,他们必须要提供一个合理的理由,用来解释自己晚上7:00才到达德文特,不是吗?因此说化油器出现了故障。"

"有点道理。"警司认可这个动机,"不管怎样,要是有很多人沿着科克茅斯路回来,你应该能够核对一下运油车司机的证词。"

"关于停靠的运油车吗?是的——我也想过。"

"那我这边又获知了一件事,"警司接着说,"这就是我来的主要原因。我看了那份斯温利太太的证词,是你寄来的。督察,你不觉得她无意中听到希金斯和克莱顿的谈话很有意义吗?"

梅瑞狄斯看起来很困惑。"等一下,长官。"他翻了翻桌子上的一个文件,拿出一沓纸。"找到了——这就是你刚说的谈话内容,不是吗?"他指了指自己写得整整齐齐的一段。

"是的,你注意到克莱顿说:'这对你来说很好,但我必须要解决这个问题'?"

"没错。我认为,这是在说他们的合伙关系。"

"是吗?"警司很快问道,"这正是我不同意的地方。注意希金斯的回答,他说,如果他退出,对克莱顿来说会更糟。根据斯温利太太所述,希金斯似乎在威胁他的合伙人,但如果只是解散了合伙人关系,为什么还要采取如此强硬的态度呢?"

"你是说?"

"希金斯根本不是指合伙关系!他指的是对他存亡更为重要的东西。"

"在修车厂掩护下的非法经营！"梅瑞狄斯喊道，"局长的推测？我现在知道了！"

"你看出这是怎么指明犯罪动机的吗？局长已经提出了动机。克莱顿正准备和那个女孩去加拿大重新开始。一旦到了那里，怎样才能阻止他交出关键证据？他的沉默是必要的。只有一种方法可以保证。所以他们及时谋杀了他，以防他逃跑。"

"那这种非法生意，长官？"

"你问到我了。我倾向于认为诺克公司与此有关。"

"你是说和修车厂一起。"

"是一些修车厂。"主管纠正道，"别忘了洛斯维特。我的推理是运油车是总部和分部的沟通方式。你今天早上听到的话语加强了我的猜想。如果O.W.代表奥姆斯比·莱特，还有什么比维克和运油车司机说他是'老板'更自然的了？一个非法组织的老板。"

警司以更舒服的姿势坐在椅子上，把脚伸向煤炉。

"在我看来，梅瑞狄斯，"他停顿了一下，接着说，"我们遇到了两个问题。克莱顿的谋杀案和非法组织。从目前掌握的数据来看，我认为我们可以假设这两个问题是密切相关的。但凡解决了一个，我想我们应该可以解决另一个。但问题是，我们应该首先集中解决哪一个？我同意我们已经更多地收集了谋杀的信息。这是很自然的，因为当我们开始调查时,我们并没有想到这个和非法活动有关。而且,谋杀是既定事实。我们不必问自己,'克莱顿是被谋杀的吗?'我们现在知道他是。另一方面,第二个问题仍然完全停留在推理阶段。当我们仔细调查时,我们可能会发现它根本不存在。看起来,我们似乎应该首先解决谋杀问题。问题仍然是,在没有解答第二个问题的基础上,我们可以解决第一个问题吗?"

"好吧,长官。"梅瑞狄斯谨慎地说,"如果你提出的谋杀动机成立的话,我们必须假定第二个问题是正确的。在我看来,我们应该同时解决这两个问题。"

"我不同意你的看法,督察。"警司直截了当地说,"我来解释。一旦让任何一个非法组织怀疑我们不仅仅在调查谋杀案,就会让他们开始提防。目前他们所关心的只是掩盖克莱顿谋杀的线索。当然,我们可以假设,贝特尔和普林斯是凶手。他们很可能仍然在经营非法生意,并不知道我们已有所怀疑。"

梅瑞狄斯表示同意。

"您知道吗,长官,今天我吃午饭时也想到了同样的事情。您还记得我今天早上听到的吗?"梅瑞狄斯从口袋里掏出笔记本递给他的上司,"再看一遍第一句话,长官。您觉得他们在说什么?"

"我想我们可能会要带些东西,"警司慢慢地念着,

"加班……马克自然不参加……德文特…解决。"他好奇地抬头看了看,"你的意思是?"

"是这样。记住,现在是普林斯和维克在谈话。我试着填补空白,得到了这样的结果:'我想我们会要带些东西,因为你一直在加班。马克自然不参加了,要等德文特的事情解决。'长官,这听起来通顺吗?"

"我的天,可以!"警司叫道,突然坐直了身体,"这意味着自从克莱顿死后,希金斯不得不撒谎。在警察对修车厂的兴趣平静下来之前,他不能继续从事这项非法工作。结果,洛斯维特的维克不得不加班。更进一步看来,这辆运油车就像是一辆收集'赃物'的车。你同意吗,梅瑞狄斯?"

"都同意,长官。"梅瑞狄斯热情地说,"现在开始下一步。"他伸出手去拿预先准备好的笔记本。"一切都很好。……老板不能指望……提高产量……不可能,"督察读道:"我是这么解读的——'这很好,但老板不能指望我提高产量。不可能!'这说明维克发现自己很难做到这一点,既要完成德文特的工作,又要完成他自己的工作。"

"但是什么?什么?"警司带着一种滑稽的绝望口气问道,"什么工作?"

梅瑞狄斯摇了摇头。

"这是第二个问题。"他指出,"找出他们在干什么,我想我们应该能让他们落网。长官,您知道这个叫奥姆斯比·莱特的人吗?"

"恐怕他在靠近彭里斯灯塔的卡莱尔路上有一栋大房子。'布雷肯赛德',我想有人这么叫它,但除了他是当地保守党俱乐部的成员、教徒和一个健全的商人之外,我什么都不知道。当然,我听说他很有钱。所以他插手许多工业。但是,尽管诺克石油是他主要产业,但他现在对公司的经营没有任何兴趣,因为他把公司交给了他的两位分公司经理。"

"他还没结婚?"

"没有。"

"长官,您建议我下一步怎么办?"梅瑞狄斯用他惯常的机智问道。

"追查谋杀案。"警司从椅子上站起来,披上斗篷,回答说,"如果你的调查让你可能会得到有关'非法行为'的信息,就要保持警惕。一定记住,别让他们知道我们的猜疑,梅瑞狄斯,在把谋杀案全搞清楚之前,你千万不要走漏风声,明白吗?"

梅瑞狄斯听得太明白了,当警司动身回卡莱尔时,他对这桩双重案件低声诅咒。警司可以高谈阔论,说着先解决谋杀案,但是,如果不进一步调查,如何揭露另一项罪行?官僚主义的限制令人生厌。无论如何,他发现了一种监视洛斯维特的方法，这不会导致任何犯罪嫌疑人对托尼的情报保持警惕，上天给他安排了一个机会，让他多了解一点关于油库的情况。下午罗斯不在，他可以去问问看院子的人，也许可以看看经理的账本。他瞥了一眼手表。下午3:10，如果他直接开车过去的话，在经理下午5:00回来之前，他有足够的时间去访谈。

在他离开之前，他给警长留下了指示，让他找出有谁在周六下午开车去看了科克茅斯的足球赛。

"尽你所能了解一辆停在詹金山附近的运油车的所有情况，看看他们是不是遇到了麻烦——引擎盖打开了，或者诸如此类的事情。当时路上肯定有很多人。"

"好的，长官。"

不久后，梅瑞狄斯就在一个闷热的下午，在熟悉的凯斯维克-彭里斯公路上疾速行驶。高高的山峰被白雾覆盖着。虽然是3月，空气中却有一种秋天的感觉。梅瑞狄斯看到意料中的一片片凋零的石楠花、干枯的蕨菜叶。沟壑上方迎风处附着着慢慢融化的积雪，光秃秃的，黑色的树木和凛冽的景色尤为突兀。

作为一个有想象力的人，梅瑞狄斯喜欢户外活动，喜欢山川的开阔和壮丽。即使是他工作的现实主义和常常与肮脏的罪犯打交道的本性，也未能使他对周围环境的自然诗意失去敏锐的感知。他常常徒步翻山十几公里，除了烟斗和思绪，没有别的同伴。当他在古老的灰色石墙之间疾驰时，他想的既不是克劳海德远处山坡上的一片水光，也不是远处山谷里的沉郁阴影，而是为什么在克莱顿遇害当晚，一辆诺克运油车停在路边转弯处。

尽管他努力思考，还是看不出普林斯或贝特尔当时怎么抽出时间来做他们卑鄙的工作，并且赶在晚上9:00前回到仓库。他要是能找到重建犯罪现场的薄弱环节就好了！他突然想，是不是贝特尔一个人回到了仓库？他离开了普林斯去做这项工作。那么他是坐运油车还是公共汽车回彭里斯的？如果是这样的话，贝特尔在路边转弯等着有什么意义？对他来说，把普林斯扔在德文特，然后直接开车到彭里斯去，那就好得多了。

梅瑞狄斯仍在想这些问题，不知不觉已经到达目的地。他就在瓦楞铁门前站了起来，下了车。和上次一样，他发现大门半开着，忽略了明显关闭的办公室，他穿过院子来到一个大车库，里面亮着一盏灯。他发现里面有一个穿蓝色工作服的人，正拿着一根水管来回冲洗地面。

梅瑞狄斯的第一印象是，这个人是一个安静、受人尊敬的人，他很可能是一个尽职尽责、高效的员工。他看上去已经50多岁了。

那人注意到了督察的注视，迅速抬起头来。

"先生，你好！有什么可以帮你？"

"经理在吗?"

"不,先生。他下午5:00才回来,我能做什么吗?"

"是的。"梅瑞狄斯直率地回答,"我是梅瑞狄斯督察——郡警局的。或许你可以帮我。一会儿就好。"

那人把喷涌的水管放在地板上,走到水龙头旁,把水关了。

"你说,长官?"他转向督察说。

"你在这里的工作是什么?"梅瑞狄斯问道。

"看门的,差不多就是说,如果有什么零工要做,他们就找我。"

"名字?"

"丹西——罗伯特·丹西。"

"你上周六晚上什么时候离开这里的?"

"很晚了。"那人立即回答说,"我本该在晚上7:00前走的,但是4号车在路上遇到麻烦,直到晚上9:00才回来。"

"4号?"

"那是凯斯维克-科克茅斯线路的车,长官。"

"我明白了。运油车登记了吗?"

"是的,长官。是罗斯登记的。他是经理。"

"我能看看登记簿吗?"

这个人犹豫了一下,这不在他管辖范围内,他显然不愿意涉及。

"嗯?"梅瑞狄斯问道,"行还是不行?"他意识到这个人还没有决定,决定虚张声势试试。"你知道我可以拿到搜查令的,是吗?但我不想在这上面浪费时间。你的老板不会知道你让我看了登记簿,如果这是困扰你的原因的话。"

"好的,"丹西回道,"既然你这么说了。"

看门人掏出一串钥匙,梅瑞狄斯跟着他走到小小的砖房办公室前。丹西打开门,走在督察前面,来到靠近窗户的书桌旁,拿起一本黑色装订的本子。

"给你,长官。这就是你想要的。"

梅瑞狄斯拿起登记簿,很快就找到了他感兴趣的那一页。他注意到,每一页都被划为几列:标题为日期、车号、外出时间、装载量、交货地点、返回时间。星期六,23号,4号车显然在9:10离开了仓库,满载4500升汽油。在运输途中,在5个不同的修车厂交货,其中包括德文特。然而,没有提到洛斯维特。运油车在晚上8:35回到了仓库。事实上,比他自己估计的时间早了5分钟,这就给运油车在晚上7:30离开德文特提供了条件。所以除非罗斯捏造了记录,普林斯和贝特尔说的是实话。

"我看到4号运油车星期六晚上8:35进来了。"梅瑞狄斯对丹西说,"你看这样对吗?"

"我想大概一分钟之内的误差吧。因为我一直在外面闲逛,所以我经常看院子里的钟,而那张登记表和我的印象一致,长官。"

"谁来管理院子里的钟?"

"是我。"

"告诉我,当一辆运油车载着货物出去时,它只按订单交货吗?或者,这些人是否携带足够的富余货物,以便应要求交付临时订单?"

"嗯,长官,大部分情况下,他们只按预先收到的订单交货。修车厂写信给罗斯,说明所需的公升数,货物通常是装满的,以便能应付这些订单;另一方面,当只有半车货物时,我们通常再装上十几二十升,以备不时之需,我们的伙计们通常会按路线去拜访顾客。"

"我明白了。星期六4号运油车的货怎么样?"

"我可以告诉你,长官,因为那天是我装的车。它完全是按照预先订的,没有多余,我想是4500升。"

梅瑞狄斯又有了兴致,这里面肯定有猫腻!

维克那天早上说过,星期六,他在洛斯维特要求交货1800升,但据他说,油箱里只有900升的剩余油,所以他要求改在当天上午交货。但如果星期六的货完全按订单装满,怎么会只有900升剩余呢?当运油车到达洛斯维特时,油箱里应该剩下足够的汽油,以便足够交货。

梅瑞狄斯的脑子里闪现出另一个问题，他急忙翻了翻那黑色的本子。是的，他在"交货地点"下浏览了修车厂的清单。洛斯维特不在清单里！但它应该在那里！维克在周六晚上下了1800升的订单。为什么订单没有写进登记本里？他不是亲眼看见那辆运油车那天早上送货吗？

"有订单登记本吗，丹西？"

"在那儿。"丹西指着一个金属盘里放着的账本说，"所有的订单都由罗斯经理过账。"

督察仔细检查了最近的条目。周六德文特的订单不少，但没有维克当天订购1800升汽油的记录。

"告诉我，丹西。如果运油车司机在途中接到口头订单，他必须向油库报告吗？"

"当然。否则办公室就无法对货物进行适当检查。长官，收到的每一份订单都在那本账簿里。"

"谢谢。你觉得我可以参观一下吗？"

丹西虽然对督察在仓库里的谈话感到困惑，但还是欣然同意了。这两个人开始了一次简短的参观，看门人一边解释一边走着。但梅瑞狄斯发现没有任何异常，需要他深入查看。这个地方打理得很好，宽敞、安全，把火灾或爆炸的危险降到最低。

"告诉我，丹西，运来的汽油从入境口岸到这里，需要什么手续？"

"是这样的，长官，"丹西解释道，"我们在码头边有自己的门店。码头仓库有储油罐，汽油是通过旁边的油罐车运来的，明白吗？当货物从船上运来后，税务人员检查数量并征收必要的税。当我们库存降低时，我们会告诉码头的门店。他们会告诉我们，有一辆油罐车已经出发，里面装着大约多少升的汽油。等油罐车抵达后，铁路工作人员会把它卸到我们院子后面。通过我刚刚给你看的那个泵，我们把罐车的油输到我们自己的油罐里。地下有条输油管，把油从院墙旁边运进来。"

"我明白了。很有趣。"梅瑞狄斯评论道，"你能告诉我你的一辆运油车的载货量吗？"

"4500升，长官。每辆都一样。我们所有运油车都是大运油车，按同样的式样制造的。油罐分三部分。有两个各装1800升，剩余的一个900升。"

梅瑞狄斯很满意，他现在对这家石油公司有了相当广泛的了解。于是他陪着丹西回到车库，在那里他感谢了丹西的帮助，并告诫他对这次来访保持沉默。

"恐怕我耽误你工作了。"他以一贯的礼貌总结道。

"哦，没关系，长官，"丹西向他保证，"有了这个新的高压喷嘴，我可以只用以前一半的时间冲洗完院子。见过这个小玩意儿吗？很好，不是吗？"

督察在快速查看了后，也认为如此。他也注意到，喷嘴所连接的软管也是全新的，这使他突然有了灵感。

"我看这还是新水管。可以把旧水管拿回家，在花园里用吗？"

丹西咯咯笑了。

"好吧，如果你想把上面的洞补上的话，你可以拿走。我把它从篱笆上面扔到垃圾堆里去了，大概两周前，我敢说现在看起来会更糟糕！"

"我只想要一小段。"梅瑞狄斯轻声地解释道，"也许我可以剪掉一个小段带走。我只有一个水龙头，至少要用12米长的水管才能浇到整个花园，是不是？"

"9米，"丹西纠正道，"不过，如果你只想要四五米，我想还是有办法的。"

"垃圾堆在后面，是吗？"

"是的，长官。我过去吧，如果你不……"

"不，别担心，丹西。我自己去好了。"他正要走开时，梅瑞狄斯漫不经心地问道："顺便问一下，等4号车回来前，罗斯一直待在他的办公室里吗？"

"是的，长官，他星期六晚上9:00以后才离开院子。他在书桌旁记账。我能透过窗户看到他。"

"谢谢。"

梅瑞狄斯走出大门，急忙跨过路边的矮墙，沿着波纹铁栅栏的弯道走到油库的后面。垃圾堆里有各种各样的破烂——旧轮胎,凹痕累累的汽油罐,几个生锈的挡泥板,腐烂的麻袋和空油桶。督察没过多久就找到了他要找的东西。他推开一些垃圾,拔出一段脏兮兮的橡胶软管。乍一看,他更感兴趣了。尽管软管上覆盖着一层厚厚的油和污垢,但很明显它原来的颜色是白色的。他在黑暗中苦苦追寻,终于要看到一丝光明了吗?

他把软管平放在地上,从口袋里掏出一个钢卷尺。他越来越兴奋,量了量长度,高兴地叫了一声。他掏出小折刀,从软管末端割下约15厘米的长度,把干净的一端踩在地上,把剩下的扔进垃圾堆,然后把他的证据装进了口袋。

完成这些,他兴高采烈地回到摩托车上,全速向德文特驶去。

第十一章

第二个谜团

梅瑞狄斯没有在凯斯维克浪费时间,直接开车穿过小镇,前往德文特。他几乎一刻也不愿耽搁,希望顺着水管的线索得出一个明确的结论。这在很大程度上取决于他即将进行的检测。如果结果匹配,那么毫无疑问,他终于在谋杀和凶手之间建立了第一个明确的联系。

到了德文特,他急忙下车察看了一番。通往主屋的滑动门已经关闭并上锁,一张大告示上歪七扭八地写着:"下周一开业。"梅瑞狄斯微笑了。他的运气还不错!希金斯出门在外,他的调查会容易得多。他不知道自己能否进入主屋里,然后果然发现主屋窗户关上了,门也锁上了。

"就这样吧。"他想,"现在去小木屋!"

木屋的门只是关着,没有上锁。梅瑞狄斯没多久就把那根水管从钉子上取下来测量了一下。他这样做的那一刻，就激动地意识到，这个简单的操作让他的推理变成了事实！这是他一直在寻找的确凿证据！这里，终于有了一条从德文特通往彭里斯诺克油库的引线！

毫无疑问，他的检测结果完全匹配。木屋里的水管只有1.8米多。从克莱顿车上取下的那根软管，据他先前的测量，还不到2.4米。垃圾堆里那根管子的长度差不多是5米长。丹西向他保证，原来那根管子有9米长。但这还不是全部！他把从垃圾堆上割下来的水管和木屋里的那条比较了一下，立刻看出它们是一模一样的。颜色，橡胶的厚度，管道的直径都完全吻合。毫无疑问，现在梅瑞狄斯已经确认：克莱顿头上那根把排气管中的废气输送到雨衣下的软管，是从垃圾场上丢弃的那根管子上割下来的！

但有一件事仍然困扰着他。从他以前的检查中，他注意到每根软管都有一个干净的切口。这就意味着，如果把凶手用来设置致命装置的那根与木屋的这根连接起来，应该能够成为一根完整的管子。但是，如果修车厂里的两根原来是从垃圾堆里9米长的软管上切断的，那怎么可能是这样的结果呢？如果是这样，那起码有一根应该有两个切面。

一时间，梅瑞狄斯的狂喜被一种极其绝望的情绪所取代。这又是一场徒劳的追逐吗？又是一次该死的盲目调查？看起来的确是这样。

然后他突然问自己："是吗？是这样子吗？"难道凶手不可能把它做得像一根完整的水管一样吗？考虑到这一点，他仔细检查了一下他手里拿的管子的长度。他的第一反应是极度失望的。虽然一头干净得惊人，但另一头却被弄脏了。他几乎本能地用手掌搓了搓脏了的一端。令他惊奇的是，他的手上立刻出现了一块黑色的印记，橡胶的白色开始显露出来。他嗅了嗅手上那块黑色的东西。气味很独特。一开始他说不出是什么，但过了一会儿，他突然高兴地哈哈大笑了起来，终于松了一口气。

鞋油！没错！检测没有失败。现在可以肯定的是，谋杀克莱顿的人是诺克油库的员工——否则，他怎么知道被丢弃的软管在垃圾堆里？看来他下次要再询问贝特尔和普林斯半个小时了！

但是，他是否积累了足够的证据来对这些人进行进一步的审问呢？时间因素仍然需要解释。罗斯可能在黑皮本子的最后一栏做了虚假记录，但是丹西的证词呢？除非他是这个阴谋的一部分，否则他就不会在这件事上费心撒谎。无论如何，梅瑞狄斯觉得丹西并没有参与罗斯、希金斯、维克和运油车司机的神秘行为。首先，他没有拒绝让他检查经理的账簿，尽管严格来说，他有权利拒绝。他本可以假装经理拿着办公室的唯一钥匙走了，轻松地逼迫梅瑞狄斯延迟他的搜寻工作。这样，罗斯就有时间来决定采取什么行动，从而掩盖运油车交货与账目之间的所有出入。再者，丹西对那根破水管的长度不是很坦率吗？如果他和一个或多个杀人犯勾结在一起，还把梅瑞狄斯的注意力吸引到水管上，那简直就是疯了。督察把这些事实和他自己对这个人性格的判断相结合，最终得出结论，丹西说的是实话。运油车的确在晚上8:35回到了仓库。换句话说，贝特尔和普林斯似乎有一个无懈可击的不在场证明。

梅瑞狄斯不愿意在结论中省略"似乎"这个词。他知道这些无懈可击的不在场证明有可能非常不可靠。但除非他能推翻那个不在场证明，否则他就没有办法指出普林斯和贝特尔是两个潜在的凶手了。

现在，在梅瑞狄斯看来，可能知道垃圾堆上有丢弃的软管的人还有罗斯、剩下的10个运油车司机，希金斯也有可能知道。尽管油库经理和德文特业主都有一定程度的嫌疑，但他们中的任何一个都不可能真的实施谋杀。他们可能和凶手有关系，但在克莱顿死亡的估计时间里，他们不可能在德文特附近。在晚上7:30～9:30，也就是本案的关键时刻，希金斯一直在灯塔酒店，罗斯在油库的办公室里。道森为希金斯作了担保,而丹西的证词梅瑞狄斯完全有理由相信,他发誓经理一直在认真地工作,直到晚上8:35,4号运油车回库。即使骑着大功率摩托车,罗斯也不可能做完这一连串工作:抵达德文特,给克莱顿喝下了迷幻威士忌,等了20分钟让药生效,把人放在车里,启动引擎,在卢克·佩里曼9:30到达修车厂前离开。

这样就只剩下另外10个运油车司机了。督察虽然很想询问他们,但他沮丧地意识到,得有人追踪他们每个人星期六晚上的行动。他决定第二天一早让彭里斯的警察来做这件事。

梅瑞狄斯慢慢开车回警察局,脑子里就想着这些。伴随着他对凶杀案思考的深入,他又进一步思索了第二个谜团的性质,也就是那个显然是由罗斯和两个修车厂一起经营的非法生意。他现在知道,那天早上在洛斯维特,维克对他撒了谎。为什么,他不能肯定——至少现在不能,他决定把第二个谜团暂时搁置起来,等到他能够全神贯注的时候再说。

他回来时,警长有个好消息要告诉他。他不仅找到两个注意到詹金山附近有运油车停靠的人,而且还有第三个人主动说,虽然他们没去看足球赛,但他们看到一辆诺克运油车在星期六晚上8:00前经过了斯雷尔凯尔德。

梅瑞狄斯虽然对运油车后半段的行程比第一段更感兴趣，但他还是按照正确的顺序处理了这些陈述。

"你的前两个证人有没有认为运油车出了什么问题？"

"是的，长官。"警长回答。"霍布森是《坎伯兰新闻》的当地记者，他停下车问发生了什么事。司机告诉他是化油器出了故障，但他们认为就快修好了。引擎盖打开了，司机的副手正用手电筒照着引擎。"

"够好了。"梅瑞狄斯简短地评论道，"那么这条关于斯雷尔凯尔德的消息呢，可靠吗？"

"当然，长官。我是从弗兰克·伯恩斯那里听来的，他是盖吉尔下面那片地的农夫。今天下午我碰巧在镇上见到他，我知道他是个足球迷，就想我应该和他谈谈。看来我很幸运，长官。"

"非常好。继续说，警长。"

"好，长官，就在晚上8:00前，伯恩斯站在军团大厅外面，和牧师说话。当时有惠斯特牌戏比赛——在女子学院还是什么地方。他们似乎站在路边。突然，一辆诺克运油车从拐角处开过来，差点把他们撞翻。"

"超速，嗯？"梅瑞狄斯尖锐地评论，"伯恩斯怎么知道是晚上8:00？"

"牧师刚刚看了他的表，长官。他本来要在晚上8:00

的惠斯特牌戏上开牌的,他刚告诉伯恩斯该走了,运油车就急匆匆地绕过拐角。"

警长还没说完,梅瑞狄斯就把巴特罗缪版地图摊开放在桌子上。

"让我们看看——从这里到斯雷尔凯尔德?"

"差不多有7公里,长官。"

"离德文特大约有10公里。这就是说,如果运油车在晚上7:35离开德文特,在晚上7:55经过斯雷尔凯尔德,它一定在大约20分钟内走完了全程。警长,你觉得怎么样?"

"差不多吧,长官。"

梅瑞狄斯点点头。

"伯恩斯的信息和运油车晚上8:35到达油库的信息差不多吻合。"他把地图折起来放在桌子的抽屉里。"看来我们已经弄清楚那辆运油车的路线了。要是我能知道它为什么会突然出现在那个路口就好了!"

梅瑞狄斯独自一人坐在办公桌旁,再次思考这个问题。现在看来,这似乎是运油车从德文特回油库路上唯一的疑点。除了这一令人费解的事实之外,似乎可以肯定的是,贝特尔和普林斯无法被定罪。

梅瑞狄斯意识到他暂时无法进一步解决这个问题,于是把注意力转移到第二个难题上。维克说有900升汽油，但油罐里并没有多装货物？为什么他订购的1800升汽油没有登记在办公室的订货簿上呢？为什么那天早上输送了汽油？没有维克的订单记录，那么是谁授权送货的呢？

督察斜倚在椅子上，眯着眼睛，一边抽烟一边沉思，其间还夹杂着他的低声咒骂。

然后他突然跳起来，敲灭了烟斗，开始在房间里快速地踱来踱去。

他怎么会没想到？但事实总是如此——当一个解释很简单时，人们往往会因为其简单而忽略它。这就像戴着眼镜找眼镜一样！

诺克公司经营汽油。修车厂也是。那么，如果这两个集团联合起来从事非法牟利的邪恶勾当，那么这些利润很可能来自汽油的销售，这难道不是显而易见的吗？还有什么比这更简单？罗斯随车发出了一份没有订购的多余货物，输送到非法修车厂的油罐里。这批货无须付款，向公众出售汽油所得的利润被经理和汽车修理厂的业主瓜分了。这么说来，奥姆斯比·莱特就是被拔了毛的雁。罗斯是如何把合法的收入和非法的货物消耗账目做平的，梅瑞狄斯还没想到。但既然他聪明到伪造了发货记录，那也有可能做假账。

梅瑞狄斯从他与丹西的谈话中得知，汽油是从码头店的仓库通过铁路运来的。在到达当地后，通过地下管道将其转移至储油罐。铁路托运的货物量将有两张票据。一份由码头店经理保存，另一份由罗斯记录，并在店内库存降低时通知码头。那么，在码头店经理了解库存的情况下，罗斯是如何伪造他的账簿，获取非法利润的呢？梅瑞狄斯经过长时间的思考，不得不承认自己在这一点上被打败了。除非罗斯和码头店的经理是一伙的，否则他说不出欺诈是如何运作的。他最后想到的唯一可信的解释是，罗斯没有全数录入码头店托运给他的全部货物，而码头店的同事在他托运货物的记录中也犯了同样的错误。毕竟，两位经理都值得信任，除非奥姆斯比·莱特开始怀疑有欺诈行为，否则他自然不会费心对比两边的账目。如果在公司的账簿中有相同的遗漏，审计人员就不能对账目提出质疑。这其中当然有风险——但考虑到这个老板对公司兴趣寥寥，这个风险绝不致命！

劳累了一天之后，督察疲惫不堪，回家吃茶点去了，他的心情在极端的乐观和极端的绝望之间摇摆不定。他完全愿意承认，在过去的12个小时里，他已经取得了一些进展，但他开始认为，在这个特别令人费解的案子里，他发现得越多，这个案子就变得越复杂，越令人困惑。他已经在德文特和仓库之间建立起牢不可破的关联，这值得高兴,但在他把破碎的证据链补充齐全之前,这条水管的线索是毫无价值的。现在是星期五。将近一个星期过去了——经过一周密集而劳累的调查、盘问和推理,他却没有得到多少成果。他缩小了对凶手的搜索范围,那值得庆贺。但那第二个谜团,关于通过出售诺克汽油获得非法盈利的推理,他离获得确定性证据还有很长的路要走。提出假设的确有用,但在法律看来,除非有证据支持,世界上最聪明的假设也毫无价值。重建犯罪现场还算简单,但要证明其真实性,就需要极大的耐心、敏锐的观察力和大量的努力!

第十二章

非法交易？

第二天早晨，梅瑞狄斯起床的时候，热情的托尼已经搭乘7:00的公共汽车去了彭里斯。那是一个晴朗、寒冷的日子，他没有理由拍不到一些真正出色的照片。早餐时，梅瑞狄斯忙着计划一天的工作。

9:00过后不久，他和彭里斯的马修斯警长取得了联系。在大致告知了克莱顿案中的进展后，他开始进入正题。

"你明白我在找什么了吗，警长？我必须查明那10个人星期六晚上是否在彭里斯附近。我的建议是这样的。在丹西回家吃午饭的路上，派一个人悄悄拦住他。你不会认错他的。中午时，只有他和罗斯会在油库。罗斯个子不高，戴着角质眼镜，视力不好。所以你的人要做的就是避开经理，和另一个家伙套近乎。无论发生什么，都不要让罗斯看到你的人在询问丹西。明白了吗？运气好的话，丹西能说出那10个人的地址。如果他不能当场回答，让他在罗斯不知情的情况下，从办公室的账簿中找出答案。一旦你有了这些地址，就应该很容易找到一些关于这些人行动的信息。我敢说灯塔酒店的查理·道森也许能帮你。很多诺克的员工晚上会去他的酒吧。无论如何，警长，坚持到你有结果为止。我一定要弄清楚，越快越好。当然，等警司进来的时候，跟他谈谈。但要让他意识到这很重要。明白吗？"

"好的，长官。"

"把丹西的地址也给我，好吗？我以后可能想亲自去问他，我不想在油库里问。打电话告诉我。"

"好的，长官。就这些吗？"

"不，等等！还有一件事。我想让你和所有的彭里斯银行联系，看看马克·希金斯或者格尼·维克是否在那边开了银行账户。如果你愿意的话，和丹西的地址一起打电话告诉我。就这些。祝你好运，警长。"

梅瑞狄斯的下一通电话打往了科克茅斯警察局，他再次提出了查银行账户的要求。他得到了一份清单，列出了凯斯维克所有银行。他亲自做了处理，但巴克莱银行经理伯顿、威斯敏斯特银行的戈雷斯顿和其他分行经理都没有把希金斯或维克列为他们的客户。

大约10:15，托尼走进他父亲的办公室，汇报进展。

"我都拍到了。"他不无自豪地宣布，"爸爸，我根据你给我的描述认出了那些家伙，但是为了保险，我给每个来的家伙都拍了照。我马上冲洗并打印出来，然后你可以挑出你想要的两张。"

"干得好，托尼。罗斯呢——你又见到他了吗？"

"是的，不过还好我昨天很幸运地拍到了他的照片。他坐公共汽车出来，我还没来得及举相机，他就绕到车的另一边去了。"

梅瑞狄斯笑了。

"我疏忽了，托尼！幸运的是，所有的运油车司机和罗斯到达的方式不同，不然真够我们喝一壶了！你一直叫他们家伙，有多少个家伙在油库出现了？"

"13个，我数过了。不包括罗斯那个家伙。"

"好孩子——就这么多。现在赶快去冲洗出来。"

托尼一走，梅瑞狄斯就接通了卡莱尔的电话。

"我是梅瑞狄斯督察，凯斯维克警局。警司在吗？"

"在的，长官。我帮你接通。"远处的声音回答。

几秒钟后，梅瑞狄斯就和他的上司取得了联系。

"好吧，督察，怎么了？"汤普森用戏谑的语气问道，"希望不是又有尸检吧？"

"不是，长官。"梅瑞狄斯笑着回答，"不过，如果德文特的案子变得更复杂，也许有一天伯尼医生要解剖我呢！"

"我刚刚看过你今天一早提交的报告。水管的证据查得很好。恭喜你，梅瑞狄斯！"

"那的确挺好，长官。"梅瑞狄斯反对道，"但这没有给我们带来任何好处。据我目前所见，我对这起谋杀案的调查已经进入了死胡同。除非有其他人提供新的信息，否则我看不出我还有什么工作要做。"

"我明白了。你想让我怎么做？"

"长官，请允许我集中精力解决第二个谜团。我开始想，除非我们对这桩非法生意有更多的了解，否则我们就无法从这起谋杀案中得到任何线索。您的意见呢，长官？"

"好吧，坦白说，现在，我还没有决定！不过，请你过来和我一起吃午饭。然后我们再商量决定下一步行动。12:30，皇家之星如何——是在波切盖特的大酒店。知道这个地方吗？"

梅瑞狄斯表示了解，感谢了上级的邀请，然后挂断了电话。

一个半小时后，梅瑞狄斯走到皇家之星大酒店富丽堂皇的门店时，他发现汤普森穿着便衣，在接待大厅等着他。他们立刻走进餐厅，吃了一顿丰盛的午餐后，就在那空寂无人的休息室里找了一个安静的角落,开始了他们的会议。梅瑞狄斯花了20分钟时间详细叙述了他在罗斯的账本中的所有发现,提请警司注意在洛斯维特未经授权的送货,并阐明了他关于罗斯涉及利用两个修车厂,背着诺克石油公司一起开展非法活动的推理。

"所以长官,您看,我不由自主地觉得,我们的下一步行动应该是跟踪记录送货汽油量和预订簿上的数量之间的差异,以及大概的销售回报。"

警司默想了几分钟。他仍然不愿意放弃对谋杀案的调查,让警察把精力用在解决第二个谜团上。另一方面,他倾向于同意梅瑞狄斯的观点,目前,以克莱顿之死为中心的调查进展甚微。

最后他抬起头问:"督察,你现在打算怎么办?我的意思是,如果我们决定搁置谋杀案,集中精力解决另一个问题,你有没有想过新的调查方法?"

梅瑞狄斯点点头。

"这里需要您的合作,长官。但我认为我们会取得成果。也许我最好解释一下我的想法,这样您就可以做出判断了。"

"说吧。"警司急切地说,"让我点燃烟斗,洗耳恭听就行。现在——说吧!"

"好吧。"梅瑞狄斯开始说,"我们要做的第一件事就是拿到一份4号运油车所有订单的副本。任何一天的都行，但我建议是星期三的。长官，我马上解释我选择这一天的原因。要拿到这份副本，我们将不得不依赖丹西，从我对他的了解来看，他可以毫不费力地走进办公室，拿到罗斯的账簿。为了说明问题，我们假设星期三的订单总共需要3600升。现在我们可以知道每个修车厂的名称和他们所需的货物数量。我们可以从丹西那里得知，4号车是按订单装货，还是多装了富余的汽油。如果是后者，丹西可以进一步告诉我们其确切数额。"

"现在，这是我需要您帮助的地方，长官。我们必须在下星期二之前，找到4号运油车负责的所有修车厂——也就是说，每个拥有诺克加油泵的修车厂。我怀疑丹西是否能弄到一份关于这些地方的详尽名单，但无论如何，他应该能给我们4号车覆盖的大致区域。我已经从灯塔酒店的道森那里了解到，贝特尔和普林斯负责凯斯维克、科克茅斯、怀特黑文、沃金顿和玛丽波特区域。所以，明确这些城镇里诺克油库的客户名单应该很简单。然后，如果能派一两个人去探访村庄和路边的地方，我们就应该能建立一份非常准确的4号车送货点清单。长官，到目前为止，我说的还算清楚吗？"

"很好。"

"我们的下一步，"梅瑞狄斯接着说，"就是派人去监视每一个修车厂。我的想法是,应该骑着摩托车巡游,在不引起怀疑的情况下,监视所有方便观察的地方。那些不能以这种方式处理的——比如,建立在更空旷地段、更加偏僻的修车厂——将由我单独标记,并以不同的方式处理。在路边某个合适的地方,可以埋伏一名骑摩托车的人,并指示他们跟踪运油车,看看它是否停在指定的修车厂。然后,必须记录下来4号运油车是否在这些修车厂连上加油泵、输送货物。这样我们就可以列出每个修车厂的清单——确切地说,每个送了货的修车厂。根据我们之前对运油车送货点和数量的了解,再加上我们掌握的实际送货情况,我们可以查明是否有未经授权的交货,如果有,又是在哪些修车厂。我倾向于认为,如果我的推理没有错,我们会发现只有偏僻的修车厂会参与非法经营。这是我的大致计划,长官。你觉得怎么样?"

警司笑了。

"非常利落,梅瑞狄斯。这需要非常仔细的安排,但我认为我们能够做好。幸运的是,局长本人是第一个提出非法经营推理的人。他可能和你一样热衷于把这个计划付诸实施。"

"还有一件事,"梅瑞狄斯接着说,"我们应该观察两三天,不能局限于星期三。总有可能某一天完全正常交货。"

"很好。我明白了。那我们周四、周五和周六也继续侦查。这样可以吗？"

"星期四不行，长官。"梅瑞狄斯纠正道，"别忘了那些人会休息半天。但我认为，如果我们把下星期的星期一和星期二也算上，我们可以基本掌握所有情况。现在您明白我为什么建议周三开始了吧？我们至少需要三天的时间才能做好安排、集齐必要信息。您同意吗，长官？"

警司点点头。

"我建议我们现在去和局长谈谈。他正好在办公室。"

这次会面结束时，梅瑞狄斯很高兴。哈德维克上校很热心，在称赞梅瑞狄斯所取得的进展之后，三人已经开始详细讨论方法和手段。最后决定由卡莱尔警局提供修车厂的名单，并提供必要的侦查员和骑手。梅瑞狄斯要拿到星期三、星期五、星期六、星期一和星期二的订单副本，并向丹西索取一份这些日期里实际发出的货物数量。督察还要巡查一遍路线，标记可以监视修车厂的藏身之处，并特别指出那些必须由骑手巡视的地方。

在他们同局长告别后，汤普森把督察送到停在车库里的摩托车旁。

"还有，梅瑞狄斯，我不想给你泼冷水，不过刚刚在和局长交流时我想到了两点。你记得你昨天早上在洛斯维特听到的谈话吧？"

"每个字都记得,长官。"梅瑞狄斯连忙说。

"好吧,基于你的猜想,你如何解释以下几点?首先,为什么普林斯在和维克谈话时说:'既然你一直在加班,我们想我们可能会要拿一些东西?'你不觉得这很奇怪吗?如果那辆运油车是送货的,为什么普林斯要谈'收'货呢?那应该是维克说的才对。再说,那'加班'这个词指的是什么呢——你如何用你的推理解释?"

梅瑞狄斯一时不知所措。在制订和完善计划的兴奋中,他完全忽略了这一点。

"我想普林斯不可能在开玩笑,"他最后说道,"'拿东西'可能指的是最后一次非法交易时的应付款项。而'加班'恰恰表明,普林斯拖了维克的后腿,因为维克卖的汽油比平时多。想到希金斯在德文特收了手,就可以理解维克销售额会增长。他会在洛斯维特获得原本属于德文特的生意。"

"这是一个可能的解释。"汤普森承认,"尤其是当普林斯谈到希金斯收手时。不过——那维克说的'产量'又是什么呢?你还记得他说过,要想保持这种产量是不可能的吗?你怎么解释?"

"很简单,长官。维克的意思是,他不可能在洛斯维特卖到平常洛斯维特和德文特两家店卖出的汽油总量。"

"我再次同意这是一个合理的解释。现在我要说第二点。如果罗斯是诈骗头目,他在利用奥姆斯比·莱特,为什么贝特尔会说命令就是命令,O.W.心烦意乱也和他无关?你能解释一下吗,督察?"

这次梅瑞狄斯摇摇头,不得不承认自己被打败了。尽管他尽了最大的努力,他还是无法把贝特尔的话与他所形成的推理结合起来。根据这一推理,奥姆斯比·莱特是被拔毛的大雁,而罗斯是拔毛者。那么,贝特尔为什么要暗示奥姆斯比·莱特就是向他发出命令的那个人呢?

"请注意,"警司注意到梅瑞狄斯滑稽的失望表情,"我并不是说你的推理错了。我只是想看看我们是否能把这些棘手的问题解决掉。无论如何,按照你提出的计划,我们有利无弊。我们唯一要提防的就是引起那伙人的怀疑。一旦他们开始怀疑,就会在我们开始抓捕之前关门大吉。好吧,督察,跟我保持联系,我会让你知道我们的进展情况。"

由于警司对他的推理提出了完全合理的批评,梅瑞狄斯的热情有点退却。他驱车经过彭里斯,驶在荒凉起伏的道路上,向凯斯维克开去。他不停地在想汤普森质疑的最后一点。为什么贝特尔提到他的老板是奥姆斯比·莱特,而不是罗斯?奥姆斯比·莱特不可能经营这桩非法汽油生意,他欺骗自己没有任何好处!当然,公司的大部分资本有可能不是他自己的。在这种情况下,为了增加属于他的利润，他可能会和手下的经理做做假账。但不知何故，梅瑞狄斯觉得这种方法太笨拙了，由此产生的利润对于奥姆斯比·莱特那样的人来说太少了。

对于一个习惯了千万英镑的人来说，一两百镑影响甚微，而且依据梅瑞狄斯的估算，非法销售汽油所带来的利润，一年最多也不过几百镑。当然，这取决于有多少修车厂参与了非法经营。但即使有十几家甚至更多，即使每周偷偷运送的汽油有几千升，督察仍然不相信这场游戏对一个已经很富有的人来说是值得的。

但问题仍然存在。为什么贝特尔提到了奥姆斯比·莱特？梅瑞狄斯又想起了他听到的谈话。他一遍又一遍地在脑子里念着贝特尔的那句话，就像用投影仪不断重复一个片段一样。突然——他有了新的想法！

贝特尔提到奥姆斯比·莱特了吗？他肯定提到过O.W.这个人，但这些首字母可能不适用于诺克公司的老板。他有没有可能听错了？也许他说的是"老W"吧？梅瑞狄斯回想起他努力地听，但是很难听清楚，他只听到了只言片语，更不要说听清每个字了。在这种情况下，"老W"不是指"老威廉"吗？威廉不是经理的名字吗？他记得查理·道森第一次在灯塔酒店里给他罗斯的名字和地址时的情景。他一定找到了谜团的真正解释！老板是罗斯！不是奥姆斯比·莱特！如果罗斯是这伙人的头目，那么他关于非法经营的推理一定是正确的。

梅瑞狄斯兴高采烈地到彭里斯警局找马修斯警长。然而，警长没有什么要报告的。他得到了所有彭里斯银行经理的回复，但他们谁也不知道马克·希金斯先生或格尼·维克先生的情况。丹西在午饭时间被人拦住了，他提供了10个运油车司机中6个人的地址。他答应在那天晚上看完工资单后再提供其余的4个。他想他进办公室时不会遇到什么困难，因为经理那天下午要到铁路货场去检查早晨送来的一批新汽油。他自己的地址是凯雷顿街埃蒙特别墅24号。警长向梅瑞狄斯保证，他的人已经在打听那6个人的情况了。他答应尽早让督察知道这些调查的结果。

在凯斯维克，梅瑞狄斯在办公桌上发现了另一条留言：

科克茅斯报告说，无法查到马克·希金斯或格尼·维克在本镇的银行账户。所有银行都进行了查询。

"只得如此了。"梅瑞狄斯想，"看来维克和希金斯比他们曾经的搭档要谨慎一点！"

尽管他的调查一无所获，但他还是忍不住感觉到，那些人应该在什么地方藏了一些赃款，就像在彼得森和克莱顿身上发现的那些一样。

他突然想到一点。希金斯有没有可能一直有多少花多少？这样就不必存任何多余的现金了。道森曾说他追求时髦打扮，很明显，他在灯塔酒店挥霍无度，更别提在布雷斯韦特当地的酒吧了。威斯敏斯特银行经理戈雷斯顿曾表示，克莱顿每月取出16英镑，两名合伙人平分。这意味着希金斯在修车厂的利润分红是每周2英镑。斯温利夫人的周薪是10先令，希金斯自己还剩35先令。用这笔钱，他得付伙食费、置装费、日常开销，还得分担主屋的日常开支。除此之外，他还开着一辆大马力的摩托车，经常去彭里斯，在灯塔酒店住上一个周末。这些事实如此奇异，给梅瑞狄斯留下了深刻的印象，他决定给灯塔酒店的查理·道森打个电话。

经理欢快的声音通过电线向他传来。

"喂，梅瑞狄斯先生。今天有什么麻烦？我可不会相信你打电话来只是问候我的。"

梅瑞狄斯大笑道。

"对，和往常一样，当然不是。还是关于马克·希金斯的。你知道他在你家花了多少钱吗？我不是说实际的金额，但是他花钱好像很随便的？"

"不能用随便这个词来形容！"道森沙哑地笑道，"他总是随意挥霍。我知道当他有点醉了的时候，会给每个人请上几轮酒。更不用说他住旅馆的时候会带瓶威士忌去房间了。请注意,是最好的房间。对希金斯来说,再好也不为过。他就是那种人,喜欢出风头,督察。"

"就像我想象的那样。"梅瑞狄斯说,"我想他一个周末就会花光一大笔钱吧?"

"两三英镑,不管用在什么上面,总能花掉。更不用说他在比赛之类的地方输掉的金额了!"

"赛马!"督察叫道。

"哦,别这么吃惊,长官!"查理笑着回答,"注册赌庄!我向你保证,一切合法。"

"好吧,道森先生。我对你家的良好行为没有任何看法。好吧,我想你已经告诉我想要的信息了。非常感谢。再见。"

梅瑞狄斯当即发誓,如果马克·希金斯没有从非法渠道获得金钱,他就把帽子吃掉!除非他有烧不尽的钱,没有人能像他现在这样挥霍下去。而且可以肯定的是,这笔钱并不是来自修车厂的经营。希金斯可能有私人收入,但如果是这样,他为什么不开银行账户呢?在这种情况下,这是正常和明智的做法。另一方面,如果他的钱确实来自非法渠道,梅瑞狄斯意识到希金斯足够狡猾,懂得避免在任何官方渠道留下他的财务信息。

他刚想到这一点,托尼就突然冲进办公室,手里拿着一沓照片。

当他把照片摊开放在桌子上时,他得意扬扬地说着:"看看这些。"梅瑞狄斯默默地检查了一遍,最后挑选了三张要送到伦敦警察厅去的照片。

"干得好,托尼。如果这些人当中有谁曾被伦敦警察厅调查,那就不难确定他的身份。它们非常清晰。现在,请你在这儿等一会儿,等我写完这封给伦敦警察厅的信,我们可以通过夜间邮件把照片寄走。"

"好吧。"托尼说,然后坐到火炉边的椅子上,"然后,爸爸,如果你要回家喝茶,我们可以在回去的路上顺便去看看辛普森的店铺。新的三速……"

"安静!"梅瑞狄斯严肃地喊道,连头都没抬一下。但是,在心里,他在开怀大笑!这年轻一代的执着啊!嘿!

第十三章

梅瑞狄斯启动计划

星期天，梅瑞狄斯好好休息了一天，坐在炉火旁看看报纸，听听收音机。但周一一大早，他就到了警局，准备开始一天艰苦的工作。既然局长已经批准了他监视修车厂的计划，他就急于在组织行动之前制定和完善每一个细节。他的两项主要工作是拜访丹西，说服他拿到指定日期的订单副本，然后巡查一圈有诺克油泵的修车厂，找出适合的藏身之处。

与此同时，彭里斯发来了一份长长的报告。到目前为止，已经确定了7名运油车司机不在场证明，马修斯警长希望在不久的将来能够查明其他3名运油车司机的行踪。正如梅瑞狄斯所料，有5个人在灯塔酒吧度过了一个晚上。另一个和他的妻子一起去看了电影——这得到了一个熟知他的门童的证实。第7个人在一个工人俱乐部度过了夜晚；俱乐部的秘书和几个可靠的常客为他提供了证明。

这些调查的结果和梅瑞狄斯预料的一样。从一开始，他就看不出这10个人中有谁与克莱顿的谋杀案有关。案发当晚，没有人在德文特附近见过他们。而在卢克·佩里曼发现尸体前不久，贝特尔和普林斯曾去过修车厂。他们的运油车在离开德文特公路后形迹可疑。虽然在审问中，贝特尔和普林斯都声称他们直接回了油库，但现在可以肯定的是，它停在了一个岔道上。这意味着他们一直在撒谎，除了他们想对警察隐瞒什么以外，他们还有什么别的理由撒谎呢？事实上，一切都表明，贝特尔和普林斯是凶手。但在梅瑞狄斯能够证明他的怀疑之前，他必须调查其他每一种可能性——在他看来，这意味着证明其他运油车司机的清白。

还有一点使他迷惑不解。其他的诺克员工也是经理非法经营的一分子吗？这是否意味着不仅4号线上有非法汽油销售，其他5条线路也是一样？要证实这一点，就需要开展全郡范围的警察调查，而调查的成本将十分巨大。但在梅瑞狄斯看来，在充分调查清楚4号线路的情况后，还有足够的时间扩大警方调查的范围。

只要打个电话到彭里斯，就能确定丹西回家吃午饭的时间。12:30，督察准时地拐进凯雷顿街的尽头，前往埃蒙特别墅24号。他毫不费力地找到了这片黄色砖砌别墅群。马路两边每扇门窗都一模一样，只有门牌上的数字能区分出不同的别墅。梅瑞狄斯漫不经心地在街上闲逛着，对一家当铺的橱窗产生了浓厚的兴趣。他花了10分钟的时间，打量着橱窗里陈列的各式各样的东西。然后，他突然从窗前转过身来，潇洒地沿着凯雷顿街往回走，差点撞到了丹西先生的怀里。

看门人马上认出了督察。

"长官，在这一带见到你真让我吃惊。"他打量着督察，"你不会是在找我吧？"

梅瑞狄斯点点头。

"我知道你住在埃蒙特别墅24号。因为我想单独跟你说两句，我想我可以在你回家吃午饭的路上找到你。有什么地方我们可以谈谈吗？"

"事实上，长官，我的老婆今天不在家。她在沙普拜访一个亲戚。所以如果你来，也就只有我们两个。也许我们可以边吃饭边谈，如何？"

梅瑞狄斯认为这是一个极好的建议，几分钟后，他便进入了24号别墅干净的厨房小厅里，坐在了丹西对面。桌上已经准备好了一顿冷饭，督察说声"吃吧"，丹西才坐下来，安心地吃起来。

"现在，丹西先生，"督察故意郑重其事地说，"我要把你当作知心的人。你完全可以拒绝我的请求，但我相信你会同意我的看法,公平交易在我的工作中是第一位的。现在;警方有充分的理由相信,贵公司的一些雇员正在公然实施某些不法行为。我不能告诉你更多,但我想让你明白,这是一个严重的问题。诺克公司的好名声取决于我们能否抓住罪犯。这就是我们需要你帮助的地方。我们需要某些内部消息,只有你能帮我们拿到。问题是,丹西先生,你愿意给我们提供这些信息吗?"

看门人放下刀叉,咀嚼着食物,陷入了沉思。

然后,他谨慎地说:"这取决于你要我做什么。如果我被发现将公司的秘密信息交给外人,即使你们是警察,我也可能会丢了工作。"

"好吧,"梅瑞狄斯爽快地说,"我真的认为你不需要为此烦恼。我急于要掌握的事实并没有特别私密。我只是想要一份你们本周三、五、六和下周一、二的订单的副本。当然,你知道,我可以向每一家购买诺克汽油的汽车修理厂询问,了解他们是否向你们公司下了订单。因此,你告诉我的信息,我自己并非得不到。只是很花时间而已。很遗憾,我没有时间可以浪费,所以我只能指望你了。好吧,丹西先生,怎么样?"

"好吧,"丹西慢慢地点了点头,"既然你这么说,我想这没什么坏处。也许你能解释一下你到底想让我做什么,嗯?"

梅瑞狄斯详细地解释着，丹西则全神贯注地听着他的指示。在这几天里，他需要拿到4号运油车所有订单的完整副本。为了把每一笔订单都囊括进来，他要在送货的前一天晚上再拷贝材料。为了确保不会有任何差池，梅瑞狄斯和丹西确认，公司不会处理当天收到的订单。这是公司的严格规定。当需要购买货物时，必须提前发出通知，以便能足量装货、安排路线。事实上，直到运油车离开后，经理才会去处理当天收到的订单。但是，丹西也指出，对于前一夜收到的要求立即交付的订单，如果运油车上还有些空间，那就可以在第二天送出。

丹西一旦拿到了副本，就要把它交给一个便衣警察。他将在凯雷顿街的北端等着。

下一个问题是和看门人讨论怎样才能在不引起怀疑的情况下进入经理的办公室。根据丹西的说法，经理通常在下午6:30刚过就离开油库，有时更早，这取决于最后一辆运油车到达的时间。丹西的任务是确保当晚所有的门都锁好，所有的灯都关上。由于业务上的原因，看门人有一把经理办公室的备用钥匙，虽然罗斯通常在离开前自己锁上办公室，但一旦周围没有人了，丹西很容易就能重新进入。万一经理出乎意料地回来，丹西确信他可以想出一个合理的借口。他答应梅瑞狄斯事先想好，以防万一。

"现在，最后一件事，丹西先生，"梅瑞狄斯继续说道,"最重要的是,我要知道每天早上4号车装了多少油,精确到升。不仅包括预付订单的数量,还包括多装的余量。你还记得你上周五告诉我的,当预购订单量较小时,通常会多装一些,以期在途中进行'现货'销售?"

"很对。我是这么说的。但并不总是这样。事实上,在冬天,当路上没有游客来往时,运油车经常不会多装。"

"我明白了。那如果有订单在最后一刻被取消,比如通过电话取消,会怎样?"

"在那种情况下,我们可能会多装些上路,但这种情况千载难逢。"

"不过,保险起见,丹西先生,即便订单量就足够装满运油车时,你最好也给我们写个便条,说'没有富余',这样我们就会知道没有最后一刻取消的订单。现在——你认为你可以为我们提供这些信息吗?"

丹西点点头。

"很简单,长官,我的工作之一就是帮忙装车,我会仔细检查4号车的货物数量。不过,你想什么时候拿到信息?"

"当天中午吧。我会让需要拿预订单副本的同一人在德文郡街乔治家店外等着你。你可以在回家吃午饭的路上把这些数字告诉他。"

"这样挺好,长官!"丹西热情地赞同道。既然他掌握了督察所需要的细节，以前的不情愿也就烟消云散了。对督察来说，显然，有了丹西这样一个热心的帮手，不会让他失望的。这个男人显然很高兴能与警方开展如此密切的合作。因此，梅瑞狄斯离开埃蒙特别墅时，对这次精妙的会谈结果感到非常满意。

梅瑞狄斯回到格雷斯托克路，在家中吃过午饭后，回到警察局。值班的警长告诉他卡莱尔警局一直在给他打电话。梅瑞狄斯急于想知道有哪些修车厂是诺克公司的客户，便立刻与警司取得了联系。汤普森对他派去做这项工作的人表现出的聪明才智感到高兴。

他告诉督察："我认为我们已经有了完整的清单。我的手下整个周末都在努力工作，最近的报告是在半小时前发来的。我们已经找到了42家客户，其中大多数位于城镇中。其中有36个是修车厂，其余6个持牌营业场所为了客户方便，设有诺克油泵。你了解那种地方的，督察，不能说是酒店，更像是有客房的酒吧，房间数量有限。其中3个在怀特黑文，2个在沃金顿，1个在玛丽波特。"

"哪些修车厂呢，城镇和乡村所占的比例是多少？"

"在36个修车厂中，有29个地处城镇。凯斯维克有2个，科克茅斯有4个，沃金顿8个，怀特黑文12个，玛丽波特3个。剩下7个地处乡村的，当然包括德文特和洛斯维特。在剩下的5个中，只有2个地处偏僻。"

"这意味着,"梅瑞狄斯说道,"我们应该特别注意这两个地方。长官,您能等我一下吗,我拿张地图,然后您可以让我知道他们的确切位置。"

警司等到梅瑞狄斯说自己准备好了为止。

"我想你拿到地图了?"

"是的,长官。"

"接下来,沿着洛斯维特的科克茅斯路走,直到穿过铁路线突然向西转的地方。找到了?"

"是的,长官。"

"对!现在,从这个直角转弯处向西大约3000米,你会发现一个叫作斯坦利霍尔的地方。知道了?好,接下来,第一个偏僻的修车厂位于转角处到斯坦利霍尔的半路上。据调查该地区的警员说,建筑物100米范围内没有任何遮挡物。只有牧草环绕的石墙,所以你可能必须得派一个骑手去盯着那个地方。"

"好的,长官,我记下来了。还有另一个修车厂呢?"

"在科克茅斯和沃金顿之间。你可以看到布劳顿十字车站的标志。接着,从车站继续沿着这条路走大约800米,那就是修车厂所在的地方了。"

"是的,我找到了,长官。就在离尼普吉尔煤矿不远的地方吗?"

"大概有1600米吧。你可以从地图上看到,这里又是一片开阔地,但这一次我们运气不错。在修车厂对面,马路的另一边,有一个废弃的谷仓。负责这片地区的警员说,一个人可以很容易地藏在谷仓里。屋顶没剩多少了,但墙还立着,面向修车厂的一侧有个小通风孔。"

"听起来很有希望,长官,"梅瑞狄斯说,"我能尽快拿到修车厂和旅馆的名单吗?"

"现在就能通过电话告诉你。办公室里有警员吗?"

"没有,长官,但布朗警长在值班。"

"好吧,让警长来接电话。我这里已经安排了一名警员,准备把名单通读一遍。然后,今天下午你就可以开始在地图上标出各个地方的位置了。"

"好的,长官。"

梅瑞狄斯和警长换了位置,当他在外面的办公室里扣上斗篷时,他听到那个男人低沉的声音在核对着那些诺克客户的名字和地址。

他的下一站是主街上费利比的修车厂。店主——一个瘦高、溜肩的人——正倚在一辆运油车的发动机盖上,和一个修理工谈话。一见到督察,他扔掉了烟头,走上前来迎接他。

"晚上好,梅瑞狄斯先生,需要我帮忙吗?"

"需要片刻,如果你愿意的话。我们可以去办公室吗?"

费利比点了点头,他刚一关上那间杂乱无章的小房间的门,梅瑞狄斯就开始解释他来访的原因。

"我想要一些信息,费利比先生。一些技术性问题。"

"随意吩咐。"费利比亲切地回答。

"你以前在绿线石油公司工作过吧?"

"的确如此。大约7年前。"

"那么你可以和我说说——把一辆运油车上的450升汽油输送进修车厂的加油泵需要多长时间?"

"你是说从大货车输送进泵里?我想我可以告诉你。过去,估计要用七八分钟输送900升的汽油。也就是说,平均每450升要花3.5分钟。请注意,这取决于进料管的直径。"

"当然,"梅瑞狄斯说,"管子的尺寸通常是多少?"

"直径7厘米。"

"所有汽油的运油车上都用7厘米直径的管子吗?"

"嗯,我不太清楚。但举几个例子——绿线、红车、北不列颠和诺克这几家公司都是这样。"

"非常感谢,费利比先生,"梅瑞狄斯边说边准备往外走,"这正是我需要的信息。"

"没有别的了吗?"

"是的,我想没有了——不过,等一等!还有!为什么你计算的是900升而不是450升所消耗的时间?有什么特殊原因吗？"

"我想，这是出于本能吧。"费利比又点了一根烟，回答说，"对大多数汽油公司而言，使用大货车运送的订单必须大于900升，然后以450升为单位递增——1350升、1800升，以此类推。"

"这对其他公司——比如，诺克公司，也适用吗？"

"我没有他们的油泵，但我碰巧知道他们在此事上的规矩与我的旧公司绿线相同。"

"谢谢。"

梅瑞狄斯沿着主街走回警察局，他感觉获得了一些非常有用的知识。利用费利比的信息，只需指示他在各个修车厂的侦查员记录一下输送汽油所花费的时间，他就能相当准确地了解汽油的交付体积。在这种情况下，如果有任何额外交货，他就能立刻知道那个不法修车厂所获得的汽油数量。只需简单的计算，他就可以找出罗斯和他的同伙从非法经营中获得的利润。

他的办公桌上摆着两张纸。第一张是彭里斯警局的报告，10分钟前送来的。其余3名诺克运油车司机的行踪已经调查清楚。其中2人乘坐下午6:45的公共汽车去了卡莱尔，据说他们和朋友一起过了周末。另一个人，身体不舒服，回到他的住处，直接上床睡觉了。尽管梅瑞狄斯早就预料到了这个结果，他还是不禁觉得这大大加强了贝特尔和普林斯的嫌疑。现在已排除了其他人的嫌疑,在他看来,问题不再是"谁谋杀了克莱顿?",而是"克莱顿遭到杀害的原因及方法"。只要找到这两个问题的答案,他应该就能准备逮捕杀人犯了吧?

他桌上的第二份文件是警司提供的诺克客户名单。督察把两张能够覆盖所有地区的巴特罗缪版地图摊开,他开始了烦琐的定位——逐个找出修车厂所在,并在地图上画上一个个小圆圈。

一个半小时后,任务完成了,他打了个大哈欠,伸了个懒腰,回到家中,照常用茶点。这意味着明天又将是漫长而艰苦的一天:巡查修车厂、详细安排侦查地点和藏身之处、到卡莱尔再开一次会、去彭里斯和要派去从丹西那收集关键信息的警员谈谈。

第十四章

一升杯子两升水

幸运的是,第二天天气温暖,阳光明媚。大朵棉花糖般的白云在蓝天的最深处悠闲地漂浮着,较高的丘陵犹如皱巴巴的面孔,纤毫毕现。这是4月的第一天,有着春天特有的气象——典型的4月阵雨会突然改变阳光明媚的天气。空气中春天的气息给梅瑞狄斯带来了比平时更多的热情和活力,他和雷顿两人都穿着便衣,带着一种即将度假的心情,开始巡查拥有诺克油泵的汽车修理厂。

他们已经商量好了行动方针。城镇的修车厂步行巡查,督察考虑这种调查方法不怎么会引起注意。因此,在离开办公室之前,他给科克茅斯、怀特黑文、沃金顿和玛丽波特的警察局打了电话,让他们安排一个便衣警察当向导。对于那6个乡村的修车厂,最简单的办法是到每一个修车厂去购买2升汽油。在给警用摩托加油时,梅瑞狄斯和警员就要把附近的一切情况都记录下来。如果摩托车的油箱太满,那他们要么购买润滑油,要么在合适的时候消耗掉剩余的汽油。

凯斯维克的汽车修理厂将由当地的警官处理,梅瑞狄斯决定亲自监视洛斯维特修车厂。当天早晨,他们经过德文特的时候,他注意到希金斯显然回来了,因为修车厂的门是开着的,有烟从小屋的烟囱里冒出来。等他们驶过那个地方后,梅瑞狄斯用盖过机车的声音对雷顿喊道:

"明天你去巡视德文特。当然,你得骑摩托车,如果你注意到有运油车停在油泵前,你得找个借口停过去。"

不久以后,当他们从洛斯维特旁边疾驶而过的时候,梅瑞狄斯瞥见维克正在修车厂里修理发动机。然而,他们的第一站是位于铁路转弯处和斯坦利霍尔之间的那个孤立的修车厂。事实上,它是以附近的斯坦利霍尔加油站命名的。雷顿开始加油,梅瑞狄斯则迅速地环视了一下周围的环境。他马上发现警司是对的。这个地方得由骑手巡视。除了沿路两道低矮的石墙外,这地方没有任何掩护。

督察还仔细地记下了工作人员的特征。但除了矮小、干瘦、白发之外,他的外表并没有什么特别之处。

他们抵达了科克茅斯,便衣向导已经在等着了。半小时后,4个修车厂都已巡查完毕,侦查员的藏身之处也已安排妥当。然后,他们驱车前往尼普吉尔煤矿附近的另一个孤立的汽车修理厂，梅瑞狄斯再次很快就同意了警司的看法。如果在黎明前的几个小时，派个人进入废弃的谷仓，那么从通风孔就可以很容易地看到马路对面的修车厂。业主是一个肩膀宽阔的人，比起机修工来说，他看上去更像一个农场工人。但他的态度随和，似乎很愿意停下来谈一谈。梅瑞狄斯注意到修车厂的名字是"菲萨姆"。

此后，他们保持原路线不变。剩下的三个修车厂，都是在村子里，雷顿停下来加油或者买润滑油，梅瑞狄斯则留意观察适当的侦查点。在当地警员的引导下，他们步行走过三个沿海城镇。下午3:00时，42个客户的情况都查清了。

相当多的城镇修车厂，包括两间拥有执照的旅店，位置都非常好，镇上的警员正常执勤时便可巡查到。其余的多半在人口稠密地区，街角随便一个闲逛的便衣是不会引人注目的。

最后，梅瑞狄斯十分满意，他已经获得了这42个地方及其周围的详尽信息。他命令雷顿全速开回凯斯维克去。

下午4:30刚过，他拿起电话，与卡莱尔的警司取得了联系。

梅瑞狄斯简要地报告了他一天的工作，然后说道："长官，我的建议是，除了少数几个可以完全藏身的观察点之外，侦查员必须在指定的修车厂附近徘徊。然后，当运油车出现时,他们就可以一直跟到修车厂。在大多数情况下,他们可以利用购买汽油的时间观察,如果不行,也可以停下来看报。不过,我想我们可以或多或少地让他们随机应变。您同意吗,长官?"

"非常好!上次和你通话之后,我已经和沃金顿、怀特黑文、玛丽波特和科克茅斯警局安排好了,派人去当地修车厂侦查。为了避免警员被认出来,他们把警员调离了当值的警区,让他们侦查那些不太可能被认出来的地方。我们现在着手安排乡村地区的修车厂。我建议你马上把你的书面报告送过来。我浏览一遍后,会向各个警局发出必要的命令,并附上一份你的报告。明天一早,每个侦查员必须就位。他们应该在运油车到达一小时前到位。顺便说一句,梅瑞狄斯,我们要派到谷仓里去的那个人要在天亮前就位。"

"我也是这么想的,长官。"

"你还有其他想法吗?"

"是的,长官。我想让每个人仔细地把运油车进料管的阀门从打开到关闭之间的时间记下来。"

"我不是很理解……"警司说道。

"我来解释一下吧,长官。"梅瑞狄斯说道。他三言两语地说明了他的计划,这是为了对非法所得的利润粗略地估计。

于是警司计划第二天下午6:00到凯斯维克去。他说所有报告一旦写好，就要立刻打电话到凯斯维克警局。在确认督察已经做好接收丹西提供的资料的准备后，警司挂断了电话。

一小时后，梅瑞狄斯把他当天匆忙记下来的调查笔记整理成了一份简明扼要的报告。一停笔，他就跳上了等在一旁的警用摩托，让雷顿把他送到彭里斯警察局。接着，雷顿继续匆匆地把报告送到卡莱尔，然后返回去接梅瑞狄斯回家。

梅瑞狄斯一解释完他的要求，马修斯警长就派了一名便衣警察护送梅瑞狄斯到凯雷顿街去。这时已经下午6:30了，梅瑞狄斯估计丹西已经回到了埃蒙特别墅。他让便衣留在当铺对面的街角，自己敲响了24号的门。丹西亲自打开了门。

"我安排好了在街上收集你信息的人，丹西，"他快速说道，"我希望你5分钟后悄悄地溜出去，和我们在外面会面。随意走走就好，我不想让你的邻居感到好奇。"

"好。"丹西平静地回答，"5分钟后，长官。"

"你拿到订单的副本了吗？"

"拿到了。"

"那就带着一起。"

梅瑞狄斯慢吞吞地走在街上，回到警员身边，后者正在当铺的橱窗前张望着。5分钟以后,丹西出现了,三个人一起慢慢地沿着一条空无一人的小巷走着。当他们走到街灯下时,梅瑞狄斯轻声说道:

"当我们走过这盏灯的时候,好好看一下这位警员的样子。明白吗,丹西?"

丹西点点头。当他们走出亮光,重新回到黑暗中时,梅瑞狄斯又补充说:"把副本给我们。"他感觉到一张折起来的纸塞到了他手里。很好。"没问题吧?"

"没有。"丹西回答。

"不要忘记明天多装的容量——如果有的话。"

"好的,长官。"

"德文郡街,乔治家的店,12:30。"

"好的。"丹西又道。

"好吧,"督察用稍大的声音说,"我们要走了。晚安,丹西。"

"晚安。"丹西热情地答道。

回到马修斯警长的办公室,梅瑞狄斯仔细地看了看他从看门人那儿收到的那张纸。上面有他想知道的一切:5家汽车修理厂的地址,每家修车厂的旁边写了预定的公升数。总共装载了4500升,分成5批,每批900升。

督察立刻失望了。从他上次在油库与丹西的谈话中,他知道4号运油车载重量正好是4500升。既然现在已经没有余地装非法货物了，那第二天的4号线的发货情况一定属实。

尽管梅瑞狄斯希望并非如此，但事实证明情况就是这样。星期三晚上6:00刚过，在最终报告送达凯斯维克警局后，梅瑞狄斯和警司面面相觑，做了个鬼脸。

"太不幸了！"警司黯然道，"5份订单，5份交货。看来今天的工作都白费了，梅瑞狄斯。报告上说，运油车没有在任何其他修车厂或旅馆停靠。"

"正如我所料，长官。"梅瑞狄斯同样沮丧地回答道，"特别是当丹西把他的午间便条交给我时，上面写着'没有富余'。如果我们的推理没错，看来今天犯罪团伙休息。"

"不管怎样，"警司向他保证说，"我们会把整个计划进行到底的，我们明天可能会有收获。"

"星期五，长官。"梅瑞狄斯纠正道，"明天休息半天。"

"我忘了。好吧，那我们约定星期五晚上6点在这里见面，好吗？"

"好的，长官。"

星期四晚上，经过了令人厌烦的无聊一天，彭里斯警局打电话汇报了丹西提供的资料。订单是那天晚上早些时候，丹西在当铺前送到等候的警察手里的。

梅瑞狄斯匆匆记下细节，挂断电话。他沮丧地坐了很长一段时间。4号车每天都要满负荷地出去吗？订单总是下满到4500升吗？一想到这种挫折，他就低声咒骂，气呼呼地把烟草塞进烟斗，开始在房间里踱来踱去。

是不是说，在他所有精心策划之后，他的推测要被残忍地推翻？难道他带着半个郡的警察白忙一场？尽管警司很乐意配合，但如果这些调查毫无结果，他在总部还是会遇阻。然而，事实摆在他面前。4个修车厂，三个900升的订单，一个1800升，加在一起4500升，正好装满一车。如此有条理的清单中，哪里有非法活动的空间？他已经可以预见丹西明天在乔治家店外交给便衣的纸条上，一定写着"没有富余"。所以他的伟大计划失败了！这是否意味着局长关于非法经营的推理也被推翻了？梅瑞狄斯向上帝祈祷，但愿事情不是这样的——否则，他到哪里去寻找谋杀的动机呢？

另一方面，早上从伦敦警察厅送来的报告呢？两名犯罪团伙的嫌犯都被大都市区的警察调查过。白纸黑字写着——威廉·布莱恩特·罗斯，贪污罪，3年监禁。约瑟夫·贝特尔，又名山姆·肖，两次轻微盗窃指控，一次定罪，3个月的苦役。这些事实本身肯定给局长的推理增添了可信度。既然罗斯曾经做过假账，为什么不会再做？虽然梅瑞狄斯不明白为什么奥姆斯比·莱特没有调查他过去的记录就雇用了他。不管怎样，罗斯又一次获得了信任，而梅瑞狄斯觉得，面对着足够强大的诱惑，这个人可能会很容易地重蹈覆辙。

贝特尔的罪行虽然较轻，但也同样暴露了这个人的性格。如果雇用运油车司机是罗斯的工作之一，那么，如果他心里打算从事非法经营，难道他就不会去找这样的人吗？这些人大约在8年前服完刑，而根据丹西所说，诺克的经理和4号车司机都在公司工作了大约7年。

罗斯和贝特尔都是在服刑后不久，几乎是在同一时间来到北方的，这难道不重要吗？伦敦和家乡似乎容不下他们了。因此他们选择在坎伯兰重新开始。他们在来北方之前就认识吗？有没有可能罗斯收到诺克石油公司的雇用通知之后、离开伦敦之前就已经计划好了诈骗行为？

督察心里暗笑着。所有这些假设听上去都很好，但目前所有的事实都证明这家公司里并没有从事非法活动。梅瑞狄斯完全灰心丧气了，回到家里继续摆弄着收音机，试图用一段轻音乐来消除他的沮丧情绪。他越深入调查这个案子，问题就变得越复杂！

星期五，下午1:00刚过，彭里斯就报告了丹西送来的信息。"没有富余"。下午5:00时，报告开始陆续送来。下午6:00的时候，警司带着一种焦急的、探询的神情走进办公室，想知道最新的消息。

"没有，"梅瑞狄斯简短地说，"我们是在浪费时间，先生。不管怎么说，这就是我的感觉。"

他把丹西的留言递给警司。

"今天有4个修车厂，"警司看完简短的报告后说，"又是一车满载！还有多少报告要送来，梅瑞狄斯？"

"只有两个，长官。斯坦利霍尔和菲萨姆。是那两个孤立的修车厂。"

"洛斯维特呢？"

"我亲自盯着的，长官。雷顿盯着德文特。我一直守到运油车返程。"

"那么，那两份报告现在应该已经出来了吧？"

"我估计随时能到，长官。问题是在这两个修车厂附近都没有电话。"

"与此同时，让我们再看看我们掌握的信息。现在，让我们来看看——下了900升汽油订单的有怀特黑文的恩纳代尔、皇后街、玛丽波特的惠特克修车厂；订购了1800升汽油的是科克茅斯的德雷克修车厂。我想这些都正常配送了吧？"

"是的，长官。我把这4份报告单独理出来了。"两个人趴在摆满了字条的桌边。"你看，每一份报告记录了加油所花的时间，我们比较一下……"

梅瑞狄斯身旁的电话铃声刺耳地响了起来。

"抱歉，长官。"他拿起话筒，"是的，我是梅瑞狄斯督察,这里是凯斯维克警局。菲萨姆修车厂。是的,我明白了,你确定吗?好的!谢谢。"梅瑞狄斯挂了电话,转向警司,"长官,那是负责菲萨姆的威尔逊警员。没什么特别的。4号车来回都经过了。"

"该死!"警司骂道。

"现在就剩斯坦利霍尔了。而且……"电话铃声再次响起,梅瑞狄斯接着说,"听起来我们马上就要失望了。"

他懒洋洋地又把听筒取了下来,放在耳边。在表明身份后,他带着一种不感兴趣的神情,打算再一次接受一无所获的汇报。

突然,他的态度全变了。他警觉、紧张了起来,聚精会神地听着。汤普森注意到了他的表情,向前迈了一步。

"是的。是的。我明白了!回程对吗?我明白了。输油的时间记下了吗?好!好的——我记下来了。有可疑的事要报告吗?他们的行为中没有什么特别的吗?我明白了。不,就这些。当然要写一份书面报告。晚安,警员。"

"怎么?"梅瑞狄斯一挂断电话,警司就问道。

"终于有线索了,长官!"梅瑞狄斯用大获全胜的语气喊道,"如果布莱宁警员的摩托车没有熄火的话,消息早就送来了。他刚到科克茅斯。他说4号运油车下午5:15在斯坦利霍尔加油站停下了!"

"太好了,梅瑞狄斯,太好了!"

"他在马路上100米开外的地方等着,假装在修理摩托车的发动机,等到运油车和油泵连接上了。他的想法是,一旦接上进料管,即使他突然出现,他们也没时间掩盖送货的事实了。在普林斯打开阀门的那一刻,布莱宁就开始计算时间。然后他推着摩托车慢慢地向修车厂走去,在途中他两次停下来修理发动机。等到了修车厂,他和老板谈了谈,提起自己的发动机坏了。据他描述,他的到来没有引起异样。贝特尔还坐在运油车的驾驶座上,普林斯站在油罐后面,手控制着阀门。修车厂老板说,等运油车加完油,他就帮忙看看摩托车。"

"他们站在那里聊了两三分钟,然后普林斯关掉了阀门。布莱宁在没有人注意的情况下抬了抬手腕,看了一眼他的手表。然后普林斯陪着老板去了办公室,布莱宁看到他们签了收据之类的东西。大约5分钟后,普林斯回到了运油车上,他卸下了输油管,把它装好,拧上了阀门,然后他爬到副驾驶座上,运油车开走了。"

"布莱宁做得不错。"警司说,"一次机敏的侦查。现在,督察,我们来看看。斯坦利霍尔的货输送了多久?"

"布莱宁说,7分半,长官。"

"这就意味着?"

"900升左右。"

"很好,看来4份订单中有一份没有足量交付。我估计是科克茅斯的德雷克修车厂——你还记得吗，梅瑞狄斯，那份1800升的订单？"

"但是，长官，如果修车厂的人不知晓，这是不可能做到的。"

"没错！但我不是这个意思。我是说有一份订单是伪造的。德雷克修车厂其实预定了900升，另外900升是给斯坦利霍尔的。"

"但那不可能，长官！"梅瑞狄斯喊道，"首先，丹西是从罗斯办公室里的账簿上看的订单，如果德雷克名下预定了1800升，那么德雷克就得付全款。否则罗斯的账目做不平。其次，看看我画的这张表。我根据这4家的交货报告汇总的。"

警司拿起那张纸仔细检查。全文如下：

修车厂	地址	订单	交付时长
恩纳代尔	怀特黑文高街11号	900升	约7分钟
皇后街	皇后街63号	900升	7分20秒
惠特克	玛丽波特海军基地	900升	7分35秒
德雷克	科克茅斯纪念堂	1800升	约15分钟

"天哪，督察！"警司看完这份惊人的文件后，他脱口而出，"这究竟什么意思？"

"我要是知道就好了！但毫无疑问的是，德雷克修车厂的确收了1800升汽油，不是吗？这和我们预料的一样。

科克茅斯订单的交货时间应该是其他三个订单的两倍。"

"显而易见。那究竟怎么……"

"没错,长官。既然满载的货物都输送了出去,那4号车究竟是怎么往斯坦利霍尔的修车厂里又送了900升?"

片刻间,屋里十分安静,只能听到炉栅里掉落的煤块发出的叮当声。然后……

"有没有可能油罐是假的,梅瑞狄斯?又或许丹西说错了,运油车的载重量不止那么多。"

"不可能,长官。这些东西的重量是由官方检验的。每一辆开上公路的新运油车都经过计量局检验。丹西不会在这个问题上撒谎,他和我们一样清楚,检查油罐的登记容量是一件非常简单的事情。至于假油罐,长官,没有这个可能。你不可能在不改变整个底盘结构的情况下,在运油车上多装900升汽油。体积太大了。"

"可是,天哪,梅瑞狄斯,你还有什么别的点子吗?很明显,这里面肯定有不法行为。你对我所有的推理都提出了反对意见,你该提出自己的推理了。"

"在我看来,"在长时间的沉默之后,梅瑞狄斯说道,"这件事只能用另一种办法来解释。"

"是什么?"

"每一家合法的修车厂的油箱都被做了手脚。因此,在每个地方都少交付了一些汽油,让车上留下了剩余的汽油。"

"可是修车厂的油箱怎么可能被做手脚呢?"

"嗯,长官,我不大……"

"没错!"警司厉声说:"我也不知道!现在我要提一个建议。这是技术性问题,我想我们应该请一位专家来。我的一位朋友,韦茅斯,碰巧是彭里斯的计量局官员。现在是晚上7:00,我们是不是马上到那儿去找他谈一谈?"

第十五章

度量检验员

在警司的提议下,晚上8:00后不久,一辆警车在彭里斯的米尔顿大道的一栋大房子前停了下来。女仆告诉汤普森说她的主人在家。大约一分钟后,三人便坐在了韦茅斯先生客厅跳跃的炉火前。这位官员虽然年纪大,却敏锐而机灵,一双蓝眼睛炯炯有神,谈吐果断而直率。

汤普森说明这次访问的原因时,韦茅斯先生闭口不语。在警司说完后,他发出了尖锐的口哨声,并开始向他提问。

"你说大货车总共有4500升的预购订单,而在完成这些交付之后,又有900升的汽油运到了斯坦利霍尔的泵中?"

"对。"

"但是事情显然是不可能的,汤普森!这些诺克储油罐的容量负荷正好是4500升。在它们上路之前，我亲自检查过。"

"那是多久以前的事？"

"大约7年前。奥姆斯比·莱特的新经理接任后，有一批崭新的运油车上路。油罐分三仓。最新款。"

"之后就没检查过了吗？"

韦茅斯摇了摇头。

"没必要。一旦测量过，就不需要再测了。毕竟，在不改变储油罐形状的情况下，你不能加入超过核定容量的负荷，难道不是吗？"

汤普森和梅瑞狄斯一致表示同意。

"斯坦利霍尔的这批货是什么时候交付的——去程途中还是回程途中？"

"回程途中。"梅瑞狄斯迅速说道。

韦茅斯猛地看了一眼他。

"你确定吗？但是，天哪，他们在去程途中时经过了那个修车厂，不是吗？"

检查专员点点头。

"好吧，这真叫我受不了。"韦茅斯喊道，"至少可以说这很奇怪。这是将要交付的900升货物，油库人员没有在去的路上将它们交付，而是带着货走遍沿海城镇。他们为什么要这么做？"

"也许梅瑞狄斯想到了解释。"警司轻笑着说道,"他把我所有幼稚的推理都推倒了。现在轮到我们了,韦茅斯!"

"好吧,韦茅斯先生。"梅瑞狄斯不好意思地说,"我的想法是,如果他们对真正的订单少交付一些,那么他们就能剩下一些,输给斯坦利霍尔。至少,这解释了他们送货途中未能在那里交货的原因。"

"嗯。"韦茅斯咕哝道,"有点道理,但他们怎么才能少交货呢?"

"这就是我们来找你的原因啊。韦茅斯,请你找出答案!"汤普森说,"告诉我们——这些修车厂的人是如何检查运油车交货的数量的?"

"很简单!"韦茅斯深深陷入了扶手椅里,"我不知道你是否熟悉加油泵的构造?不熟悉?很好——我会解释。首先,在泵下方有一个储油罐,这就是与我们有关的部分,我就跳过泵本身的机制吧。安装新的储油罐时,我的工作就是监督执行。我必须确认油罐建造妥当,也就是说,它已经用水泥砌了进去,并在水泥和周围的土壤之间很好地铺上了一层沙子。当然,这是防火措施。然后,我会测量储油罐容量,检查油泵,确保整个设备都已正常密封。之后,我会定期检查,看看泵上的指示器是否正确。这也是为了保护公众利益。储油罐有两个入口。两者均采用沉头管道的形式。在其中的一个上有一个联管节，运油车的送料管与该联管节相连。这个沉头管还安装了一个挂锁帽，汽油公司的员工拿着钥匙。严格来说，第二个入口根本不是入口，设置这个入口只是为了让修车厂的人可以在交付货物后测量一下深度。现在理解了吗？"

汤普森和梅瑞狄斯都点了点头。

"你一直在谈论测量容量，韦茅斯。这到底是怎么操作的？"

"通过校准的黄铜棒可以做到。它固定在密封的第二个沉头管的盖子上。与另一个盖子一样，这个盖子通常是锁着的，钥匙由修车厂人员保管。交货后，修车厂人员打开盖子，将黄铜棒从油箱中拔出，他们能看到汽油油位深度。干燥的部分会雾化，表面的分界线上能看到数字记号。这就是简化的完整过程。"

汤普森评论说："这很有趣。但问题仍然存在，有没有可能对储油罐动些手脚，好让缺斤短两不被发现？"

"好吧，可以做到的。"韦茅斯淡淡地微笑着，"但是，这种欺骗不被发现的概率很小。例如，如果将小石头或大量铅丸倒入进气管，则汽油液位将自动升高。假设原来的储油罐容量为1900升，此技巧可能会将其减少到1500升。因此，汽油公司可以少输送400升油，就能把储油罐装满。但是即使如此，我仍不认为这种欺骗能够长期不被发现。只要修车厂人员比较一下销量和进货量，他们一定会注意到差异。坦率地说，我认为没有一种方法可以让汽油公司成功欺骗到修车厂。"

韦茅斯说完后，警察们绝望地面面相觑。天呐，这非法活动到底是如何运营的呢？如果大货车离开油库时足量装载，修车厂的储油罐也没有被动手脚，那么如何将4500升汽油变身为5400升？运油车不可能在什么地方停下来又装了900升吧？这太不可思议了。而且这有什么意义？新装的汽油还是要花钱购买，利润从何而来？

自案件开始以来，梅瑞狄斯从未感到如此沮丧。他竭尽所能也走不出这个迷宫。在第一个难题之后，韦茅斯又提出了另一个难题。为什么这辆大货车要在回程途中才将货运送到斯坦利霍尔？

梅瑞狄斯突然坐了起来！回程途中！那个犯罪之夜呢？那个必须在德文特交付的订单？

"天哪，长官！"他对着汤普森说，"我想到了一点！"

"说！"

"克莱顿死亡的那个周六晚上，为什么4号车把德文特的货留到最后交付？你不觉得这很重要吗，长官？"

"你是说他们故意延迟交货，以便天黑后到达修车厂？"

"正是如此，长官。"

"你不会是想说,他们晚上才送货到斯坦利霍尔的原因,是他们打算谋杀店主?"

梅瑞狄斯笑了。

"不可能,长官。两种情况不一样。请记住,德文特的确下了订单。我已经在罗斯的账目中看过记录。今晚是……"

"是什么?梅瑞狄斯,你无法回答这个问题,不用费心试了。但是我同意你关于另一点的看法。这肯定是不利于贝特尔和普林斯的一个罪证。"

韦茅斯看上去迷惑不解。

"我恐怕不太明白。"

"对不起,韦茅斯。"警司笑着说,"只是聊聊,我忘了你不知道。现在我们真的必须走了,我亲爱的朋友,我们已经占用了你太多时间。还有别的问题吗,督察?"

"只有一个,长官。韦茅斯先生有没有可能测量一下4号车的容量,证明确实是4500升?"

"官方的吗?"

"不完全是。官方检查会让这些人警觉起来,尤其因为平常出厂后几乎不进行二次测量。我的想法是寻求丹西的帮助。天黑后我们可以溜进院子,看看货车。"

"你给我打电话。"韦茅斯迅速说道,"我会去的,督察。"

"很好。"汤普森总结道,"现在我们该走了。来吧,督察!"

警司会直接返回卡莱尔,梅瑞狄斯则打算乘晚上9:40的火车回凯斯维克。因此,汤普森命令开车的警察慢慢向车站驶去。离火车发车还有大约20分钟,他觉得可以花些时间在讨论上。

"你现在打算怎么做,梅瑞狄斯?"当他们坐进汽车后座时,警司马上说,"这是你的案子,记住。"

"长官,不用再强调了。"梅瑞狄斯轻笑道,"我们能做的有限。我们可以联系上码头店的经理,试着从他那里开始查一查。但我想也很难有所收获。我仍然认为罗斯是该团伙的头目。当然,"他补充说,语气明亮起来,"我们还要观察三天修车厂。可能会发现一些问题。但目前前景并不光明。"

"我不太确定,"警司用柔和的语气反驳道:"我们现在已经知道有不寻常的事情发生,而今天早上我们还一无所知。这就是进展。还有犯罪之夜4号车的延迟交货也有所帮助。此外,我们排除了多种可以开展非法活动的方法。虽然离最终结果还有一段距离,我承认,但有所帮助。"

警司沉默了一会儿,继续说:"还有一点,督察,我们侦查一个修车厂,收获是不是可以和侦查所有修车厂一样？我不是说立刻放弃我们的大规模侦查。我们仍将按计划进行。但是以洛斯维特为例，我们现在很确定它是犯罪的一环。你周五早上审问维克时，很明显他在对你撒谎。然后是你无意中听到的那次很有意义的谈话。将这些事实与彼得森自杀的可疑情况结合起来后，我认为我们有充分的理由监视这个地方。我的建议是，周二前对这个地方按照计划侦查。在那之后，保持持续监视，不分昼夜。如果维克离开修车厂，我们甚至可以跟踪他。他有时必须离开去买东西之类的。"

"您是说轮班监视，长官？"

"对。例如，你可以和几个警员一起分担。无论如何都要尝试几天，然后，如果没有任何结果，我们可以再次讨论。"

"非常好。"梅瑞狄斯说着，汽车慢下来了。"看来车站到了，长官。明天晚上在同一时间开会吗？"

警司点点头，在互道"晚安"之后，梅瑞狄斯敬了礼，匆匆赶上刚驶入车站的火车。一个半小时后，他疲惫不堪，寒意刺入骨髓，沮丧不已地回到了格雷斯托克路。在家里，他与妻子吃了迟到的晚餐，在火炉旁聊了会儿天，之后他关掉了收音机，锁上前门，进入梦乡。

第二天早上到达办公室时，他发现丹西前一夜的报告已经呈放在他的办公桌上。4号运油车的送货量和前一天一模一样。总量4500升，三个900升的订单，一个1800升的订单。两个沃金顿的修车厂，一个位于玛丽波特，一个位于怀特黑文附近的沿海村庄。

布莱宁警员还发来了斯坦利霍尔的书面报告。尽管梅瑞狄斯极其仔细地阅读了，但他并没有比前一天通话时获得更多信息。

因此，他不满地出发了，在俯瞰洛斯维特的落叶松林中，他开始了一天的工作。他把摩托车藏在沥青桶后面，并很快到达侦查点，开始了漫长而沉闷的等待。几辆汽车和商用货车沿着这条路驶过。一辆货车在山谷中艰难地轰鸣着。后来，一辆摩托车司机在洛斯维特的加油泵前停下来，梅瑞狄斯看到维克从办公室走出来，招待顾客。接着又度过了无所事事的半小时。公路和铁路上的所有交通似乎都暂停了。天空下起了细雨，雨丝在银灰色的湖面上激起阵阵薄雾。梅瑞狄斯低声咒骂着，把围巾紧紧地套在脖子上，扣上了他的风衣领子。他多么讨厌这份等待的工作！有些人认为侦查犯罪是一种令人兴奋和刺激的消遣！他们对此知之甚少！刺激吗？唉！

然后，他突然听到公路上一辆重型运油车驶近的声音，一下子被拉回现实。维克似乎也听到了声音，他冲出修车厂，匆匆地朝路上看了一眼。令梅瑞狄斯吃惊的是，他走进了隔壁小屋里，不见了踪影。一分钟后，那辆诺克运油车停在了油泵前。

普林斯从驾驶室爬下来,贝特尔关闭了引擎。在左右张望了一下后,普林斯开始连接进料管。他卸下了保护沉头管的盖子,解开了挂锁并取下了金属盖。他回到运油车旁,打开了一个与油箱底部平行的长木箱,抽出了进料管。然后用第二把钥匙打开了一个悬在运油车尾灯旁的金属箱,通过一个接头把输油管和储油罐三个阀管里中间的那个连接起来。这样就把输油管和运油车油罐连接了起来。

维克此时出现在小屋的门口,叫喊着。受风的影响,梅瑞狄斯没有听到。普林斯挥手回应,似乎说了句"好的"。然后他绕到储油罐的后部,打开了阀门。梅瑞狄斯看了看手表——10:44。他记下了这个时间。

然后有几分钟什么也没发生。普林斯点燃一支烟("很危险",梅瑞狄斯想),懒洋洋地靠在门边。尽管梅瑞狄斯看不见贝特尔,但他想象着贝特尔仍然坐在驾驶座。不知为何,维克又回到了小屋!

过了一会儿,店主又出现了,打着手势。普林斯一定是在等这个信号,他立刻向前走去,关掉了汽油阀。梅瑞狄斯又看了一眼手表——10:53:30。目前为止,一切正常,他想。现在要做什么呢?

但是如果他期待着这些人采取任何耸人听闻的行动,

他注定会被欺骗。普林斯漫步走进修车厂,和维克一起消失了,大概是进了办公室。5分钟后,他们又出现了。普林斯手里拿着一本蓝色封面的书;维克拿着一张纸。

然后,运油车司机解开管道,将其收起,锁上油箱后面的金属箱,盖上进料管上的盖子和挂锁,将检修孔盖放下。随后,这三个人进行了一次谈话。梅瑞狄斯因无法听到,所以感到十分沮丧。最终,普林斯转动启动手柄,爬到贝特尔旁边。接着,大货车哼哧哼哧地启动起来,在拐角处笨重地驶离视线。维克立刻回到了他的办公室。

梅瑞狄斯知道4号车要去沿海城镇,他觉得在下午4:30之前不需要再监视洛斯维特。因此,他小心翼翼地穿过落叶松树林,骑上他的摩托车,绕过街角,向凯斯维克驶去。

路上,他分析了已经掌握的信息。他对自己的观察结果非常满意,尽管它们目前还不能完全发挥价值。首先,他分析起了时间因素。

普林斯在10:44打开阀门,10:53:30关闭阀门。因此,交货只花了9.5分钟。梅瑞狄斯很困惑。根据3.5分钟内450升的流量计算,这意味着4号车给洛斯维特输送了大约1200升汽油。但是为什么是这个数呢?费利比向他保证,包括诺克在内的大多数汽油公司都是900升起送,以450升为单位递增,但这次输送显然不符合规定,原因是什么？可能只有一个：本次交货不符合规章制度——简而言之，这是一次非法交货。

他下一个思考的是维克的奇怪行为。为什么听到运油车靠近的声音，那个人就消失在小屋里了？为什么几分钟后他又出现并指示普林斯关掉汽油阀？这是否意味着小屋内还有第二个储油罐，通过一根秘密管道与泵下真正的输油管相连？无论如何，这将为维克的古怪行为提供一个理由。这个非法的储油罐可能装有某种形式的计量器，由于维克不想过量装载，他有必要消失并读取液位。当容量接近极限时，他自然来到门口，发出信号让普林斯停止输送。这也能够解释那奇怪的送货量。但如果是这样的话——这是为什么？为什么要用两个储油罐？维克有一个完全合法的诺克汽油泵做掩护，他为什么要冒着被发现的风险用第二个？韦茅斯只关心泵本身。只要油罐正确建造、密封完好，度量检查员便不再检查。

梅瑞狄斯仍在纠结这个问题，他在凯斯维克警察局外停下来。这时雷顿在外面的办公室里。

"警员，有什么要报告的吗？"

"没什么，长官。车子径直通过了德文特。没有留下任何迹象。"

下午1:00时，丹西的报告从彭里斯传来。还是一样令人沮丧的信息——"没有富余"。不过，起码证明了夜间没有人取消订单。运油车又是满载着货物上路了。

"那么，运油车是如何在去程路上，就多输送出1200升的？"

这个点一下子击中了他。斯坦利霍尔的交货是在处理完订单之后——洛斯维特则是在之前！这是否意味着那天晚上，丹西报告上的4个修车厂中，有一个没有完成交货？

但是问题不是那么简单就能解决的。晚上7:00，梅瑞狄斯通过电话接收了最终报告，他意识到所有的订单都已交付。不仅如此——计划在每个地点交付的数量与侦查员在每次交货时所记录的时间完全一致。

"该死，梅瑞狄斯！"警司大声喊道，"我们越深入这件事，就发现它越不可能。这是一辆4500升的货车，连续几天输送出5400～5800升汽油。我不明白这到底是怎么回事！我们知道他们没有缺斤少两。就我们所知，韦茅斯已经或多或少地推翻了这一推理。他们在途中也没有在路上重装额外的汽油。我知道我们没有这方面的绝对证据——但是，即便如此，梅瑞狄斯，那样有什么意义呢？我不明白他们那样怎么能赚到钱，你明白吗？最后我们得出结论，不可能把大量汽油藏在运油车上的秘密油箱里。所以我们能做什么？没什么了！整件事从头到尾都是个谜。难道不是吗？"

"我必须承认这点。"梅瑞狄斯简洁地说。

"有什么建议吗?"

"检查一下运油车怎么样?"

"今天晚上?"

"对!如果你能给韦茅斯先生打电话,我就让马修斯警长联系丹西。然后我们可以在油库碰面,看看4号车。除非我们实地做了测量,否则我无法真正满意。"

"很好,梅瑞狄斯。我觉得希望渺茫,但总比无所作为好。"

20分钟后,必要的安排已经做好,不到1小时,汤普森和梅瑞狄斯就在诺克油库外一条废弃的路上和韦茅斯先生握手了。韦茅斯在彭里斯警察局接到了丹西。汤普森命令警察司机把车开到路边的一个拐弯处,大约100米远。他让丹西打开大门。在一片诡秘的寂静中,这群人鱼贯而入,丹西随后关门上锁。

"运油车在车库里。"丹西说,"我把钥匙拿好了。"

"很好。"警司低声回答说,"在前面带路吧。我们会跟上的。"

丹西重复了他刚才的动作。等他把车库门关上、锁好,梅瑞狄斯就打开一个功能强大的袖珍手电筒,照在蓝红相间的运油车上。

"我们到了,先生们。"他说,"这是4号车。看,驾驶室的引擎盖上有一个号码。"

"现在你到底想让我做什么？"韦茅斯问道，显然对这次冒险感到兴奋，"测量一下吗？"

梅瑞狄斯点点头。

"无论如何，韦茅斯先生，我们要知道储油罐的确切装载量。"

"那没问题！"韦茅斯说，"但是我们遇到了一个棘手的问题。储油罐是空的。我不能在一个空罐子里浸水测量。因为那就没有液位了。"

"有什么建议吗，丹西？"警司唐突地问道。

"恐怕没有，长官。"丹西缓慢地摇摇头回答道。

"我们不能把车装满，然后再输回储油罐吗？"

"不可能，长官。我们接触不到排放阀。它们在运油车后面的这个锁着的盒子里。贝特尔拿着钥匙。"

"没有备份吗？"

"没有，长官。"

"见鬼！"警司恼怒地大声喊道，"我们必须做点什么！"

"我想我能找到办法。"韦茅斯插嘴说，他一直在检查储油罐外部。"我可以测量油罐的周长、长度和直径，并得到相当接近的容积估计值。如果我们打开其中一个箱盖，我也可以量量板的厚度，并算出适当的余量。明白我的意思吗？减去厚度后，我能算出油罐内部的容积。"

"太好了！"警司说道，"我们开始工作吧。"

当韦茅斯和汤普森用1.5米的钢卷尺在螺栓上测量时，梅瑞狄斯彻底检查了运油车本身。丹西拿出了个提灯，所以梅瑞狄斯能够在底盘下穿过，用他的手电筒搜寻每一个角落，但是，如果他希望找出一个巧妙设计的秘密储油罐，他注定要失望了。储油罐所装的坚固的木质底座上没有任何附加物。发动机似乎也以完全正常的方式装嵌着。梅瑞狄斯对其他5辆运油车做了进一步的检查，但他没有发现它们的设计和4号运油车有任何不同。最后，他确认一切正常，也算是感到满意，于是走向了弯腰趴在修理台上的汤普森和韦茅斯。

韦茅斯已经用大量的数字填满了警司笔记本的一页纸。他的铅笔以闪电般的速度到处比画着进行加减乘除。几分钟后，他直起身来，宣布他已经算出总数了。

"那是多少，先生？"梅瑞狄斯急切地问道。

"预期总数！"韦茅斯平淡地回答，"4500升。我的数没有精确到这个数字——但足够接近，偏差可以忽略不计。那辆运油车没问题。不能否认！如果不是这样，我想我应该一眼就看出来了。但是既然你们想要证据……好了，这就是了！"

他把笔记本塞进汤普森的手里。

"你呢,梅瑞狄斯?"他问督察。

"没什么,先生,就我所知,这辆运油车没有任何异常。"

韦茅斯的蓝眼睛闪闪发光。

"一个900升的油箱很难被你忽视,是吗,督察?"

梅瑞狄斯对他咧开嘴,大笑起来。

"我知道——这就是重点。我们只需看一眼就知道是不是出了问题,但还是得出了最精确的计算结果。我无能为力,韦茅斯先生,我不知道……"

"你不觉得,"韦茅斯先生突然插嘴道,"那个团伙可能在经营与汽油完全不同的事情?"

"那是什么呢,韦茅斯先生?是什么?"

"嗯,那是你的工作,你要弄清楚。肯定有很多可能性吧?也许是假钞。"

"那你如何解释这些额外的汽油运输?"汤普森直接问道。

"也许是障眼法。贝特尔和普林斯可能需要一个合理的借口在某些修车厂停下来,所以他们会连上管子,假装送货。"

梅瑞狄斯吹了声口哨。"假装!"这一点他以前从未想到过。他带着疑问的目光转向了警司:"你怎么看,长官?"

警司沉思着揉了揉下巴。

"这倒是个主意，韦茅斯。尽管目前我们还没有一点点指向伪造的证据。事实上，恰恰相反。一切都指向非法的汽油贩卖。不过这仍然是一个推理，而且在我看来，是一个好推理。你同意吗，梅瑞狄斯？"

"既同意也不同意，长官，"梅瑞狄斯小心翼翼地回答，"如果罗斯伪造钞票并通过修车厂分发出去，他可能会把运油车当作传输工具。但是，这样有点复杂和笨拙，不是吗？我的意思是，作为传输方式，我不禁觉得摩托车手能更好地应付这种情况。当然了，如果我们知道有假钞在流通，就很容易追踪到修车厂。所以恕我直言，韦茅斯先生，我对你的推理相当怀疑。"

"我想知道，"警司沉默了一会儿后，总结道，"如果有什么方法可以确认4号车和某些泵连接时确实已经没油了。那可会是非常有趣的发现！"

第十六章

蜜蜂头啤酒厂

周末时,梅瑞狄斯不止一次地思考着韦茅斯先生的推理。尽管他赞同加油可能是障眼法,但他仍然对制造假钞的想法持怀疑态度。他在想,有没有什么办法,在4号车和输油罐相连时,检验一下是不是真的加了油。

周一一大早,他就联系了负责监视斯坦利霍尔和菲萨姆的警察,告诉他们如果遇上额外交付,要尽量靠近运油车。他有一个想法,只要靠的近些,也许就能听到汽油通过管道的声音。侦查菲萨姆的人不能藏在谷仓里了,要换成骑手。这样,运油车接好油罐后,警察能够自然地出现在现场。

但是,尽管做了许多精心准备,梅瑞狄斯注定要再次失望。星期一,4号运油车完全没有去斯坦利霍尔和菲萨姆。可是,也正因如此,他们才开启了一条全新的调查路线。

周六晚上，在韦茅斯计算油罐容积时，丹西已经抄了一份星期一的订单。在梅瑞狄斯离开油库的时候，他把那张纸塞到了梅瑞狄斯手里。自从梅瑞狄斯的计划付诸实施以来，这辆运油车第一次无须装满。订单总计3600升，4个订单，每个900升。这给运油车里留下了900升空间。

梅瑞狄斯在洛斯维特的看守又一次一无所获。他回到了凯斯维克，下午1:00，彭里斯警局如往常一样打电话来报告。丹西的消息如下："多装了900升，满载出发。"

因此，梅瑞狄斯预计4号运油车会去好几家修车厂，以便将这些多余的油卸货。

谁知，一个惊喜却从天而降！等所有的报告都传来后，他发现4号车去了5家修车厂。别无其他。其中4个是订单上的地点。第5家是怀特黑文的"海军上将酒店"。派去监视那个地方的警察记下了加油的时间。整整7分钟。换言之，正好是900升。

"这意味着，"警司说，"今天的交货量正好，梅瑞狄斯。就是油罐承载的4500升。"

梅瑞狄斯点点头。

"一切正常，长官，只有一件事比较奇怪。这辆运油车没有绕道去拜访许多顾客，而是径直驶向'海军上将酒店'。我想知道的是，贝特尔和普林斯怎么知道这家店需要这900升的？"

"也许他们今天一大早就在运油车离开前，给油库打电话了，说如果有地方多装900升，他们今天就想要。"

"长官，这一点我们很容易确定。丹西应该知道。我现在给彭里斯打电话，让他们马上调查。"

20分钟后，彭里斯有了回复。

"督察，丹西说，4号运油车离开仓库前，没有电话打来。此外，贝特尔和普林斯都没有提到过'海军上将酒店'。在他看来，当他们出发时，他们并不知道这额外的900升汽油会卖到哪家。"

"很好。那正是我想要的。"梅瑞狄斯转身看向警司，说道，"就是这样，长官！在我看来这很明显，4号车之所以直奔'海军上将酒店'，正说明这是已经提前安排好的。"

"当然，这就可以说明这家酒店是犯罪团伙的一员了？"

"没错。我们之前认为只有地处偏僻的修车厂参与了犯罪，这点被推翻了。我碰巧知道'海军上将酒店'，它位于怀特黑文人口最稠密的地区之一。"

长时间的沉默后，汤普森小声说道："你知道吗，梅瑞狄斯。我开始认为我们找错了方向。一直以来，我们都认为是罗斯的团伙想要欺骗奥姆斯比·莱特。让我们再想象你在洛斯维特听到的谈话。因为'O.W.'这个词和你的推理不符，你把它解释成了'老威廉'的意思。换句话说，是指罗斯本人。但如果你最初的解释是正确的呢？假设'O.W.'实际上指的就是奥姆斯比·莱特呢？那我们的推理还成立吗？当然，这意味着这伙人在贩卖与汽油截然不同的东西。韦茅斯提出可能是假钞，在这一点上，我倾向于同意你的看法。要明智地消耗假钞，就必须把它散播到更广的区域中。但现在我们面临的问题是，如果这个团伙与汽油或假钞无关，他们经营的是什么生意呢？"

"长官，我也希望能回答你。"梅瑞狄斯淡淡地笑着说，"这是整个案件的症结所在。"

"好吧。"警司平静地说，"我想我已经有了答案。是今天的第5次送货让我产生了这个念头。'海军上将酒店'。为什么是酒店？对你有什么启示吗，督察？"

"我不太明白。"梅瑞狄斯皱着眉头说。

"好吧，我们这样说吧。像'海军上将酒店'这样的地方，它的主要利润来自出售酒。旅馆只是副业而已。一分钟前，你打电话时，我在黄页里查了一下海军上将酒店，这是一个有十几间客房的二星级酒店。如果我没记错的话，那里有很大的公共休息室和酒吧。现在想想它的位置，一个海滨小镇。在那个地方，有很多船只在海岸边来来往往。事实上，有很多都来自索尔韦湾的苏格兰港口。现在，梅瑞狄斯，你能想到航运和酒之间有什么直接联系吗？会不会有非法交易存在？"

梅瑞狄斯发出一声高兴的惊叹。

"走私，长官！朗姆酒走私！"

"没错。"汤普森说道，"不过我觉得是白兰地。白兰地的关税很高，而且销路很好。我是这样看的。如果'海军上将酒店'参与走私，应该是这么运作的。把货物从海船上卸下来，用小艇运送到一个偏僻的浅滩上。然后，用某种方法运送到'海军上将酒店'的地窖。面对这么高的风险，利润必须也相当高。这意味着走私量要大。你应该知道，所有获准经营酒类的机构，均须随时接受本地税务人员的检查。那么，他们怎么才能够在税务人员眼皮底下掩饰他们的非法行为呢？梅瑞狄斯，如果是你，你打算怎样把风险降到最低？"

"我会把货物放在不受税务局监督的地方。"

"一点不错。"警司表示同意，"在此案中，就是地处偏僻的修车厂了！"

梅瑞狄斯吹了一声口哨。

"我明白了，长官！我明白你在说什么了！你是说4号运油车，用什么方法从'海军上将酒店'那里收货，然后把它们运到修车厂去？"

汤普森点点头。

"少量的酒可以保留在旅馆内，被发现的风险不大。

当库存不够时，罗斯就会收到求救信号，运油车从一个修车厂里取一小批货，送到'海军上将酒店'那里。这真是个聪明的计划。"

"太棒了！长官！"梅瑞狄斯表示同意，"你觉得这辆运油车是如何把旅馆里的酒装进去的？"

"假设他们在走私法国白兰地。放在小木桶里。他们为什么不能把几个小桶塞进运油车的驾驶室呢？毕竟，普林斯和贝特尔完全有理由在旅馆外逗留。我的想法是，他们只有在实际输油时才把酒装进去。"

"那么奇怪的是，他们没有像其他地方那样提前订货。"梅瑞狄斯反对道，"提前订货才能显得更加真实。他们显然与贝特尔和普林斯达成了一项长期协议，只要车上有多余的货物，运油车就会来找他们。"

"这确实是个奇怪之处。"警司承认，"但请记住，到目前为止，我们并不了解他们的详细计划。下一步，梅瑞狄斯。我们现在必须假定，你提到的对斯坦利霍尔的那一次和对洛斯维特的那两次拜访，都是为了装进几瓶法国白兰地酒——假设一次装半打吧。维克和其他人可能会打开小桶，把酒倒进瓶子里。你觉得这个解释怎么样？"

"嗯，长官，这也许就是我那天早晨，无意中听到普林斯说的那句奇怪的话的意思吧。"

"哪一句？"

"'我想我们可能会要带些东西。'普林斯当时在说白兰地。"

"是的,我明白了。继续。"

"另一方面,上星期六早上在洛斯维特时,我没有看到运油车上装酒。普林斯和维克一起进了办公室。但当他出来的时候,我发誓他身上没有带酒瓶。一瓶也没有,长官,更别说半打了!"

"啊!这就很奇怪了。很奇怪。我们又走错方向了吗,梅瑞狄斯?"

"还有一点,长官,"没有理会警司提出的问题,梅瑞狄斯继续说,"如果4号运油车在把白兰地送到怀特黑文的'海军上将酒店',为什么它回程时又去了斯坦利霍尔?那肯定会增加被发现的风险。他们回程路上必须把酒隐藏起来。"

"很奇怪,"警司闷闷不乐地重复道,"说不通。"

"还有,长官,4号运油车星期六上午去的洛斯维特。但是直到今天才去'海军上将酒店'。他们应该会在同一天拜访这两个地方才对吧?这样酒在运油车上存留的时间就比较短。"

"换句话说,梅瑞狄斯,我的推理站不住脚!"

"不,目前我不能下此定论。但是,长官,我在梳理已知的事实,试图用新的推理来解释。例如,奥姆斯比·莱特是如何参与这个走私计划的？"

汤普森笑了。

"这个问题我能回答，督察。我之前提到过，奥姆斯比·莱特涉足了很多领域。他可能拥有'海军上将酒店'。当然我想说的远不止这些。我愿意假设所有提供诺克汽油服务的旅馆都是他的产业。你还记得吗，有6家旅馆在卖诺克汽油？这意味着他销售走私酒的概率增加了5倍，进而增加非法所得。"

"我们应该立即调查。您同意吗，长官？"

"当然。"警司有力地回答，"先看看明天我们最后一次观察行动的结果如何。照我所说，对洛斯维特日夜看守。星期三起调查沿海城镇情况。当然，要把精力集中在这6家旅馆上。"

"好的，长官。"

但周二一无所获，4号运油车收到了5张订单，满载出车，途中没有停靠其他任何修理厂。因此，星期三时，梅瑞狄斯安排了两个便衣警察，在洛斯维特轮流值守，他自己则前往怀特黑文。

汤普森把怀特黑文税务局官员马尔特曼的地址给了他。他来到收费公路旁的办公地点，却从助手那里得知，马尔特曼正在亨西纳姆一家酿酒厂做监察。梅瑞狄斯拿到酿酒厂的地址后，立即动身前往郊区。没过多久，他就到了蜜蜂头啤酒厂。它坐落在一个新开发的社区边缘，正对着怀特黑文-艾格蒙特路。那地方不大，一目了然——有几座高高的砖房，周围是一两间长长的波纹铁皮棚屋，一堵高高的砖墙围成院墙。梅瑞狄斯走进办公室，稍做询问，马尔特曼就走了出来。梅瑞狄斯作了自我介绍，简要地说明了自己的工作情况后，马尔特曼建议回自己办公室去谈。

他解释道："我在酿酒厂借了一间。"

说到这里，他拿出香烟，他们一坐下，梅瑞狄斯就开始发问。

"我需要一些信息，先生，关于'海军上将酒店'的。你知道那个地方吗？"

"当然，督察。"

"那你大概能告诉我酒店老板是谁吧？"

马尔特曼笑了："嗯，这很简单。它属于这家酿酒厂，是这家酿酒厂的附属酒店之一。"

梅瑞狄斯猛地抬起头。

"下设的酒店，我懂了。啤酒厂的老板呢？"

"好吧，股份是由许多董事持有的；但如果你是指谁是最大的股东，那么，当然，那将是董事会主席。"

"那董事会主席是谁？"

"我想你一定听说过他，督察。他住在你们那边。一个叫奥姆斯比·莱特的家伙。"

梅瑞狄斯几乎无法掩饰他的兴趣和兴奋,他差点高兴得跳起来。

"奥姆斯比·莱特!你确定吗?"

"确定。他把钱投资在各种各样的生意上。你可能听说过诺克石油公司吧?"

"是的。"梅瑞狄斯冷静地回答,"据我所知,那也是他的产业。那么'海军上将酒店'是属于奥姆斯比·莱特的了?还有其他的酒店和这个啤酒厂相关吗?"

"是的,还有5个。除了'海军上将酒店',还有两家在怀特黑文,两家在沃灵顿,一家在玛丽波特。"

"等一下。"督察喊道,"我这里有一张单子。"他急不可耐地抽出诺克的顾客清单。"现在,马尔特曼先生,能告诉我其他5个地方的名字吗?"

"当然。在怀特黑文有'龙首'和'马恩岛',在沃金顿有'车站酒店'和'蓝锚'。"

"第一个在梅里露街,第二个在特鲁曼花园。"梅瑞狄斯兴高采烈地说。马尔特曼惊讶地抬起头来。"继续说,马尔特曼先生!继续!"

"还有玛丽波特的那家……"

"'白鹿'。"梅瑞狄斯插嘴说,"在海景路。我说得对吗,先生?"

"没错,督察。你好像比我更了解这些地方!"

"好吧,我现在确实对他们有所了解了!"梅瑞狄斯得意地回答,"谢谢你。但也许我应该解释一下,为什么我对这些酒店感兴趣。如果警方的怀疑没错,那就跟你的职责大为相关。听着,马尔特曼先生。"

几分钟后,梅瑞狄斯概述了警司关于白兰地走私的推理。随着督察解释的深入,马尔特曼的眼睛越来越圆,他从不解变成疑惑,又从疑惑变成极有兴趣的样子。

"好吧,我很惊讶!"督察说完后,马尔特曼这样说道,"那么你认为奥姆斯比·莱特是个坏人,是吗?也许你是对的。尽管从我对他的了解来看,他很正直,甚至有些传统。他的手法有点像皮尔庞特·摩根[①]。你懂的,督察——'我说了算,你别忘了!'那种态度。不过,尽管他一向专横,我相信大家还是喜欢他的。"

"你了解这些酒店的经理吗?"

"只是粗浅认识。我从来没有听到过他们的坏话,如果你是想问这个。"

"谁雇用了他们?"

"奥姆斯比·莱特,当然,他会把酿酒厂的管理权完全掌握在自己手中。"

梅瑞狄斯注意到了这一点。它有一定的含义。

---

① 约翰·皮尔庞特·摩根(1837—1913),美国银行家,金融巨头。

"沿海岸这一带存在走私的推理,你怎么看?"

马尔特曼耸了耸肩,伸出双手,摆出一副不置可否的姿态。

"坦白地说,督察,我认为这是不可能的。沿海岸这片,有一支相当高效的海岸警卫队在巡逻。投机取巧的船员也许能成功一次,但要是长期这么做,我得说这是不可能的。"

"我想,你也监察'海军上将酒店'的吧?"

马尔特曼点点头。

"遇到过什么可疑的事吗?"

"从来没有!"

"好吧,马尔特曼先生。"督察说着站了起来,"我不耽误您时间了。不过,如果你能在这段时间里,密切注意那些酒店的情况,我将不胜感激。在此基础上,如果你还能对此事保密,那就更好了。"他伸出手来。"谢谢,我也许还会来找你。"

督察带着一种胜利和满足的心情回到了凯斯维克。他终于有了真正的进展!警方怀疑的两种产业属于同一人。这本身就具有巨大的意义。所以贝特尔提到的老板,还是奥姆斯比·莱特!调查非法贩卖汽油的时间和精力全白费了。毫无疑问,星期一下午,4号运油车去"海军上将酒店"的行程是预先安排好的。那辆运油车很可能每个星期一下午都到那里去。梅瑞狄斯想着,其他5个酒店是否也有同样的规律。他肯定得持续监视这6个地方。要是有人把几桶白兰地之类的东西从酒店送到运油车上,他们迟早可以发现。一旦证实了奥姆斯比·莱特和他的同伙在做白兰地酒的非法生意,再要查出他们的犯罪手段、把各个成员绳之以法,应该就简单了。

在这之后呢,要怎么办?梅瑞狄斯苦笑一下。他真是个傻瓜!他全神贯注于后半段调查,几乎忘记了克莱顿的谋杀案。还有那个问题要解决。事实上,那才是最重要的问题。

一想到这一点,他先前的乐观情绪就烟消云散了。他带着一种绝望的痛苦,意识到,他还有很长的路要走。

第十七章

棉布袋

4天过去了，没有什么新发现。4号运油车表现得中规中矩。4号车没去过那6家酒店，也没有跟德文特、洛斯维特、菲萨姆或斯坦利霍尔修车厂有任何联系。梅瑞狄斯现在把所有这些地方都监视起来了，甚至日夜盯着洛斯维特。海岸警卫队还采取了额外的防范措施，每一个可能登陆的地方都选出来，夜间有一个人值班。

督察开始感到不安。这是否意味着那伙人感受到了警方的怀疑，开始躲藏起来？侦查员那么多，很有可能有人被发现了，消息传遍了犯罪团伙。如果是这样的话，那就别指望有任何机会能解开谜团或逮捕克莱顿案的凶手了。尽管春天的天气很好，梅瑞狄斯仍然情绪低落。

星期一早上传来了消息！

梅瑞狄斯在他的办公室里，发现格拉托雷克斯警员正等着他，手里拿着笔记本，他那红润的脸上写满了成功的喜悦。督察挥手示意他坐下，自己在办公桌前坐了下来。

"警员，说吧！"

"是洛斯维特，长官。昨天晚上11:00起我在那里值班。我有事要汇报。"

梅瑞狄斯拿出了一张纸，拧开了他的钢笔。

"好的。"

格拉托雷克斯警员打开笔记本，正襟危坐地开始报告。

"星期一凌晨0:22，监视对象从毗邻修车厂的小屋里出来了。他怀里似乎抱着个什么大家伙。他绕到屋子后面，进入了我藏身的树林。我认为他的行为可疑，所以决定跟踪他。我做到了。当他走进一小块空地时，我看见他拿着一个油桶。我跟着他爬了大约400米的山坡，到达一条由小溪形成的深沟时，他弯腰放下了桶。在大水的哗哗声掩盖下，我蹑手蹑脚地走到离他大约10米远的地方。然后，他消失在溪边，正好使我能够在河岸顶上的几丛荆棘中找了个位置。然后，他把油倒进了小溪，带着空油桶回到了小屋。在我值班的其余时间里，没有什么可报告的了。"

"简单明了，"格拉托雷克斯结束后，梅瑞狄斯说，

"你肯定是维克吗?"

"是的,长官。非常肯定。"

"你知道从桶里倒出了什么吗?"

"不知道,长官。维克安全回到小屋后,我又穿过树林,朝小溪里看了一眼。但是,尽管我打开手电筒仔细看了一下,我还是没有发现任何线索。"

"那时候的水流得很快?"

"是的,长官。周六雨后溪水暴涨。"

"那么在那个时候倒进去的东西,很快就会被冲走,"梅瑞狄斯说,"桶有多大?"

"我看大概能装15升吧,长官。"

"今天晚上谁在洛斯维特值班?"

"是我,长官。"

"很好。晚上11:00我到那儿和你会合。"

梅瑞狄斯像往常一样,准时到了。格拉托雷克斯刚和彼得斯换完班。在督察低声的询问后,彼得斯回答说,到目前为止,没有发生什么异常。他看到那辆运油车大约在下午5:30左右路过了这里,返程回油库。

"那就对了。"

二人消失在阴影中。

过了一个多小时,什么事也没有发生。夜静得出奇,在这个季节反常地暖和，月光皎洁。梅瑞狄斯在下面汽油泵发出的微弱灯光中，只能依稀辨认出警员的轮廓。午夜时分，这些灯熄灭了，除了一盏灯，透过小屋的一扇窗户亮着。10分钟后，这盏灯也熄灭了。梅瑞狄斯屏住了呼吸。维克现在是躺在了床上，还是……

他感到警员的手放在了他的胳膊上。

"看，长官！"紧张的低语传来，"他又来了。看他那样子，又要去溪边了！"

"小声点，"梅瑞狄斯嘘道，"我们尽可能地跟上。快点！"

他们小心翼翼地穿过落叶松林，前面是那个人的模糊身影。他费力地爬上斜坡，梅瑞狄斯猜想油桶很重。格拉托雷克斯是对的。它看起来好像只能装15升。装什么呢？机油？梅瑞狄斯笑了。几乎不可能。没人会把15升机油倒进小溪。整整一天，他都在苦苦思索桶里的东西。汽油吗？白兰地吗？似乎什么都不合理。

他突然意识到维克已经走到了溪边，放下了他的木桶。

"待在这儿，"他低声命令道，"我们两个没必要都往前走。"

他等了几秒钟，直到维克消失在沟里，然后迅速向前走，一直走到荆棘丛边。在那里，他安全地隐蔽着，注视着。

一切正如格拉托雷克斯所报告的那样，又发生了一遍。维克打开桶盖，把它翻了个底朝天，把里面的东西全部倒进小溪。然后，他扛着桶，爬上河岸，经过离梅瑞狄斯大约4米远的地方，在树林里摇摇摆摆地走下去。他一走得看不见了，梅瑞狄斯就用帽子遮住手电筒，仔细检查了一下小溪的情况。他意识到，维克很聪明。如果他的目的是摆脱某种罪证，这个地方再好不过了。就在那个地方，那条小溪垂直下降了3米多，落进了一个水池里。维克把桶里的东西倒进了涌动的池水里。因此，即便桶里的证物没被水流立刻冲走，要把它们提取出来，也得先让小溪改道才行。

在梅瑞狄斯凝视着这个被水冲出泡沫的池子时，突然想到了一件事。他猜测桶里不是白兰地，是不是错了？他回想了过去几天里4号运油车的行动。要是那伙人听到了警方调查的风声怎么办？他们的第一个想法不就是要消除罪证吗？简言之，难道维克倒进小溪里的，不正是白兰地吗？

他闻了闻。没有任何气味，而白兰地酒是出了名的浓烈。但如果桶里没有白兰地，那又是什么呢？

一阵嘘声打断了他的推测。溪边上的格拉托雷克斯正在疯狂地招手。梅瑞狄斯立刻从沟里爬了出来，躲到了警员旁边的灌木丛里。

"干什么？"

"他又回来了。"警员低声说。

格拉托雷克斯是对的。不到1分钟，维克带着油桶又出现了，重复了几分钟前的整个过程。等他一走，梅瑞狄斯第二次爬下溪岸，闻了闻溪水的气味。然后他发出一声惊叫。这一次空气中肯定有一股淡淡的气味！一种奇怪的气味，很像烤面包。可能是白兰地吗？如果不是白兰地，或许是别的什么酒？

他向警员打了手势。

"你闻到什么了吗，格拉托雷克斯？"

警员嗅了嗅，然后点了点头。

"闻起来像酿酒厂里的味道，长官，不是吗？"

"酿酒厂？"

"是的，长官。麦芽糖。"

"麦芽糖！麦芽糖！"梅瑞狄斯脑子飞快地转着，出现了各种猜测，"麦芽糖和案子有什么关系呢？麦芽糖肯定是酿造要用的吧？走私的白兰地和酿酒有什么关系呢？"突然，他脑子里灵光一现，想出了解释，并发出了一声压抑的、胜利的呼喊,"对了!我相信你说对了!正中靶心!如果不对,我就不是人!我就把我的帽子吃掉!我愿意拿我的全部家当去打赌……"

梅瑞狄斯突然意识到他在一个下属面前。他惭愧地笑了笑。

"对不起,格拉托雷克斯。我想到了一个主意。我忘了你根本不知道我在说什么。好吧,你不必再在这里盯梢了。你可以下班去睡一觉。明白了吗?"

"好的,长官。"他高兴地回答。

回到格雷斯托克路的家中,梅瑞狄斯蹑手蹑脚地钻进被窝,没有吵醒他的妻子,躺在床上沉思。

他终于知道了!他现在知道奥姆斯比·莱特在干什么了!

可以说,他穿过一条漆黑的隧道,终于回到耀眼的阳光下。现在,整个案件就像一幅美丽的乡村图画,展现在他的面前。他觉得,只要再做一两次必要的检查,他的这部分工作就可以结束了。为什么他以前没有想到呢?但是,当经过长期的艰苦奋斗,一个问题终于得到解决的时候,人们总是要问这个问题的。他还需要弄清作案手法中的一些细节,但就在他想这些细节的时候,脑子已经迷糊起来,他不知不觉地陷入了沉睡的状态。

第十七章 棉布袋

但第二天一大早,督察就抵达了怀特黑文。在收费公路旁的办公室里,梅瑞狄斯和马尔特曼谈了很久。他意识到,这是自这起双重案件调查以来最重要的一次谈话。但这次不会有令人沮丧的结果。他离开马尔特曼的办公室时,脸上露出大大的笑容,现在他确信旅程的终点就在眼前。

回到怀特黑文警察局,他给卡莱尔警局打了个电话。过了一会儿,警司接起了电话。梅瑞狄斯做了报告,在上级祝贺他时谦虚连连,最终提出了一个请求。

"长官,我想在斯坦利霍尔和菲萨姆安排夜间监视。目前我们只在白天守着。您明白我在调查什么吗?"

"完全明白。好的,梅瑞狄斯。我会确保安排好。今晚就会有人去值守。还有什么吗?"

"目前没有了,长官,谢谢。"

梅瑞狄斯离开怀特黑文警局,沿着科克茅斯路开车离开,抵达了菲萨姆。他发现那个宽肩的店老板正在给顾客的发动机清理积碳。

"早上好,"梅瑞狄斯和蔼地说,"不知道能不能打扰你一会儿?"

那人挺直身子,在一块油腻腻的抹布上擦了擦手,表示愿意为这位先生效劳。

"事实上,"梅瑞狄斯轻声说道,"我听说你修车厂后面的地要卖了。碰巧,我正想建一个小奶牛场,我想知道这个地方是否合适。"

那人看起来很惊讶。

"这是我第一次听说!后面是特兰索姆先生的农场。你一定是弄错了,先生。"

"不,真的,我不这么认为。代理商提到你们家是个地标。不管怎样,既然我来了,也许我可以从你后门走过去看看?"

"当然可以,先生。但我相信特兰索姆先生不会卖的。"

梅瑞狄斯向店主道谢后,从小门出去,来到外面的草地上。他一眼就看出了他要找的东西。在一堵石墙的下面,有一条浅而湍急的小溪。梅瑞狄斯假装估量了一下这块地的价值,溜达着来到小溪边,开始往上游走,一直走到主路上一处低矮的石拱旁。这个地方的水岸很泥泞,在松软的泥土上清晰地印着许多大号脚印。梅瑞狄斯把目光投向来时的木门,能看到一串模糊的印迹在泥泞的草地上,这说明有人在修车厂和河岸之间来回经过。但是,尽管他在拱门下努力查看,也找不到任何东西解释店主为何要来此处。他心里有一套解释——但那是另外一回事。怀疑和证据是截然相反的两级——尽管如此，他还是带着高度满意的心情回到了车库。他不知道隐藏在废弃谷仓里的警员是否注意到了他的行动。他瞥了一眼通风孔，笑了。如果警员不在夜间报告中提到这次拜访，他可要倒霉了！

他向老板道谢后，骑上摩托车，穿过科克茅斯路，不一会儿就开到了斯坦利霍尔。那个干瘪的白发小个子男人走上前来，问梅瑞狄斯需要什么。督察采取了同样的策略，15分钟以后，他又掌握了一个确凿的事实。靠近修车厂，一条类似的小溪从路底下经过；修车厂后面，又有一条清晰的小路通向河岸。然而，这一次，由于这边是石子路，没有留下任何脚印。

尽管如此，梅瑞狄斯还是心情愉快。3个偏僻的修车厂，附近都有小溪，毫无疑问，应该有3个男人在深夜把油桶里的东西倒进水里。他还没开到凯斯维克时，决定在名单上增加一个——德文特。在这种情况下，他没有必要下车调查。从路上可以清楚地看到那条小溪，它和路一个朝向，然后就突然消失在地下了。在小溪的尽头，河岸上满是脚印。希金斯又回来上班了吗？梅瑞狄斯突然想到。好吧，今晚就有人监视这里了，所以到明天他也许就能知道这个问题的答案了。

回到办公室，他发现格拉托雷克斯正在等着他。

"量好了吗,警员?"

"是的,长官。宽1.8米,长1.5米,深1.2米。是预估数,我们在宽度和长度上留了大约15厘米的余地,这个间隙比较合理。"

"对于我们来说,已经足够好了,"梅瑞狄斯评论道,"你最好跟我到威尔金森的作坊去。"

梅瑞狄斯对这里了如指掌,他径直向木匠作坊走去。

"罗特先生呢?"

"在木屋里,先生。"一个学徒说。

梅瑞狄斯发现老人在一堆榆树板下乱翻。他们聊了聊当地新闻,然后督察切入了正题。

"现在,罗特先生,我想请你按照这个尺寸做个框子。宽1.8米,长1.5米,深1.1米。不必……"

"对不起,长官,"警员迅速插话,"您犯了个错误。深度是1.2米。"

梅瑞狄斯冷冷地瞥了一眼他的部下。

"别傻了,格拉托雷克斯!我们不想把这该死的东西露出来,对吧?"他转向木匠,"罗特先生,你明白了吗?很好。我要在1小时之内。没必要精工细作,只要拿旧材料做出来就行了。"

"对了,顺便说一句,"他离开作坊时补充说,"我想在底座上钉4条铅条。"

他的下一站是伯里父子店,是主街一家大纺织品店,他在那里买了一大块棉布。午饭后,在格拉托雷克斯的陪伴下,他回到威尔金森的作坊,罗特先生刚把最后一根钉子钉进箱子的框架里。梅瑞狄斯打开他的棉布包裹。

"现在,罗特先生。我要你把这块棉布牢牢地钉在你的框顶上。注意不要拉直,这样布袋会在中间下垂一点。明白吗?"

木匠点了点头,几分钟后工作就完成了。梅瑞狄斯和警员付了工钱。一辆福特货车正在门口等着,他们把装置抬到车上。装载完毕后,梅瑞狄斯指示司机,在布雷斯韦特车站外800米处的路上停车。

"那么,我希望你在这里帮助警官,"他最后说,"听从他的命令。还有,别忘了……不能闲扯!"

小伙子咧嘴一笑。他载着格拉托雷克斯前往布雷斯韦特。

6:00的时候,菲萨姆和斯坦利霍尔的侦查员送来了报告。4号运油车在这两个地方都送了油。菲萨姆的货在8分钟内就输完了,斯坦利霍尔用了17分钟。梅瑞狄斯笑了。他不再对这些时间感兴趣了。他现在确信这些与本案没有什么关系。运油车在这两个偏僻的车库停靠,这当然意义重大。这意味着他先前的恐惧是捕风捉影。那帮人还没有得到警方调查的消息。他们热心地继续进行这项工作，并进一步向他提供犯罪证据。如果他的推理正确，4号运油车明天会到蜜蜂头啤酒厂的下设酒店去。

下午，警司在电话上谈了很久，海岸警卫队已得到指令，可以放松各指定地点的警戒。汤普森为给他们带来的麻烦道歉，但事实证明，走私的怀疑方向是错的。警察现在开始追查另一条线索。

第二天一大早，梅瑞狄斯就开着警用摩托去了洛斯维特。

他把车停在离修车厂大约800米的路边，下了车，爬上围栏，跳进了落叶松树林。他只走了一小段路，格拉托雷克斯就出现了，来接他。

"一切顺利吗，警员？"

"是的，长官。午夜过后不久他就出现了。正如我今早在电话中所解释的，这次他来回了3次。"

"他第3次走后不久，你就把那玩意儿从水里捞出来了？"

"是的，长官。就照您的话藏在灌木丛里了。"

"好。"

10分钟后，他们来到了格拉托雷克斯藏箱子的地方。

梅瑞狄斯把盖着的防雨布拉到一边，跪下来仔细检查那个棉布袋。然后，他小心翼翼地把棉布从框架的顶上扯下来，把四个角捆在一起，用一根绳子捆起来。

"看起来像个茶包，是吧，格拉托雷克斯？"

警员咧嘴一笑。

"运气怎么样，长官？"

"这里面肯定不是茶！你最好把箱子藏到树林深处。我不想打草惊蛇。彼得斯一到，你今天就可以下班了。今晚11:00照常回来。"

梅瑞狄斯小心地拿着包，穿过树林回到他停放摩托车的地方。他把包稳稳地放进车斗里，飞快地驶过洛斯维特，向怀特黑文开去。

马尔特曼先生接到梅瑞狄斯的电话通知，已经在办公室里等候了。当他看到梅瑞狄斯拿着棉布包进来时，突然大笑起来。

"法律的忠仆的行为真是稀奇古怪！"他惊叫道，"你究竟拿的是什么呀，督察？袋子里有尸体？"

梅瑞狄斯笑着回应他的逗乐："这次不是。我希望它能证实我们昨天的推理。"

"你是说……"梅瑞狄斯意味深长地点了点头。

"那么，天哪，"马尔特曼激动地要求道，"解开绳结，让我们看一看。但是等一下——在这之前，你可以告诉我这个包是从哪里来的，它和这个案子有什么关系吗。没必要把我蒙在鼓里，是吗？官方机密什么的？"

"没有这回事，马尔特曼。我现在就告诉你。你介意我抽根烟吗？"

"我也一起吧，"马尔特曼回答说，仍然好奇地盯着那个袋子。"尝尝我这个牌子，给大英帝国做做贡献。"

他们都抽起烟来，梅瑞狄斯坐下来，开始讲述棉布包的来历。

"是这样的，马尔特曼先生。我昨天向你解释了，我们是如何观察到那个在洛斯维特修车厂里的家伙，把东西倒进小溪里。你记得我问过你什么液体有烤面包的气味吗？你的回答多少使我感到满意，我的方向是对的。但我想更进一步。我想得到绝对的证据。在我们讨论的过程中，你指出液体残渣中会有相当多的沉积物。所以我就想办法采集沉积物的样本。我不能从河床上收集，原因很明显。首先，维克把这些东西倒进了一个很深的水池里，这样就不可能透过水看到任何东西。其次，虽然瀑布造成的深坑有近1.2米深，但水流的力量很大，沉积物很快就会被冲出来，流到下游。你明白我的思路吗？"

"完全明白。"

"所以我所做的就是量好水池的尺寸，然后做一个大致能放进去的框架。我在上面盖上棉布，把它做成一种过滤器。我把箱子的顶部放在水下大约15厘米的地方。结果，昨晚维克去倒油桶的时候，把里面的东西全倒在了棉布上。"

马尔特曼钦佩地看着督察。

"干净利落，梅瑞狄斯先生。非常干净利落。可是维克没注意到那个小玩意儿吗？"

"一点也没有！"池塘的水面被搅得乱七八糟，根本不可能发现。记住，在水池的上方有一个3米多高的瀑布。

"结果呢？"马尔特曼问道，此时他的好奇心已经达到了顶峰，"你拿到沉积物了吗？"

"看看这里，"梅瑞狄斯回答道，他解开包，在地毯上展开棉布。"你是怎么想的？马尔特曼先生？"

棉布的中央堆积起来一小堆东西。马尔特曼跪在地上，开始嗅那褐色的残渣。

然后他抬起头。

"我们是对的，"他简短地说，"一点不错！"

他拿了一些沉积物放在手心里，仔细检查了一番，然后用手指把它搓了搓。

"要是说昨天还留有疑惑的话,"他接着说,"那今天就解决了,督察。这是酒精蒸馏的残留物!我这辈子见的够多了,错不了。'烤面包'的气味给我们提供了线索,有了沉积物就能盖章定论!你想证实你的理论——你是对的。证据就在这里!夹在这块棉布里!如果你还想听听别人的意见……"

梅瑞狄斯摇了摇头。

"不用了,马尔特曼先生。你的结论与本案的其他情况完全吻合。"

"什么意思,督察?"

梅瑞狄斯得意地笑了笑。

"奥姆斯比·莱特和他的爪牙们被抓了个正着!不管怎样,这是我的看法。"一阵沉默之后,他叫了起来,"非法酿造!我以前怎么没想到呢?但总是这样,后知后觉!"

第十八章

梅瑞狄斯一探究竟

第二天一早,梅瑞狄斯发去卡莱尔的报告就把警司带到了凯斯维克。对这个案子的新思路需要仔细研究,于是两个人坐下来,就接下来的调查方法和手段进行了长时间的讨论。正如警司所说,尽管他们现在有能力逮捕涉嫌非法酿造的维克,但他认为应该暂时搁置下来。他说"我们不想亮起红旗警告其他帮派成员"。梅瑞狄斯也持同样的观点。

"我们现在已经得到了不可否认的证据,"他说,"但我还想找到一个蒸馏器。一旦发现隐藏蒸馏器的地方,我们就能当场拿获他们了,长官。"

汤普森点点头。

"你能从沉积物中分辨出在酿什么酒吗?"

"马尔特曼先生今天早上正在做分析,他会打电话告诉我们结果。他觉得是威士忌。"

"那么我想知道,他们是怎么把这些东西卖给公众的?有什么想法吗?"

"没有,长官。这是我们要首先弄清楚的事情之一。另一个需要解决的问题是,运油车究竟如何把货物运到酒吧。"

"好吧,我们应该弄清楚这一点。已经开始日夜监视那4个修车厂了。"

"之前我们讨论走私方向时,您提出了一种方法,我认为是有可能的。"

"你是说小木桶吗?是的,我觉得这是唯一可行的方法。梅瑞狄斯,你下一步打算怎么做?局长还想得到最新消息,所以如果你有什么惊天动地的计划,你最好赶紧把它公布出来。"

"我要彻底搜查其中一个修车厂。"梅瑞狄斯立即回答。

"你能在不泄露秘密的情况下做到这一点吗?"

"看看这个,长官,"梅瑞狄斯回答,递给警司一份《坎伯兰新闻》,"你看,我在'每周汽车集市'栏目下用蓝笔圈了一则广告。"

"你是说这个——'出售二手罗孚轿车'。只要6000英镑,价格实惠。预约可试开。请联系布雷斯韦特德文特修车厂的希金斯。"

"就是这样。我打电话给我在安布尔赛德的一个朋友，让他写信说对这辆车感兴趣。他和希金斯约在明天下午3:00见面。地点当然是在安布尔赛德。现在希金斯一个人看着修车厂，看来我们能有一两个小时的时间来搜查，不必担心被人打搅。"

"很好，督察。好吧，我不耽误你时间了……"

这时电话铃响了。"等一下，长官。"梅瑞狄斯打断道，"可能是马尔特曼。"他拿起电话。"是的，说吧……我明白了。谢谢你，马尔特曼先生。没有，暂时没有。不过，过一会儿我可能又要打扰你了。谢谢。再见。"他转向警司，"马尔特曼做了分析。正如他所想的那样。是威士忌，长官。"

"还有一件事，"警司一边说，一边准备走，"告诉我你在德文特调查的结果。明天晚上6:00我等你来电话。"

第二天又传来了更多的消息。在菲萨姆和斯坦利霍尔，值夜班的警员都报告了店主的可疑行为。每一家都看到有人到附近的小溪，向水里倒东西。他们俩都以为那些人扛的是大油桶，不过他们不敢肯定。

梅瑞狄斯很高兴。他的理论有了更多的证据做支撑。但白天的监视报告不太好，抵消了他的满足感。尽管4号运油车去了菲萨姆，藏在谷仓里的警员根本没看见运油车上装了木桶。另一方面，那家的店主——梅瑞狄斯现在知道他叫威尔金斯——的行为和维克一样古怪。当运油车驶来的时候，他已消失在他的小屋里了。然后他做了个手势，普林斯就立刻关掉了阀门。这一巧合意义重大，梅瑞狄斯毫不怀疑。因为他无法对这些人的古怪行为找到解释。

12:30，他的朋友巴罗先生，从安布尔赛德给他打了电话。一切都安排好了。希金斯答应那天下午3:00到他家去。研究了地图后，梅瑞狄斯大概估计了他在德文特可以支配的时间。他估计希金斯大约2:15出发，最早4:30回来。在让雷顿1:30准备好警用摩托之后，梅瑞狄斯就动身回格雷斯托克路吃午饭。

然而，在返回警局的途中，他被一件事耽搁了。这件事本身微不足道，但是身为警察，无法忽略。梅瑞狄斯转过格雷斯托克路的拐角，突然听到一声惊叫，接着是巨大的撞碎玻璃的声音。在离街道只有几米远的一个转弯处，一群兴奋的年轻人冲了出来。这个少年团伙的头目，很明显，一心只想着不要和碎玻璃扯上关系，一头冲进了督察的怀里。

"好了，"梅瑞狄斯伸出一只手，抓住了那孩子，"这是怎么回事？扔石头是嘛？"男孩呜咽着说出了一个无法令人信服的话，并试图挣脱督察的控制。督察扭着不断蠕动的小伙子回转角处时，问起了他的名字。

"安迪·皮尔森，"小伙子哭哭啼啼地说，"这不是我的错。我们只是在扮演枪手。"

"枪手，嗯？"梅瑞狄斯看着男孩的脸，忍不住笑了起来。一顶脏兮兮的绿色毡帽盖住了他的一只耳朵，几乎挡住了他小巧而干瘪的五官。上唇装饰着假胡子，男孩的脖子上挂着一把玩具枪。一把巨大的木刀插在他腰间的皮带上，刀尖漆成了可怕的猩红色。这副凶狠的打扮，同这孩子在法律面前露出的胆怯，形成了滑稽的对比。

梅瑞狄斯安抚了那个被打破窗户的愤怒的房主，记下了那孩子的住址。他表现出一种严厉的说教态度。男孩一获释，就飞快地离开了，督察威胁说他会受到父母的惩罚。梅瑞狄斯认识皮尔森，他确信这个犯错的小孩会在家里得到适当的惩罚。梅瑞狄斯对耽搁感到有些恼火，他向户主道了声好，就匆匆赶到警察局去了。

在波廷斯凯尔，梅瑞狄斯指示雷顿不要沿着布雷斯韦特路开，而是走村里左边的岔路。在拐弯处大约100米，他示意警员停车。然后，他懒洋洋地靠在农舍的篱笆上，等着。

他没等多久。2:00刚过，一辆蓝色罗孚轿车从邮局附近的转弯处拐了过来，朝凯斯维克的方向驶去。尽管车速很快，梅瑞狄斯还是认出了开车的人。

"来吧,雷顿。加把油!我们不能浪费时间!"

警员尽职地"加了把油",几分钟后,就在德文特外停了下来。督察迅速地扫视了一下那地方,毫无疑问,空无一人。修车厂关门上锁,门上贴着一张告示,写着"5:00开门"。

"这边,"梅瑞狄斯厉声说,"我们先去小屋看看。我想我们在车库里,找不到我们要找的东西。那里太多人去了,雷顿。"

警员紧跟在后,督察大步走上小路,试着打开前门的把手。如他所料,门被锁上了。窗户也关了,打不开。他沿着小路绕到小屋后面,然后试了试厨房的后门和两扇窗户。这一次比较走运。有一扇窗户虽然关着,但没有用室内的插销锁上。梅瑞狄斯借助一把小刀,很快插销就从窗框上滑下来,过了一会儿,他和警员都站在了洗涤室的石板地上。

梅瑞狄斯意识到,自从克莱顿的尸体被抬进来的那个悲惨夜晚以来,他就再也没有进过这里。他惊奇地发现这个地方这么乱。斯温利夫人很有能力,但看来做事并不高效。小小的客厅里堆满了各种零碎的旧报纸、奇装异服、帽子、大衣、书籍和商业信函。几乎没有空地可以坐下。二楼的房间也是一样乱,梅瑞狄斯开始有条不紊地搜查房间的每一个角落和缝隙。20分钟后,他确信蒸馏器没有藏在二楼。他甚至让警员爬上摇摇晃晃的梯子，看看卧室天花板上的天窗后面有什么。但是椽子下面除了一个旧的锡槽、一个坏了的留声机和一些空的包装箱，什么也没有。

警员小心地从那脆弱的梯子上下来。"现在检查客厅。"梅瑞狄斯轻快地说。

他们对一楼进行了更细致的检查。梅瑞狄斯命令雷顿把桌子移到一边，把那块破旧的地毯往后一卷，爬着把石头地板上的每一寸都查了一遍。但似乎没有机关。石头之间的水泥没有断开，没有一块石板看起来有任何松动。检查完地毯和桌子后，下一步是检查壁炉。这是一个老式的设计，有一个高的壁炉架，三边的凹槽上镶着巨大的橡木梁。凹槽上有一套普通的厨房炉灶，后面是普通的挡板和烟筒。尽管梅瑞狄斯做了详尽的检查，也没有在壁炉上找到线索。

"现在查一查橱柜，"督察指着壁炉旁边的两个大的内置橱柜说，"你检查右边，我检查左边。"

左边柜子的把手虽然很硬，但稍微压一下就松了下来，瞥了一眼就足以看出每个架子上都装着陶器和其他普通的家庭用具。梅瑞狄斯刚关上门，一声惊叫就把他的注意力转到了雷顿身上。

"移动不了，长官。感觉好像卡住了，"他说，挣扎着要开另一个柜子的门。

"来，我来看看。"

梅瑞狄斯仔细检查了把手和锁。

他立刻说："当然打不开。锁上了！这里也没有钥匙。看来我们得破门而入了，雷顿。你有那么长的铁丝和钩子吗？"警员点点头。"那就赶快工作吧。我们浪费不起时间！"

雷顿在闲暇时间研究过开锁的细节，他拿出一系列工具，开始着手工作。不到5分钟，锁发出一声清脆的咔嗒声，打开了。梅瑞狄斯抓住把手，把门拉开。

然后他狠狠地骂了一句。虽然他不愿被乐观的情绪冲昏头脑，但那扇紧锁的门无疑激发了他的希望。他本指望能找到一些线索，也许能为其他更有价值的线索指明道路。相反，什么都没有。一干二净！橱柜是空的！

他还没有收拾好自己的失望情绪，一个新的想法就冒了出来，很快恢复了他的希望。为什么橱柜是空的？他把目光投向房间里乱扔的帽子、大衣和报纸。

"希金斯明明可以利用柜子里的空间，不是吗，雷顿？然而，看这里——光秃秃的！这里肯定有古怪，否则我就不是人。让我们看看地板。"

他跪在地上，从炉边抓起一根拨火棒，在橱柜的石头地板上拨弄起来。然后，他眼睛里闪着胜利的光芒，抬头望着警员。

"认真听着,雷顿。你觉得这是怎么回事?"

他先敲了敲炉灶前的石头,然后又敲了敲橱柜。

"声音不一样,长官,"雷顿判断说,"橱柜的地板是空的!"

"初出茅庐!"梅瑞狄斯笑了,"我自己也这么想。但这不可能是活板门,因为橱柜里的这两块板子伸到了房间里。"

"我不大明白……"雷顿困惑地说。

"看看这里,伙计!"梅瑞狄斯有点不耐烦。

"橱柜底部有一个木槛,门关着时会靠到。只有搬开木槛,才能搬动这两块石头,对吗?"

"也许确实需要搬开。"雷顿说,"我们把木槛挪开吧,长官!"

梅瑞狄斯心不在焉地帮了警员一把。令他极为惊讶的是,他们毫不费力地就把木门槛移开了。虽然它看上去钉得很牢,实际上却只是轻轻夹在门框的两根立柱之间。

"天哪,雷顿。看看这个!"

他指了指那两块石板,石板之前被木门槛遮住了,中间有一条大裂缝。

"那就不是像我们想的那样向外打开,长官。"

"当然不是!来吧,拿出你的小折刀。我觉得我们可以撬起橱柜底下的整块地板。明白了吗?好。现在把它推开。

稳住！慢慢来！"然后，梅瑞狄斯高呼胜利："你看吧，雷顿——我说什么来着？一扇活板门！拜托，伙计，别站在那儿发呆了。拿出你的手电筒，我们去调查一下！"

梅瑞狄斯把两块松动的石板拉开，接过警员的手电筒，照进橱柜下面的空地方。他靠着后墙，注意到有爬梯的模糊轮廓。他抓紧时间，叫雷顿跟在后面。他顺着楼梯，开始往下爬。几秒钟后，他的脚又碰到了坚实的地面，他发现自己身处一个低矮的通风井中，他认为这个通风井应该能通往修车厂下面。但现在，他暂时放弃了对这条隧道的探索，把注意力集中在一个不寻常的物体上。有个东西嵌在通风井的左壁上。他注意到梯子底部有一个电闸，就按了一下。他所站的那口井，以及整个隧道，立刻就亮了。

"有电！"警员已经回到了地面上，这时突然叫了起来，"他们做得很舒适，长官！"

梅瑞狄斯点点头。

"不仅舒适，雷顿，而且高效。看看这个。"

"天哪，先生——那是什么？"

"如果我没搞错的话，那就是《大英百科全书》所说的'蒸馏器'，酿造威士忌专用的。昨天晚上我在公共图书馆把所有东西都看了一遍。很明显钱不是问题。少于1000英镑是做不出这种仪器的。看来我们的调查差不多可以结束了，警员。"

"那通风井呢，长官？"

"没错——我一会儿再说。首先我们来看看这个蒸馏器。关于它的位置，你有什么想法吗，雷顿？"

警员摇了摇头。

"要知道，"督察赞赏地说，"他们把这一套把戏做得很巧妙。你可能不知道，在蒸馏的过程中，你必须处理烟雾——更不用说是在明火上蒸馏的烟雾了。所以他们做了一件明智的事，把这个精巧的装置塞到客厅的壁炉下面。聪明，不是吗？不需要额外的烟囱。"

警员显示出佩服的表情。

"长官，那上面的水缸呢？那是什么？"

"你说的那个水缸，大概就是集流室吧。你可以看到它现在装了一半的酒。是的。这是分析柱的进水管，出口管沿着隧道的墙壁。"

雷顿走过去看了看那个水缸，说："在我看来，它更像水，而不是威士忌。"

"那就是酒。新蒸馏的酒是无色的。只有发酵成熟后才会有颜色。现在我们沿着出口管道走。我对这个的兴趣比蒸馏室更大，雷顿。"

通风井还没有1.2米高，梅瑞狄斯几乎折成了直角，他和警员一起沿着管道往前走。他们忍着背痛越走越深，督察钦佩之情也迅速增长。这个地下工厂的一切都是经过精心设计和建造的。隧道的两侧用水泥加固,天花板由一系列宽厚的石板构成。蒸馏器旁边的玻璃容器连接着金属管,金属管倾斜着向下,一直到隧道9米深的地方,连接着第二个玻璃容器。

"第二个容器到底是做什么的?"梅瑞狄斯不解地问。

"大概是贮存器吧,长官。无论如何,我们现在能直起身了。这个地方的屋顶足足有2米高。"警员伸出手臂探了探,"那是什么,长官?又一个小玩意!"

梅瑞狄斯向前走了几步,弯下身去查看引起雷顿注意的东西。那是一小块机器,牢牢地固定在混凝土上,显然有电线供电。它离第二个容器大约2米远,通过另一根小口径金属管与之相连。金属管穿过机器,沿通风井向上延伸了一小段距离,然后突然消失在一堵空白的墙上。一眼就可以看出,这堵墙把通风井完全堵住了。

有一会儿,梅瑞狄斯呆呆地站在那里,思索着这些令人困惑的东西。他突然意识到一点,尖声叫了一声,弯下腰,跑回了通风井。他拿出卷尺,开始测量从通风井底部,到那根管子神秘消失的墙壁的隧道长度。之后,他就把结果记在笔记本上,叫警员跟他走。

不一会儿,他就回到了爬梯的顶上,从橱柜门往外望着屋里。

"现在,雷顿,"他朝下喊道,"我会伸出我的胳膊,指着我认为通风井通往的方向。我要你站在我正下方,如果我错了就纠正我。准备好了吗?"

"好的,长官。"

梅瑞狄斯伸出手臂。

"如何?"

警员向上看了一眼后,便低头看了看通风井的灯光,然后又回头看了看督察那僵硬的四肢。

"还差几度,长官。差不多。哇!就这样。"

"那么?"梅瑞狄斯想,顺着他伸出来的手臂的方向,穿过客厅,穿过一扇前窗,穿过花园,来到修车厂的角落。他瞥了一眼手表——3:50。除非发生什么意外,希金斯至少还要40分钟才能回来。他觉得有足够的时间来充分证明他的推理。

他低头看了看等候的警员的头。

"听着,雷顿,我得再量一次。同时,我想让你取一些酒的样本。我口袋里有个药瓶。给你——接着!"

他靠在井的上方,把瓶子扔到警员手里。

"容器里可能有水龙头。我当时没有注意到。你一做完这些,就把下面的灯关了,把这些石头放回原位,再把假门槛放好。然后用你那精巧的金属丝重新锁上柜门。之后,如果我还没回来,就到外面和我会合。"

他刚说完这些指示,梅瑞狄斯就把眼睛盯在办公室火炉的排气管上,把窗框的中心与它对齐,开始沿这条线测量。事实证明,从橱柜到窗户下的壁脚板的距离约有3.6米。再加上小屋墙壁的厚度,30厘米。从厨房里开着的窗户爬出去,绕到房子前面。他又看了一眼。他现在正站在窗框的正前方,把一棵苹果树的树干,也就是他以前曾在房间里,把它标记为他想象的线条上的一个点——与从房间顶上伸出来的烟筒排成一条直线。朝着树干和管子的线条走向,他从窗户下一直量到树脚——4.2米,他记了下来。接着他大步穿过小木门,小木门外有一条煤渣道,把修车厂的一侧和花园的墙隔开。他在烟道下面的一个地方站稳了,然后把树干和窗玻璃的中间对齐。他朝树干走去,在车库的墙壁和苹果树之间量了量。这次他记下了"3米"。

他现在面临着一个问题。他怎样透过房间保持线的方向进行测量呢?他要是有梯子就好了!这附近应该有一个梯子吧?梅瑞狄斯盯着表,迅速地搜查了小屋的后花园和修车厂的后部。他运气很好。杂草丛生的地面上平放着一个又短又结实的梯子。几秒钟后,他已把它拿到房间前面,靠在房顶上。不一会儿,他就爬上了最高的横档,又把烟道、苹果树和窗户纳入一条视线里。然后,他爬上屋顶,留出30厘米的偏差估计,开始测量。在爬下梯子之前,他把他的花呢帽子放在屋顶的边缘,这样就形成了沿着他想象的线的第四个点。他退到马路上,把一个加油泵与帽子和烟筒对准,然后小心翼翼地开始进行最后的测量。他前一段测量值已经打通了那17米长的隧道中的14米。因此,他只剩3米的距离。如果从泵的后部,到他帽子下面的墙脚的距离,的确是3米,那么……对贝特尔和普林斯先生来说就太糟了!

这是他职业生涯中最激动人心的时刻之一。当他的期待完全变成现实时,他体验到了那种在人的一生中只会出现一两次的激动。他的猜想是对的!地下通风井在离诺克油泵90厘米远的地方终止了!而那90厘米有一半是地下油罐!这就意味着,与蒸馏器连接的小口径管子,并没有像他想象的那样,消失在空白的水泥墙里,而是消失在了油罐外的水泥面里!现在那些奇怪的送货都解释得通了!大货车的全部用途变得显而易见。他真是个傻瓜,竟然没有想到这一点!梅瑞狄斯只能忍住笑。他又开始贬低自己了!因为在他终于握有答案后,问题看起来都是如此简单,清楚明了!

但他没有时间站在那里梳理逻辑。他必须把帽子从车库顶部取下来,把梯子放回他找到的地方。他刚刚掩盖完行踪,就从餐具架旁的窗户看到了警员的身影。

"快点把那个窗户关上,"他叫道,"4:30了!"

"来了,长官!"警员愉快地回答。

"拿到样品了吗?"梅瑞狄斯问道,这时他气喘吁吁的下属也过来了。

"拿到了,长官。"

"那我们出发吧,趁着一切顺利。我们的朋友该回来了。如果他在这里看到我们,我们会看起来像两个大白痴!系上安全带!启动发动机。"

警用摩托发出一声巨响,迅速朝波廷斯凯尔方向开去。他们开了200米不到,就见一辆罗孚轿车转过街角,疾驰而过,消失在公路上了。梅瑞狄斯咯咯地笑了起来。

"天哪,长官!"雷顿俯身对着督察的耳朵喊道,"好险啊!"

"没错,"梅瑞狄斯简洁地回答。然后,"雷顿,"他严厉地补充道,"你嘴里有威士忌的味道!我是不是可以推断……"

"好吧,长官。"警员显然不情愿说。

"是吗?"梅瑞狄斯问道。

警员点点头。

"只尝了一口,是为了调查,长官。劲太足了!像骡子踢了一样!"

梅瑞狄斯仰起头大笑起来。

第十九章

管　道

在格雷斯托克路例行喝了一杯下午茶后，梅瑞狄斯心情愉快地回到警察局。他准时在6:00打电话给卡莱尔警局，很快就和汤普森警司取得了联系。然后，他对下午的活动做了一份简洁而生动的总结。从警司热情的祝贺来看，显然非常满意。

"好消息，督察。看来案子就要结束了。你下一步当然是重新检查那辆大货车了？你今晚能完成吗？"

"我希望如此，长官。我会和彭里斯警局安排好，让丹西带着钥匙去油库。"

"那酒的样本呢？"汤普森接着问道。

"我立刻把它寄给了马尔特曼，要求立即进行分析。他的报告也许能让我们了解到它的市场价格。"梅瑞狄斯笑了，"根据雷顿的说法，长官，我觉得酒精度数百分百超标！但很明显，除了他这次非官方调查外，酒应该会勾兑一遍。到时候就是熟成度的问题了。长官，你可能知道，蒸馏液是无色的。酒没放进木桶发酵前，不会呈现出琥珀色。他们要么得把它存放在神秘的地方，直到适合饮用时才拿出来，要么用人工方法添加色素。但我正在找马尔特曼，看看他能否提供参考。"

"很好，"警司赞同道，"最好尽可能找个专家。在你完成对运油车和修车厂的调查之后，我建议你把注意力集中在'海军上将'或其他5家酒店中的一家，但在你这样做之前，我认为你最好明天一大早就到这里来，向局长口头报告，你知道他对这些事情有多热心。"

"好的，长官，还有事吗？"

"是的，就这些。我们明天10:30在这儿见面吧。"

警司一挂电话，梅瑞狄斯就联系了彭里斯警局，安排了一辆警车把丹西带到油库，他要在7:00带着钥匙到那里。梅瑞狄斯走到外间办公室，叫上了雷顿，让他做好准备。两个人坐上警用摩托，呼吸着雨后的新鲜空气，去见看门人。

丹西和彭里斯派的警员已经在油库外面等着了。梅瑞狄斯不想看门人看见他调查大货车，就建议让丹西和彭里斯的警员在路上继续监视。丹西交出了钥匙，梅瑞狄斯在雷顿的陪同下，打开了大瓦楞铁门，走进了院子。一回生二回熟，督察径直走向车库。仔细锁好门后，很快，他和雷顿就开始检查运油车。

"现在，雷顿，"督察粗声说，"我拿着手电筒，你去检查。我们先处理这个木箱，你能把挂锁打开吗？"

"我来试试，长官。这应该不难。"

雷顿快速地检查了一下锁，抽出一组细铁丝，开始工作。因为推理已经到了最后的验证阶段，梅瑞狄斯紧张得焦躁不安。一切都取决于进料管的一些特性。梅瑞狄斯尽管乐观情绪暗流涌动，但还是担心进料管可能根本没有这些功能。警员冗长的行动使他极度不耐烦。

突然，传来一声咔嚓声，雷顿开心地叫了一声，他推回锁的弹簧，把它取了下来。

"给你，拿着这个。"梅瑞狄斯急切地命令，把手电筒推到警员手里。

他不愿费力进一步解释，推开长盖，往狭窄的槽里窥视。箱子里有两根进料管。梅瑞狄斯把离手最近的一个拔了出来，从迷惑不解的警员手里夺过手电筒，直接照进管口。然后他低声咒骂。无论如何，这里没有一点会让人意外的线索。这根管子正是人们常见的样子。它的外观和结构没有什么特别之处。

随着脉搏的加快，梅瑞狄斯意识到他所有的希望现在都集中在第二根进料管上。如果他失败了，他将又一次面对绝望。

但这一次他不会失望。他把手电筒的光线投进管子里,刹那间,他看到他最深切的愿望已经实现了。他想象着管子应该具有某种特殊性,而在他眼前,这些特殊性出现了。他转过身来看着雷顿,雷顿一直盯着上司的行动,脸上露出困惑的神色。

"搞定了,雷顿!"梅瑞狄斯激动地说,"这次没错!"看到警员脸上并没有什么变化,他用更严肃的语气补充道:"看看这个管子,它的设计有什么问题吗?"

雷顿伸长脖子仔细地检查了一下。

然后,"天哪,长官!"他叫道,"有一个……"

"没错,"梅瑞狄斯果断评论道,"正如我所想的那样。"他把两根管子倒回盒子里。"现在我们暂时不谈这个了,看看阀门吧。"

梅瑞狄斯跟着警员,走到大货车的后面,指了指装出口阀的锁着的金属箱。

"你也能搞定这个吗,雷顿?"

警员认为这应该和第一把挂锁一样简单,不到一分钟,箱子就打开了,三个阀门也露了出来。

梅瑞狄斯现在心情很好,三根出口阀的检查结果让他的情绪更加高涨。一切都如他所料。之前,他认为自己的推理没错,现在被证实了。这两种心态的差别,正如成败之间。

成功，除了一点。在他乐观心态的感染下，他觉得验证这一点不费吹灰之力。但实际上，直到梅瑞狄斯彻底检查完全部5辆运油车之后，才终于找到了问题的答案。等雷顿重新扣上挂锁，掩盖了所有搜查痕迹时，他知道，他对运油车的调查宣告结束。

不到10分钟，梅瑞狄斯和警员就把钥匙还给了丹西，感谢他的合作。二人迅速赶回了凯斯维克。

第二天一大早，督察就动身前往卡莱尔，在春天温暖的空气中愉快地开着车。就在时钟敲响10:00的时候，他到达了那座历史悠久的城市。半小时后，一名警员走进警司办公室，说局长已经准备好接待他们了。

他们进入办公室落座，哈德维克上校点燃了一支雪茄，让梅瑞狄斯开始汇报。

"长官，您想让我从哪里开始？"梅瑞狄斯恭敬地询问。

局长笑了。

"从你最开始的设想说起，一直带着我走完全程。这样可以吗？"

"那样的话，长官，我要从格拉托雷克斯警员在洛斯维特的发现说起。是他的报告使我第一次走上了解决问题的轨道。您还记得吗，长官，在那之前，我们一直以为那伙人在非法贩卖汽油。好吧，当时这个理论还可以，但没走远。事实上,我所有的调查似乎都以空白告终。运油车上没有能装900升汽油的秘密油罐。他们不按订单交货,却没有办法能解释他们如何做到的。我们面临着这样的现实:4号车沿线给不同的修车厂加了900升到1800升不等的汽油。这时,警司提出了另一种理论。他的想法是他们走私了白兰地或其他一些烈性酒,在这些海岸酒店贩卖,但酒店必须接受税务监督,所以用运油车把酒送到修车厂里藏着。"梅瑞狄斯转向警司说:"您的想法是这样的吧,长官?"

"是的,"汤普森表示同意,"我们进一步做了推理,运油车也可以把少量白兰地装在办公室瓶子里运回沿海酒店。请继续。"

梅瑞狄斯转向局长。

"长官,我们刚开始遇到一两个讨厌的障碍。首先,我们查不出他们怎么把酒装上运油车的。我们安排了侦查员,但都没有看出任何可疑之处。我们以为酒类会装在小桶里,但由于我们的人没有发现任何小桶形状的东西,我们必须寻找另一种解释。而且,修车厂也从没给旅馆送过什么。总结而言,在沿海城镇走私酒类的理论可行性不高。我们在追踪这一方向时,所取得的唯一进展是发现所有旅馆都是蜜蜂头酿酒厂的附属酒店。而酿酒厂是奥姆斯比·莱特的产业!"

局长惊讶地发出一声叫喊，他越发地有兴趣了。

"然后我收到了格拉托雷克斯的报告，"梅瑞狄斯接着说，"他看到了洛斯维特的老板维克，把油桶里的东西倒进了小溪里，我自然而然地就开始跟进这件事，结果我发现了这个犯罪团伙的本质，也许警司解释过我是如何得出了那个结论的？"

局长摇了摇头。

"我应该告诉你的，督察——我上个星期一直在伦敦，昨晚才回来。所以我还没有怎么跟进这个案子。你还是把细节都告诉我吧。"

于是，梅瑞狄斯接着描述了他怎么做了个箱子收集沉积物，马尔特曼做了怎样的分析。然后，他说着自己是如何在4个可疑修车厂附近都发现小溪的，以及他现在如何有确凿证据证明这4个地方都在开展非法酿造。

"您知道我们发现了非法酿造威士忌的事吧？"

"只是粗浅知道，梅瑞狄斯。不了解细节。昨天晚上我回来后，警司给我打了电话。"

"是这样的，一旦我们确定了这个方向，剩下的事情就相当容易了。我想了个法子让希金斯离开德文特修车厂，开展了一系列搜查。在一个上锁的空柜子的地板上，我发现了一个隐蔽的活板门。在这下面，我看到了一整套蒸馏设备，可以进行大规模的蒸馏操作。"

梅瑞狄斯接着描述了地下酿酒厂的延伸方向、使用的设备类型、客厅烟囱下方的位置、横向的狭长隧道，以及沿着水泥墙延伸的金属管道。在他描述出画面感后，他转而解释他在搜查过程中注意到的种种奇怪之处。

"有一件事立刻使我困惑。在离蒸馏器有一段距离的地方，我发现了第二个玻璃容器。我看不出把威士忌从地下一个地方运到另一个地方有什么意义。直到我注意到几米外的桶装泵。"

"桶装泵！"局长叫道，"梅瑞狄斯，这是为了什么？"

"为了通过汽油油箱传输，长官。"

"但是，为什么要把这种优质的烈性酒装入汽油的油箱里呢？"

"不是装进去，是通过油箱传输出去。长官，管子绕过油箱的侧面，然后接到诺克油箱进料管的头上！"

"天哪！我现在明白你的意思了，运油车在输送汽油时接收了酒类？"

"没错。但要提醒您，我还没检查油泵的进料口。不过我相信只要一查必中。"

"换言之，梅瑞狄斯，你是从另一边找到了证据？是这样吗？"

"确实如此，长官，"督察笑着说，"这正是我昨晚所做的，我对装进料管的运油车做了第二次检查，我发现了

第十九章 管 道

第二根小口径的管子，正好与穿过德文特油箱的管子直径吻合。为了验证整个流程，我在油罐后部三个阀门中都发现了一根类似的管子。阀门上安装了一个特制的联管螺母，显然是为了防止任何残留的汽油进入。我想，修车厂的进料口上应该也安装了类似的设备。我不是工程问题专家，但在我看来，运油车司机可以很简单地把小口径管子连接上，而在外人看来他们只是连接了输油管而已。他们毕竟也是用给修车厂运油来掩盖犯罪的。"梅瑞狄斯停下来，望着局长。"长官，我希望这一切都说清楚了。"

"真令人吃惊！"哈德维克上校微笑着回答，"这是我遇到的最简洁的犯罪手段之一。但别让我打断你，督察。你沿着威士忌的线索追踪，查到了运油车的阀门。可酒去哪里了？"

"长官，据我所见，只有一个地方可以去。但对我来说，我看不出他们到底是怎么操作的。彭里斯计量局的官员韦茅斯已经向我们证明了油罐本身是正常的。承载量4500升，根据他的计算，不可能更多了。所以我自然没有再查油罐，而是把注意力集中在车身和底盘上。我有所发现。我承认，长官，我还没能完全证明我的推理，但我想您会同意，我现在验证的可能性越来越高。长官，我不知道你是否熟悉诺克运油车的设计？"

局长摇了摇头。

"我几乎从没有涉猎，梅瑞狄斯。但我敢说我能听懂你的解释。无论如何，慢慢来，我会尽力的！"

"是这样，长官，"梅瑞狄斯接着说，"油罐本身是圆形的，就像是一截巨大的树干一样。"

"是一个大圆筒。"局长说。

"我就是想说那个词！在运油车上的底盘上装着个大圆筒。"梅瑞狄斯看出了局长和警司脸上困惑的表情，急忙说，"让我这样解释吧，长官，想象一下一个狭长的相框，里面装着一个狭长的罐头，罐头的大部分都在相框的上方，然后为了保持罐头的稳定，在相框的两边各固定两个狭长的楔子。"

"继续。"局长提示道。

"嗯，就运油车而言，这两个狭长的楔子，如你所能想象的，相当大，它们的长度相当于油箱的长度，由坚固的木头制成，用一系列的铁支架加固，乍一看，我自然认为它们是坚固的，油箱的重量显然需要相当有力的支持，长官，长话短说。我发现除了4号运油车外，其他运油车上的楔子都是实心的。我们切下了实心的木楔。于是我想，4号车上的木楔一定是空心的。因为在我敲打木楔时，听到声音完全不对。经过仔细考虑，我得出结论，这些楔子表面上是木头做的，而实际上它们是用金属做的，在表面铺了一层薄木板。我进一步推理为，当威士忌穿过中间的排放阀时，就兵分两路，穿过油罐的两边，装进空心的楔子里！再精明不过了！"

"太好了！"局长高兴地咯咯笑着说："这个计划非常简单，主要在于它有防范被发现的安全措施。唯一让我困惑的是，为什么油库里没有人发现这个诡计？诺克公司里总有一些守法的人吧？"

"我认为您说得对，长官，奥姆斯比·莱特不会傻到让太多人知道他的秘密。在我看来，只有罗斯、贝特尔和普林斯知情。其余人只是运送汽油而已！"

"那他们如何管理呢？"

"像这样，长官。每一个有小口径管道的东西都是装好、锁上的，钥匙由运油车工人拿着。比如进料管，就有一个金属盖保护，盖子用挂锁固定在管子上，工人拿着钥匙。进料管本身被放在一个木箱里，同样有挂锁，贝特尔和普林斯拿着钥匙。最后，阀门密封在一个上锁的金属盒子里，钥匙还是运油车司机拿着。这个安排很普通，每一辆运油车都是如此，由于每个司机和副手都只负责一辆车，所以这一伎俩很难被发现。"

"好吧，督察，"局长站起身来，瞥了一眼手表说，"这半个小时真有趣。我很高兴，很高兴你在这个案子上取得的进展。我们现在已经可以开展大规模逮捕，但我强烈认为这样做不符合我们的长远利益。有两个很好的理由。首先我们还得弄清楚威士忌是如何送到酒馆，如何卖给公众的。如果我们想逮捕旅馆老板，这两项调查必不可少。其次是谋杀案，这当然是大案要案。我听说你在谋杀案上停滞不前了？"

梅瑞狄斯闷闷不乐地点了点头。

"是的，长官，很遗憾。"

"好吧，我不会给你提出任何硬性规定。我把决策权留给你。你了解这个案子的细节，我不了解。但我只想说——我想要结果！别让第一个解出的问题影响了你对第二个问题的热情。跟警司商量一下，让我随时了解你在这件事上的进展。就这样，先生们。谢谢你们。"

第二十章

海军上将酒店

"有一件事是肯定的,督察。他们没有将蒸馏酒直接出售给公众。这其中必须有个中介过程。"

梅瑞狄斯和马尔特曼坐在后者的办公室里。他们正忙着推断,奥姆斯比·莱特是如何向公众兜售他的非法威士忌的。马尔特曼对梅瑞狄斯寄给他的样品进行了通宵分析,现在他们正试图根据分析结果建立他们的理论。

"你是怎么想的?"梅瑞狄斯问道。

"嗯,这个蒸馏液的酒精度大概在65度。你知道威士忌是如何发酵成熟和调配的吗?"梅瑞狄斯摇了摇头。"成熟的烈酒通常有些度数差别。蒸馏物被分解,在雪利酒桶中发酵成熟,这一步是为了除去杂醇油。当它准备卖出时,先在保税仓库中存放。它通常在保税仓库中装瓶、贴上标签,然后分发给零售商。所以,我们可以肯定,这些非法物品在送进酒吧柜台之前,已经被水稀释了。"

"如果不通过柜台销售,"梅瑞狄斯小心地插话道,"我们只是假设蜜蜂头酿酒厂在通过附属酒店开展非法活动。我们不了解。这些东西可能是私下出售的。比如卖给不法的夜总会,甚至卖给私人。"

"没错,"马尔特曼承认,"但这并不会改变它被稀释的事实。只要加点水,酒的量就能翻4～5倍,没有人会愚蠢地卖65度烈酒。其次——如何发酵成熟呢?任何一个有味觉的人在尝第一口时就能察觉出原酒的味道。更不用说看颜色了。蒸馏物是透明的。成熟的烈酒是琥珀色的。所以他们要么让它以正常的方式成熟,要么添加某种形式的色素。换句话说,这种非法的烈酒在被销售给公众之前,一定要在什么地方经历另一个流程。问题是,这是如何做到的,在哪里做到的?"

"没错。你有什么主意吗,马尔特曼先生?"

"好吧,"马尔特曼慢慢地说,"我想到了一个可行的办法。昨晚我躺在床上想到凌晨,试图解开这个结。最后,我得到了两种可能的解释。"

"第一个是?"梅瑞狄斯问道。

"你说的,"马尔特曼简短地回答,"通过私人协议出售。假设奥姆斯比·莱特让运油车把原酒卸在他的一间附属酒店里。在那里秘密地用水稀释,着色——很可能是用焦糖——装瓶和贴上标签，然后秘密地以两倍高于制造成本的价格卖给个人。你知道，一瓶12先令6便士的威士忌酒的税是8先令4便士。所以我认为如果他以每瓶3先令6便士的价格卖酒，就既让自己大赚一笔，又能使他的顾客满意。当然，这个计划也有障碍。"

"比如标签，"梅瑞狄斯建议道，"这怎么解决？"

"好吧，如果是为了私人消费，标签就无关紧要了。要是夜总会出售，也不是问题。没有必要每次卖威士忌苏打时都把瓶子送给顾客，对吗？另一方面，印出一个知名品牌的标签很容易，只要贴在瓶子上就好。这个计划唯一的风险是，有些行家发现了这个伪劣产品，向真正的厂家提出了投诉。"

"明摆着的风险，"梅瑞狄斯插话道，"那这个计划一开始就会受到打击。"

"我也这么想，"马尔特曼继续说道，"现在让我们来谈谈我的第二个推测。假设把生酒运到附属商店里，稀释出一个正常浓度，然后与一个知名品牌混合装在一起。那样被发现的可能性就非常小。明白了吗？一瓶纯正的威士忌可以赚到两瓶的利润！"

梅瑞狄斯吹了个口哨。

"我明白你的意思！打开一瓶真正的威士忌酒，把一半倒进第二瓶，瓶上还贴着一个知名品牌的标签。然后，用稀释后的生酒装满两个瓶子,然后出售两瓶纯正的威士忌!"

马尔特曼点点头。督察对他的建议如此感兴趣,他显然感到满意。

"想想利润!"他强调说,"想一想!据我猜测,这种非法的东西大约每瓶成本9便士。假设一应开支有1先令。换句话说,每卖出两瓶勾兑酒,奥姆斯比·莱特净赚11先令6便士啊,再加上零售商在两瓶纯威士忌酒中获得的正常利润。朋友!这是暴利!所有这些附属商店都开展大量交易,更不用提在地下酒吧的销售了。蜂蜜头很可能把这些东西卖给这个地区一半的私人住宅!更不用说工人俱乐部、公共集会和舞会了。我不敢猜测他每年从歪道上获得的利润。利润一定很惊人的!"

马尔特曼赞赏的声音中,梅瑞狄斯假装和蔼地笑了笑。很明显,罪犯通过巧妙的方式逃避了烈酒的关税。毫无疑问,这让他职业地产生反感。

"先别想利润了,马尔特曼!我不关心奥姆斯比·莱特从这一非法活动中赚了多少钱。我想知道他到底是怎么做的。你的意见是在一间附属商店里有一个秘密混合和装瓶的地方?"

"或者每家都有。"马尔特曼赶紧插嘴。

"就说每家都有好了。但问题是,当你在例行巡视时,你有没有发现这些非法操作的蛛丝马迹?你没有吧?正如我所想的。你还坚持你的推测吗?"

"是的。你必须记住,我更关心的是检查手头的存货,而不是四处打听非法装瓶的事情。"

"当然,你的检查总是和经营者的账簿相符合吗?"

"自然。在我们监督下,这个人才不会蠢到显示出多余的库存。他会把多余的酒藏起来,等到需要的时候,再拿出来卖。"

"他的收入怎么办?"

"无能为力,督察。税务官员无权检查酒店老板的账簿。我们的职责是清点实际的库存和商品。仅此而已。"

"如果你的假设是对的,你建议我们采取什么行动?"

马尔特曼仔细考虑了一会儿,摆弄着他桌上的笔。然后他抬起头来,建议道:

"为什么不从'海军上将'那儿买瓶威士忌呢?我们可以将它与在其他地方购买的同一品牌的真酒进行比较。如果通过分析,我们证明这瓶酒不是真的——那就可以了,对不对?"

"一定能检测出来吗?"

"不一定,"马尔特曼承认,"每个品牌的酒各不相同。但在这个案子里,这种差异会非常明显,应该比较容易察觉。"

梅瑞狄斯点点头。

"那肯定会让我们有所发现，但还不能解决所有问题。我们还得证明这些东西在房屋内被动过手脚。"

马尔特曼笑了起来，眼睛里闪烁着会意的神情，看着对面的督察。

"换句话说，就是要搜查房屋！好的，督察。如果那是你想要的，我很愿意。什么时候呢？"

"今天吗？"

"很好。我们去突击检查'海军上将'。我也该去那里看看了，所以我们的出现不会引起恐慌。你在这个地区出名吗？不是？很好！那么你将被训练成为税务官员。我来给你演示一下。作为学徒，你是有点老了，不过我们不会计较。我们2:30在'海军上将'外见怎么样？"

"好极了！我想和当地的警司谈谈，然后去吃午饭，在酒吧外面等你。"梅瑞狄斯站起身，从马尔特曼凌乱的办公桌上抓起他的帽子。"如果我们找不到令人吃惊的东西，也不是因为我们没努力！"

说了几句俏皮话之后，他跳上摩托车，直奔怀特黑文警察局。

2:30，在美美地吃了一顿午饭后，梅瑞狄斯拐进了安妮皇后街，悠闲地朝这家老式酒店富丽堂皇的门面走去。马尔特曼已经在沙龙酒吧入口的玻璃遮篷下等着他了。

"我们必须告知酒店,"他解释道,"现在是停业时间。让我来谈话,以防贝尔廷——他是老板——问出什么奇怪的问题。我想他不会的,但你要当心。"

督察点了点头,两个人走进了黑暗、肮脏的接待厅。马尔特曼熟悉周围的路,他拐进一条长长的格子走廊,潇洒地敲了敲一扇标有"办公室"的门。一个气喘吁吁的声音叫他们进来。

贝尔廷正坐在一张扶手椅上,烤着炉火,膝盖上放着一叠文件。他是个圆脸、肥胖的人,长着下垂的长胡子和一双小小的黑眼睛。一看见马尔特曼,他就笨重地从椅子上站起来,伸出一只粗短的手。

"下午好,马尔特曼先生。这真是个惊喜!我在想你什么时候才会想起来再来看我们。坐下好吗?"他向梅瑞狄斯投去询问的目光,"还有你,先生。"

马尔特曼摇了摇头。

"我们真的没有时间了,不过还是要谢谢你,贝尔廷先生。如果不介意的话,我想马上开始检查。让我向你介绍约翰逊先生。他和我一起工作了一段时间。学习税务的实际应用。"

"很高兴见到你,"贝尔廷气喘吁吁地说,"请原谅我们有很多垃圾,我一直忙着看账本。很抱歉你不能留下来聊天,但我知道你们这些官员是多么忙碌!你要我和你一起去吗，马尔特曼先生？"

"不，谢谢。真的没有必要。只是例行检查。如果你能把存货和其他资料一起给我，我们就自己去转转吧。"

贝尔廷向散乱的文件挥了挥胖胖的手。"好！我没问题！我想你比我更了解那个老地方，马尔特曼先生。"他在桌前翻找，拿出了需要的发票。他把这些东西连同一串贴有标签的钥匙递给了马尔特曼。

"先生们，好了。"他沙哑地笑着说，"希望您会发现一切都是合规的。"

"那样最好，"马尔特曼和蔼地回答，"国家期望所在。好吧，回头见，贝尔廷先生。"

门刚一关上，马尔特曼就抓住督察的胳膊，迅速地领着他穿过走廊。"我们最好抓紧时间，"他解释道，"我们不敢耽搁太久，否则会引起那个讨厌鬼的怀疑。这边走！"

马尔特曼推开了一扇结实的橡木门，打开了一盏电灯，他们顺着一长排石阶走进干冷的酒窖。梅瑞狄斯辨认出沿着墙壁排列着的一排排大酒桶，一箱箱用稻草罩着的酒瓶，一堆啤酒箱高高地堆在一个角落里。

"我们不要在这里浪费时间，"马尔特曼建议，"这是主酒窖。他们应该不会在这儿动手脚——这太显眼了。"

他穿过地窖，经过一个石拱，消失在较远的第二个较小的地窖里。梅瑞狄斯非常激动地跟了上去，尽管他的外表非常平静。他一眼就看出第二个地窖里装满了酒桶。各式各样的桶——从小桶到巨大的铁箍桶。空气中弥漫着啤酒刺鼻的气味。左面墙上有一个小格栅，4月的阳光透过格栅洒了进来。

梅瑞狄斯立刻抓住了这个机会。

"外面是什么地方？你知道吗，马尔特曼？"

"我想是车库的院子。嘿，稳住这个桶，我去看看。"马尔特曼以令人惊讶的敏捷性跳上了一个倒立的桶顶，他抓住格栅钢筋，把自己抬起，直到他的眼睛与开口齐平。"我是对的，"他宣布，"这堵墙侧面与院子尽头相接。我可以直接看到杰克逊的马厩。我们就在那些锁着的车库下面。"

"有诺克油泵吗？你看到了吗？"

"是的。距离格栅5～6米。"

"很好！"梅瑞狄斯大叫，"那么，如果烈酒是通过加油泵被传递到秘密的窖中，入口肯定在这堵特殊的墙上咯？"

"看起来是这样，"马尔特曼重新回到地面上，"我们从两端开始，向中间检查。"

他们毫不迟疑，开始工作。

除了三四个牢牢地固定在支架上的大木桶外，墙上什么也没有。它没有扶壁，也没有凹处，而是从地窖的一侧延伸到另一侧，是一堵完整的粉刷成白色的石墙。但梅瑞狄斯不愿因其表面的坚固而灰心丧气。他从地板上抓起一个龙头，用他一贯的一丝不苟的态度，开始检查每一寸表面。在接下去的10分钟，他和马尔特曼继续做着此项工作，直到墙上的每一块石头都经过仔细的测试。但一无所获。每一块石头似乎都用水泥紧紧地粘在一起，整堵墙一点空隙也没有。

"好吧，可能就这样了！"马尔特曼说，他无法掩盖自己声音里的失望，"现在怎么办？"

"地板，"梅瑞狄斯简洁地回答，"可能会有一个机关连接墙下的驱动轴。无论如何，这将解释其表面上的稳定性。如果有暗门，我想我们可以判断它是地窖在这边的门。他们不会想把轴造得太长。假设我们测试一片2米见方的区域如何？这应该会告诉我们，我们是否在正确的轨道上。"

"对！"马尔特曼尖锐地说，"让我们干起来吧！"

紧接着又是10分钟的疯狂地敲击和倾听，但结果是一样的。一切都很正常。地板上没有暗门——甚至没有一丝空洞的迹象。

"真该死。"梅瑞狄斯喊道，"我确定这里一定有个出口。当然，它可能会从主地窖中流出，输送到诺克油泵的后面。但这里看上去明显没有。距离泵6米远！我们一定是对的，马尔特曼！"

"尽管如此，我们似乎没发现什么，"税务官员评论道，"我们已经看过了那堵墙的每一寸，走过了地板的每一地带。这里没有……"

"坚持住！"梅瑞狄斯叫道，"你提醒了我。你说我们已经查遍了那堵墙的每一寸地方？"

"是的，我们已经查遍了！"

梅瑞狄斯摇了摇头。

"那就是你错的地方。我们还没有呢！那些桶呢？每个木桶后面都有一个圆形的区域，我们还没有检测过。来吧，马尔特曼，帮我把这些支架从墙上拖开。在我们看过桶的后面之前，我不会对我们的搜查感到满意的。"

他们竭尽全力抓住第一个支架。支架一动也不动。

"天哪，"马尔特曼叫道，"是固定的。看，它们被固定在石板上了！"

"桶被固定在支架上，"梅瑞狄斯补充道，"这并不常见吧，马尔特曼？"

"很特别，"马尔特曼迷惑不解地说，"我不太明白……"

但他没有浪费时间去猜测更多的事情，他突然大步走向那一排酒桶，用穿着靴子的脚去检查它们。

"三桶是满的，一桶是空的。"这是他的结论。

"哪一个是空的呢?"梅瑞狄斯问道。

"这一个。从你那端开始的第三个。但我还是不明白……"

但是梅瑞狄斯并没有试图去开导这个困惑的官员。他已经跪在那只空桶的面前,拽着塞子的圆形末端。突然,酒桶盖整个脱落了,梅瑞狄斯几乎向后摔倒在地窖的地板上。

马尔特曼激动地向前迈了一步,凝视着那个巨大的洞。

"可是,天哪!"他激动地说,"这没有……"

"没错。"梅瑞狄斯厉声说道,"桶后面什么也没有。正如我所预料的。我来告诉你为什么——因为这个特别的桶就是我们要找的那个入口。聪明吧?"

"你……你的意思是?"惊讶的马尔特曼结结巴巴地说。

"我的意思是,如果我们爬过这个桶,我们能找到那个秘密的混合和装瓶的地方。怪不得我们没有从墙本身查出任何结果。根本查不出。地下室隔着厚厚的土壤。我们的朋友不会冒任何风险。无论如何,我们不要站在这里推理。只要爬过那个木桶,就能弄清楚了。"梅瑞狄斯瞥了一眼他的手表,"我们在这里已经待了大约25分钟了。再待下去安全吗?"

马尔特曼迅速考虑了一下,认为没有问题。然而,他的建议是，梅瑞狄斯要爬过木桶，同时他，也就是马尔特曼，要把假的桶盖装好。那么，如果有人下到地窖里来，税务人员也不过是执行公务而已。如果贝尔廷出现，马尔特曼会准备好梅瑞狄斯不在的说辞。

梅瑞狄斯决定采取这一行动，一边开着关于障碍跑的玩笑，一边四肢着地爬进桶里，消失在墙上被凿穿的洞里。他刚一进里面，梅瑞狄斯就听到马尔特曼重新把桶装上，残存的最后一点光线都被黑暗完全吞噬。他摸了摸手电筒，把它打开，照亮他面前狭窄的弧形隧道。虽然井里空气很稀薄，很不舒服，但水泥地面很干燥，支撑地面的砖拱相当地干净。梅瑞狄斯手脚并用，迅速地移动到他已经注意到的隧道中的一个小弯道。在这个角落里，他突然发现了他要找的东西！隧道又延伸了两三米，最后在一个方形的小拱顶处达到尽头。在这个地下室里，他能够挺直腰板，观察周围的环境。只要看一眼，就知道他已经到了非法活动的中心位置。小地窖里塞满了威士忌酒瓶，有满的，有空的，有的贴上了标签，有的还没贴。装满瓶盖和密封瓶的板条箱沿着一堵墙一个接一个地堆放。角落里有一张小桌子，上面堆着一捆捆的标签和一盒盒金属瓶盖。一壶胶，一两把用来清洗瓶子的钢丝刷，几块耐洗革，两三个玻璃漏斗，一对刻度烧杯和一个装满水的大容器，整套装置齐全。水箱上面有一个水龙头，显然是通过某种秘密方式与酒店的供水系统相连。从右边的墙壁接出一根短的小口径金属管子，管子弯下来接入一个玻璃容器，里面装着半瓶原酒。梅瑞狄斯一眼就看出，这里的原理和他在德文特看到的是一样的。很明显，这条小口径的管子穿过了油箱外的水泥层，进入了上方院子里的沉孔引入式进水口。如果他曾经对这一业务的经营方式有过任何怀疑的话，那么现在这种怀疑已经不复存在了。马尔特曼的第二种推测是正确的。这就意味着，真正的威士忌正与非法蒸馏酒的稀释产品混合在一起，并在上面的酒店柜台上作为正品出售。

所有未使用的标签上都带有知名品牌的字样和商标。这些没有贴标签的空酒瓶在形状和大小上与某些真正的威士忌酒酿酒厂畅销的那种相似。还有什么比这更简单的呢？梅瑞狄斯认为。由于标签、酒瓶和非法酒类供应充足，他们可以开展批发业务。如果奥姆斯比·莱特的其他附属商店也以同样的方式进行运作，从这种非法活动中获得的利润肯定是巨大的。

梅瑞狄斯花了很长时间来确认玻璃容器里的东西，他爬进了隧道中，以最快的速度回到了桶边。一进到里面，他就完全停下来听着。没有其他声音。只有马尔特曼规律的脚步声在地板上来回走动。他轻轻地敲了敲木桶的底部。

"没事，"马尔特曼低声回答，"一切都好。"

梅瑞狄斯感到他在用力拉桶盖，紧接着督察就笔直地站在地窖里了。

"如何？"马尔特曼兴奋地问。

"货物十分充足，"梅瑞狄斯迅速回答，"稍后再告诉你。"

"我是正确的吗？"梅瑞狄斯点点头。"我想也是。现在我们最好赶快走回老贝尔廷的办公室去。我们到这里已经45分钟了。他可能会觉得可疑。快走吧，督察。"

他们飞快地跑上地窖的台阶，以更庄重的步伐穿过格子走廊，来到老板的办公室。

贝尔廷满面笑容跟他们打招呼，伸手来拿钥匙和发票。

"那么，马尔特曼先生，一切还好吗？我想没有什么不满的吧？"

"什么也没有，贝尔廷先生。"

"那就好。你们两位愿意和我一起喝点苏格兰威士忌吗？"

马尔特曼和梅瑞狄斯交换了一下眼神。

"嗯，就我个人而言，我并不反对这个建议。你呢，约翰逊？"

"当然了。"梅瑞狄斯咧嘴笑着回答。

"好东西。"马尔特曼放下杯子后说。

"是的,马尔特曼先生。如你所知,我们只进最好的牌子。从长远来看,劣质的烈酒是不值得的。我的顾客想要最好的,我保证让他们得到最好的。"

"这是一个非常棒的经营理念!"马尔特曼评论道。

然后,他伸出手来:

"好吧,我们耽误你看账本了。你看起来好像被工作压得喘不过气来。"

"我期待着下次见面,马尔特曼先生。"贝尔廷把他的圆脸转向梅瑞狄斯,"还有你,先生,如果你还没有离开这个地区的话,愿意什么时候来就什么时候来。柜子里总有东西招待你。"

"谢谢,"梅瑞狄斯说,"我敢说我们肯定会再见面的。日安,贝尔廷先生。"

一到看不见"海军上将"酒店的地方,马尔特曼就转向督察,放声大笑。

"可怜的家伙!你最后那句话的讽刺完全是白费唇舌。我想,要是他能猜出你在暗示什么,估计他会睡不好觉。告诉我,督察,你到底发现了什么?我真想听听。"

梅瑞狄斯叙述完后,马尔特曼吹起了口哨。

"这么说,你现在已经抓住他们的要害了,是吗?在我看来,这案子就像已经结束了一样。"

"是的，"梅瑞狄斯同意道，"还有那个案子。"

"还有另一个吗？"

"你忘了一个名叫克莱顿的人，在3月23日晚被人发现死在了他的修车厂里。这堆麻烦该怎么办呢？"梅瑞狄斯叹了口气，"要是我能找到跨过小溪的垫脚石就好了。两边都有知道的事实，却无法联系起来。情况就是这样。悄悄告诉你，我不认为我们能找到垫脚石了，马尔特曼。我的察觉能力变弱了。"

第二十一章

犯罪案情重现

梅瑞狄斯把报告交给汤普森后,当晚从卡莱尔打来了一个电话,要求他第二天上午去总部参加一个会议。他想知道是什么事。这是否意味着局长感到再也抓不住杀害克莱顿的凶手了,决定立即逮捕这个犯罪团伙?这个犯罪案子发生在一个多月前,除了一些无关联的线索,梅瑞狄斯一点也没有解开这个谜团的方案。他相信普林斯和贝特尔在这件事上有牵连。但他无法证明这一点。他认为谋杀的动机源于该团伙决心让一个也许会泄密的人闭嘴。但还是没有证据。只有事实,没有证据。简而言之,情况就是这样。

第二天早晨,梅瑞狄斯怀着既害怕又好奇的复杂心情,敲了敲警察局长办公室的门。他成功地完成了案子的一半,值得祝贺吗?还是因为他没能抓住凶手而受到严厉斥责？

哈德维克上校的第一句话就消除了他的不安。局长坐在办公桌前，被蓝色雪茄烟雾笼罩着，当督察进来的时候，他脸上洋溢着笑容。

"这是个好消息，梅瑞狄斯。我无法形容昨晚收到你的报告我有多高兴。我没想到你这么快就得出结论。不管怎样，先坐下来，抽根烟。你也是，汤普森。我们有一两个棘手的问题要讨论，很不幸，我的时间有限。"

"首先，督察，关于奥姆斯比·莱特这个人，我在跟踪他。我们不能让他从我们的手指间溜走，因为很明显，他是犯罪团伙的智囊和老板。一旦他听到我们调查的风声，他一定会冲过英吉利海峡，把自己隐藏在欧洲某个邪恶的角落里。根据昨天传来的报道，他仍然住在彭里斯的房子里，并完全正常地进行着他的日常工作，显然对我们的关注并未起疑。到目前为止情况还不错。存在的问题仍然是，为了给你时间来完成对谋杀案的调查，我们可以延迟逮捕多长时间？由于这决定了我们未来的行动，我们来回顾下你发现的各种事实，看看我们是否错过了些什么。可以吗，梅瑞狄斯？"

"这再好不过了，长官。"

"很好，那么——来看看我们知道些什么？"局长从桌子上拿起几张纸，戴上老花镜，"我昨晚把独立的证据列了张表。结果是这样的:第一,案发当晚,4号车停靠在德文特。正如人们所预料的那样,它没有像预想中那样在去程途中交付汽油,而是在回程途中交付。为什么这样?由于发动机故障,运油车在天黑后才到达德文特。这个发动机故障是伪造的吗?这样一来,从科克茅斯足球赛回来的车辆就可以合理地看到他们了。离开德文特之后,我们有确凿的证据证明4号车在一个侧弯处停了一会儿。为什么?我们知道,这辆运油车不可能长时间停在转弯处,因为在犯罪发生当晚8:00之前,一个名叫伯恩斯的人看到这辆运油车在回程途中经过斯雷尔凯尔德,并飞快地驶向了油库。运油车就说这么多。现在说第二点,软管。我们知道克莱顿汽车排气管上的软管来自诺克油库后面的垃圾场。这一事实未曾披露,管子是从德文特一个外屋的水管上剪下来的。因此,我们是否可以推断凶手受雇于诺克公司?第三点,碎玻璃。这是一个非常令人困惑的因素。我们是要把它看作无关紧要,还是试图在碎玻璃和犯罪之间找到某种联系?现在你对此有什么看法,梅瑞狄斯?"

梅瑞狄斯在回答这个问题之前考虑了一会儿。他并不急于发表意见,原因很简单,这条线索——如果确实是一条线索的话——给他带来的困惑与局长相同。

"嗯,长官,"他终于出声了,"您给我出了个难题。

我肯定是在运油车很可能停靠的地方发现了玻璃，但我无法断定它是否与本案有任何实际关系。伯尼医生有一个想法，认为那可能是某种化学仪器的碎片。例如试管、小烧瓶或蒸馏罐。但是我看不出化学仪器和犯罪有什么关系。"

"好吧，让我们看看能否找到关联，"局长建议道，"想想克莱顿是如何死的。他因吸入一氧化碳气体而窒息。这些事实有任何暗示吗？你觉得呢，汤普森？"

督察默默地抽了一会儿烟。

然后说道："长官，我认为我能找到一种方法把玻璃和犯罪联系起来。"

"你能的。很好。说出来让我们听听。"

"长官，您对事实的分析使我产生了这个想法。一氧化碳这种气体是否可能是凶手制造的，但是用来犯罪的仪器后来被销毁了？"

"但是为什么呢，汤普森？克莱顿汽车尾气中有一种非常好的毒物来源，为什么要用化学方法制造一氧化碳？"

汤普森摇摇头。

"恐怕我不能回答那个问题，长官。"

"好吧，我们不会驳回这个想法。我们可以在百科全书里查找一氧化碳。就在你头顶上方的架子上。看到了吗？翻到C开头的单词，读出它的解释。"

"一氧化碳，"找到参考后，梅瑞狄斯读道，"一种在燃烧过程中形成的气体……"

"停下吧。"局长不耐烦地打断了他的话,"我们只想知道它是如何化学形成的。"

梅瑞狄斯的手指快速地顺着段落往下移动。

"找到了,长官!它是在实验室里由浓硫酸催化草酸而制备的。"

"不错,"局长评论道,"现在,假设凶手确实用这种方法准备了毒气。他可能有两个小瓶子。一种含有硫酸,另一种含有草酸。通过将一个烧瓶中的物质倒入另一个烧瓶中,这样可以排出一氧化碳,一氧化碳可以从一根连接面罩的橡胶管排出,就像牙医使用的那种。然后,他就可以让受害者窒息而死,而不必求助于汽车的废气。但是,如果他真的这样做了,那我真是想破脑门也想不出为什么了。"

"还有一点。"汤普森突然说道。

"在你发现碎玻璃的地方,草不会显示出某种污点吗,梅瑞狄斯?"

"不一定,长官。"梅瑞狄斯回答,"凶手可能把残留的酸倒进了下水道里。因为他可能意识到了这会留下线索,会有风险。"

"现在,"局长警告道,"别跑题了。我们假设凶手制造了一氧化碳。我们想知道的是,当正好可以利用尾气时，他为什么要费那么大的劲呢？他有没有想到汽车可能在关键时刻发动不起来？这个仪器只是他的多一手准备吗？或者他有什么神秘的原因先让克莱顿吸了气，然后让他坐在车里？但是在讨论这个问题之前，假设我们考虑了其他已知的事实。我在清单上的第四点做了标记——乙丁二砜。在我看来，这是整个案件的关键。因为如果克莱顿没有被下药，我们就不会这么肯定他是被谋杀的。现在这种药物必须以不引起克莱顿怀疑的方式让他服下去。我认为这是一个支持贝特尔和普林斯有嫌疑的证据。克莱顿对他们都很了解。根据瑞克夏少校的证词，我们必须假设克莱顿给他加油时，这些人都在办公室里。克莱顿回到办公室，有人给了他一小杯威士忌。他继续交谈着，直至乙丁二砜产生药效。这就是下药的过程。"

"我的第五点也是最后一点是犯罪的动机。现在，我一遍又一遍地审视着这个案子，试图动摇我的原始理论。但尽管如此，我发现自己无法提供一个更可行的动机，我仍然坚持我的原始观点——克莱顿被谋杀是因为帮派认为让他永远闭嘴比他的命重要。"警长推开他的文件，用镇纸盖住它们，在椅子上伸了个懒腰，"就是这样了。这些都是众所周知的事实。还有疑问吗？"

梅瑞狄斯点点头。"关于那个化学仪器，长官。您不认为凶手想用它代替排气来争取时间吗？"

"督察,我不太明白你的意思。"

"是这样的:如果普林斯和贝特尔确实谋杀了克莱顿,那么他们最关心的是制造不在场证明。他们必须证明他们回到油库的时间是不可能犯罪的。换句话说,他们必须利用时间,使他们看起来比实际时间更早离开德文特。如果您不反对,我想把那个星期六晚上发生的各种事件按时间顺序列出来。"

"可以,来吧,督察,我对最重要的时间因素还是有点模糊不清。"

5分钟后,梅瑞狄斯写好了一张整整齐齐的时间表,交给了局长,时间表如下:

5:45运油车离开洛斯维特。

大约6:00,布雷斯韦特邮递员在德文特停了下来。

6:20司机和司炉看见运油车停在詹金山附近的路边。

7:20瑞克夏少校和妻子在德文特准备加油。由克莱顿服务。运油车停在泵的旁边。

7:35弗雷迪·霍格骑自行车经过德文特。看到克莱顿站在车库入口。运油车开走了。

7:55弗兰克·伯恩斯看见运油车高速穿过斯雷尔凯尔德。

8:35运油车回到油库。

哈德维克上校读完，梅瑞狄斯说："我想这已经很清楚了。你一眼就可以看出，我们已经很好地确定了运油车的行驶路线。我们知道，它一定是在7:20～7:35的某个时间离开德文特的。我们可以相当有把握地说，在7:35之前，它停在那个岔道上——否则弗雷迪·霍格会在从凯斯维克电影院回来的路上遇到它。"

局长同意道："到目前为止还不错，督察。但是这些事实如何与化学仪器的假设相结合呢？我不太明白你在想什么？"

"这个，长官，"梅瑞狄斯解释道，"我的初始理论是普林斯在霍格经过后立即返回德文特，留下贝特尔和停着的运油车在侧弯处。然后大约需要45分钟时间，普林斯要下药，等待药效产生，把克莱顿放在车里，发动引擎，回到运油车上等候。这意味着运油车要到8:20才出发去油库，大约9:30到达那里，但是因为我们从丹西那里得知运油车实际上是在8:35到达油库的，我立即认为这样是不可能的。但是假设普林斯利用了化学仪器的话呢？假设普林斯和贝特尔都回到了修车厂，当贝特尔抱着克莱顿时，普林斯把仪器的喷嘴盖在克莱顿的脸上，让他吸气呢？他最多在5分钟内就死了。然后他们把他抬到车上，让他直挺挺地坐在座位上，随后他们发动引擎，跑回大货车上。假设运油车停下后，花8分钟时间折返，5分钟用来实施谋杀，5分钟把受害者安排在车里、启动引擎。整个过程持续18分钟。然后他们将在大约7:50踏上回程。因为我们知道他们在8:35到达油库，这意味着他们在45分钟内走完了30公里。问题是，一辆空的运油车能保持平均大约每小时40公里的速度（梅瑞狄斯做了一个快速的心算）？您觉得呢，长官？"

局长考虑了一下这个问题。

"坦白地说，我认为不可能。如果我没记错的话，这是条曲折的路。当时天也很黑，途中还有一两个陡坡。你觉得呢，汤普森？"

"我也有同样的看法。"警司回答说。

"督察，除了时间因素，你还忽略了一个重要的事实——乙丁二砜。那个如何呢？"

梅瑞狄斯恼怒地叩击他的手指。

"这真是见鬼了，长官！我已经完全忘记下药的事了！看起来我好像又在一个该死的死胡同里游荡了！"

"不要这么急！"警司笑着回答，"我认为没有必要沮丧，还不到时候。你的新理论让我有了新的思路。让我们重新考虑一下你的时间表。当你审视它时，你难道没有注意到一个非常重要的事实吗？"

梅瑞狄斯似乎很困惑。"我不太明白？"

"我会解释的，"汤普森插话道，"你大概知道运油车离开修车厂的时间。你确切知道它到达油库的时间。但是你一点也不知道它什么时候到达德文特!你看,我要说什么?难道谋杀不可能发生在运油车离开修车厂之前吗?"

"之前!"局长大声喊道。

"之前!"梅瑞狄斯重复道,他困惑不解,"但那不可能!霍格的证据呢?运油车离开后,他看见克莱顿站在修车厂里。"

"诚然。他和克莱顿谈过了吗?"

"他有喊道,'晚安'。"

"克莱顿回答了吗?"

"是的。他挥了挥手。"

"没错!"汤普森得意扬扬,"但是他没有说话!明白我的意思吗?我们怎么确定霍格在7:35看到的那个人是克莱顿?我说他认为是克莱顿,事实上是普林斯伪装成克莱顿的样子!"

"为什么这么想,汤普森"?

"简单,长官,"警司回答,"再来捋捋时间。正如你刚才指出的,督察,贝特尔和普林斯必须证明他们比实际更早离开了修车厂。我坚信他们就在那个时间离开了修车厂。当他们告诉你他们在7:30离开时,这是实话。他们确实在那个时候离开了。但是当他们离开的时候,克莱顿已经死了,坐在车里。"

"但是瑞克夏少校的证据？"梅瑞狄斯反对道，"他确认克莱顿在7:20给他加了油。所以在10分钟内下毒、谋杀并把受害者遗体放在车里是肯定不可能的。"

"是的。但是如果霍格被骗了，为什么瑞克夏不能被骗？他本人并不认识克莱顿。他看到了一个长得像克莱顿的人，既然他以为是克莱顿为他服务，他就不假思索了。"

"那样的话……"局长问道。

"既然如此，长官，贝特尔和普林斯几乎有足够的时间来实施谋杀。我们不知道他们到达德文特的确切时间。6:20时，火车司机看见他们停在詹金山，但是在那之后，我们对他们的行动真的一无所知。但是，为了便于讨论，我们假设他们6:45到达德文特。"

"这是相当合理的假设，"局长评论道，"继续说吧，汤普森。"

"嗯，长官，我看是这样的。4号车在修车厂停着。普林斯将泵连起来，而贝特尔和克莱顿一起到办公室里休息。在那里，他建议喝酒来御寒。他从口袋里拿出下了药的威士忌，克莱顿痛饮一顿，贝特尔假装也这样做了。普林斯在外面守着，而贝特尔与克莱顿聊天。20分钟后，这种药开始产生药效。现在大约是7:50。贝特尔让普林斯赶忙用假胡子、毡帽和浅黄色工作服装扮成克莱顿。他当然会在运油车的驾驶室里准备好这些。在办公室里，他们做好一氧化碳装置，让克莱顿窒息。当瑞克夏少校来加油时，普林斯一直在外面看着，等着为他服务。7:30后不久，瑞克夏开车走。既然没人了，两个人赶紧把死者抬到小屋。希金斯已经把水管固定在排气管上，放上雨衣和麻绳，锁上了车库门。钥匙藏在一个预先安排好的地方。杀人犯把死人放在方向盘上，套好他头上的雨衣，把管子的末端藏在它下面，把绳子绑在他脖子上。门不锁了，贝特尔把化学残留物倒在排水沟里，随后爬上运油车，把车开走了。普林斯在修车厂明亮的入口处闲逛。这一部分非常重要。克莱顿应该活着出现，而且必须在运油车开往彭里斯之后再次出现，这一点很重要。所以贝特尔把车停在那个没有灯的侧弯处，一直等到有人经过。碰巧弗雷迪·霍格从凯斯维克电影院回家，当时是7:35。霍格骑自行车经过车库，看见了普林斯，以为他是克莱顿。"

"普林斯意识到霍格已看过他一眼。等他移开视线，普林斯就冲到小屋，启动克莱顿汽车上的引擎。他关上车门，沿着通往贝特尔的道路飞奔而去，贝特尔现在正和运油车一起等着，他已经用石头砸碎了烧瓶。时间到了7:40左右。路上没人，运油车回到主干道上，朝回程方向快速行驶。它在8:35到达油库——当然，一切都很正常，因为他们离开车库的时间是7:30。这是我对犯罪的重构，长官。我不知道您是否会同意。但无论如何，它确实包含并解释了几乎所有已知的事实。"

局长一动不动地坐了一会儿，用他的老花镜敲打着桌子。显然，他正在调整自己的思维，以便从这个全新的角度来看待这个案件。

最后，他抬起头，思索道："假冒？这当然是一个可行的解释。你同意吗，督察？"

梅瑞狄斯用力点头。

"是的，长官。毋庸置疑！"

"尽管如此，"局长用慎重的语气说，"仅仅因为一个理论符合许多已知事实就接受它，这也是非常冒险的。你肯定也这么认为，汤普森。另一方面，这无疑开辟了一条新的调查路线。如果我们遵循这些新的假设，我们总有机会找到支持它们的证据。"

"我同意，长官，"汤普森插了一句，"例如，他做了伪装。普林斯一定是以某种方式处理掉了这些罪证。如果他做了，我们可能会发现他是怎么做的。"

"这个工作就交给你了，梅瑞狄斯，"局长边说着，边瞥了一眼手表，"好吧，先生们，我现在不能再深入地讨论这件事了。我11:00有个约会，所以我把问题留给你们两个解决。我现在坚定地认为，在进一步调查之前，逮捕行动应该先暂停。我们要密切关注奥姆斯比·莱特，4个修理厂和6个下属旅馆。与此同时，我们最好对其余酒店进行搜查。马尔特曼可能会帮助我们。现在他知道该找什么了，所以我想最好是他一个人执行，督察。如果他把这些地方作为他日常调查的一部分，就不太可能引起怀疑。从现在开始，你最好把注意力集中在谋杀案上。如果你使用警司的理论作为新的调查基础，则会发现许多可以继续跟进的地方。请和我们保持联系。记住我之前说的话，我要结果。回头见，先生们。"

回到汤普森的办公室，两人摆脱了上司面前的拘谨，并投入了热烈的讨论。

汤普森说："我承认他们的计划中有运气的成分。例如，普林斯在修车厂继续等待。如果霍格不是在运油车开走后这么短的时间内就出现的话，可能要过很久才会有另一个证人出现。他们不可能等20多分钟，最后无法及时赶回油库。不过，那是在星期六晚上，证人迟早还是会来的。"

"还有一点，长官。"之前也思考过同样问题的梅瑞狄斯插了一句，"他们希望判决为自杀，毕竟当时证据对他们有利。如果陪审团裁定为自杀，那么我们就无法再推进调查了。不过，不幸的是，像大多数罪犯一样，他们在现场布置上犯了一两个小错误。例如，克莱顿干净的手和那顿等着吃的饭。"

"对我们则是万幸了。"汤普森微笑着说，"梅瑞狄斯，看起来你必须试着找一找，普林斯或者贝特尔5周前有没有购买黄色工作服。或者你可以去当地的戏剧服装商和假发商那里看看，有没有销售了小胡子的商店。我觉得他们自己做不出来。他可能采取了预防措施，比如从伦敦、布莱克浦或其他大城市订购。衣服也一样。我觉得普林斯不会愚蠢到在当地购买。不过，还是值得调查一下。然后是酸的购买。恐怕这希望渺茫，因为可能是奥姆斯比·莱特提供的。似乎你的工作十分艰巨啊，督察！"

梅瑞狄斯愁容满面。

"普查更适用于此案，长官！我宁愿大海捞针！"

汤普森笑了。

"好吧，祝你好运！"

"谢谢，长官。"梅瑞狄斯严峻地回答，"我的确需要运气，还有别的事吗？"

"目前暂时没有了。我每晚要看到报告。"

"好，长官。那我着手做了。"

"什么？"警司大笑，"像大力神一样建功立业？"

梅瑞狄斯皱着眉头。

"不一样。他确切地知道他要面对的是什么。但是我不知道！我就像一个好斗却没有对手的人！"

第二十二章

间接证据

回到凯斯维克，梅瑞狄斯被办公室里熟悉的物品所环绕着，他的悲观情绪消失了。毕竟，他能够面对汤普森建议的如此艰巨的任务吗？当然，他可以在当地各家商店开展漫长而有条理的调查，查出一笔订单。但这不是唯一的线索。从明面上看，似乎还有另一条线索机会更大。普林斯一定为扮装买了衣服和化妆品。梅瑞狄斯不否认这点。但是，普林斯还必须在谋杀发生后摆脱伪装。要弄清楚他是如何做到的，这当然艰巨，但并非不可完成，对吧？

梅瑞狄斯的第一步是回顾卢克·佩里曼发现尸体后，克莱顿的着装细节。他走到橱柜前，打开了锁，把证物摆到了桌上。蓝色的休闲服和内衣的各种细节与他无关，这些都被工作服遮住了。那他留下了什么？棕色布洛克鞋，灰色精纺毛袜子，拉链开到领口的浅黄色工装裤和绿色毡帽。工装裤和帽子被穿得又脏又破：前者沾满油污，后者浸透汗水。另外，他必须加上小胡子——充满特征的小胡子，瑞克夏少校将其形象地描述为"希特勒式"。

普林斯和贝特尔都戴着鸭舌帽，穿蓝色的工作服，翻领上绣着公司的名字。这是他们的常规服装。这意味着，普林斯必须丢弃他的工作服和帽子，换上浅黄色的工作服和绿色的毡帽。就这些了。即便还要增加胡子，也只需几秒钟即可完成一次转换。梅瑞狄斯认为，这非常支持汤普森的论点。

工装裤，帽子，胡子，浅黄色，绿毡帽，希特勒式。

这些关键词一次又一次地在他的脑海中盘旋。工装裤……帽子……胡子……一圈又一圈地，不休不止。

梅瑞狄斯突然不由自主地发出感叹。是不是有所发现？是线索还是纯粹的巧合？但是他能确认吗？一顶绿色的毡帽！希特勒的小胡子！

他几乎无法抑制自己的兴奋和急迫，抓起帽子，扣上披肩，大步走到街上。5分钟之后，他走到一个半独立的小屋门前，敲了敲门。几秒钟之后，一个衣衫褴褛、头发蓬乱的女人将头从楼上的窗口伸出，用洪亮的声音询问来客是谁。

梅瑞狄斯简短地说："警察。皮尔森太太，我想和你谈谈。"

女人的语气一下子变得非常柔和。为自己的冒昧道歉之后,她缩回了头并下楼打开门。皮尔森家的厨房里热气腾腾,温暖着梅瑞狄斯,但他马上投入了工作。他从长期的经验中知道,当质疑一个皮尔森太太这类女人时,对方往往怀揣恶意。她并不是真的具有敌意,实际上,她比任何人都渴望法律的庇护。

梅瑞狄斯严厉地说道:"这是关于你的儿子。"

皮尔森太太吓了一跳。

"他不是又惹了麻烦吧,督察"?

"不,这次不是。是关于不久前的破窗事件。你还记得吗?"

"我知道!"皮尔森太太强调道,"我毫不怀疑是那小子干的。他父亲狠狠地教训了他一顿。我希望不要再为此大惊小怪了,长官。"

"不是那个。"梅瑞狄斯解释道,"是关于绿色毡帽和假胡子。"

皮尔森太太又一次看起来很吃惊。

"你不是在指控我儿子偷了那顶帽子吧?"

"我自有我的怀疑。"梅瑞狄斯神秘地说道。

"那你错了,"皮尔森太太突然精神一振,说道,"安迪可能是个坏男孩,但他从来都不是小偷!我不会相信他是小偷的!他告诉我他从哪里得到那顶帽子的,督察。他从没偷过。他是偶然发现的,就是在波廷斯凯尔附近玩时看到的。"

"是他捡到的!"梅瑞狄斯几乎掩饰不住他的惊喜。"这是什么时候的事?"

"也许一个月前,也许更早之前,我记不清了,但是安迪也许可以告诉你。"

"很好,"梅瑞狄斯说,"我得和安迪谈谈。他什么时候放学?"

"听起来他现在正沿着小路走来,"皮尔森太太说,"这是他吹的哨子。"

皮尔森太太的猜想是对的,转瞬间,门被猛地推开,安迪冲进房间,喊道他饿了,晚饭准备好了吗?一看到督察,他呆呆地站住了。他像泄气的皮球一样气馁。他只是站在垫子上拖着脚,向梅瑞狄斯投下不安的目光,显然想知道他要为他的哪一项罪行负责。

"好吧,孩子,"梅瑞狄斯咧嘴笑道,"最近表现好吗?"

男孩点点头,咽了口唾沫。

"没有再打破窗户了?"

"没有了,长官。"男孩沙哑地保证着。

"现在我要你回答一两个问题。我想要真相,请注意!首先,当我发现你打破窗户时,你戴的那顶绿色帽子是从哪里来的。还记得我说的那次吗？"

男孩点点头："是啊——那是我扮演枪手的帽子。那是我捡到的。"

"在哪里？"

"在波廷斯凯尔桥旁边，长官，是我和吉姆·特纳扮演海盗时发现的。"

"小胡子呢？"

"我拿起帽子时，它就在帽子里面，长官。"

梅瑞狄斯高兴得几乎大声叫出来！所以这两个是有联系的！如果这次他没有找对方向，他能把自己的帽子整个吃掉！他设法压抑住声音里的得意扬扬，接着说：

"孩子，还有什么发现吗？"

"有的。它就在里面。"

"那我们来看看吧？"

男孩走到梳妆台前，打开抽屉，拿出一个小物件，放在梅瑞狄斯手上。梅瑞狄斯只看了一眼，就知道自己没浪费时间询问安迪·皮尔森！如果帽子和小胡子还可能是巧合，这绝对不可能是！一个扳手！蓝色的扳手！蓝色，诺克运油车的颜色！公司的所有配件和设备都与之相配。但是为什么是个扳手呢？

"你到底在哪里捡到这个的？"

"也是在帽子里，长官。卷在帽子里。"

"卷在帽子里!"

梅瑞狄斯差点忍不住大叫。安迪·皮尔森在波廷斯凯尔桥旁捡到一顶绿色毡帽,里面有蓝色扳手,有希特勒式的小胡子。梅瑞狄斯回想了整件事。桥下的小溪湍急,返回彭里斯的超速运油车,普林斯从驾驶室探出身子猛地一抛……

在一阵焦躁中,他转向那个不知所措的男孩。

"现在看着我,孩子——我要你和我一起去波廷斯凯尔桥,告诉我你在哪里找到那顶帽子的。明白吗?"他转向皮尔森太太,"我会在他回学校之前及时带他回来吃午饭。来吧,小伙子。"

男孩小跑着跟上梅瑞狄斯,到了警局车库。督察开出了警用摩托,把他兴奋的年轻乘客安置在副驾驶位。车辆一路飞驰,很快就到了波廷斯凯尔附近的一个地方。在那里,一座古老的石桥在浅浅的、水流湍急的溪水上隆起,桥墩搭在岸两边。

"现在,"梅瑞狄斯说,"你在小溪的哪一边找到的?"

"就在那边,长官,"安迪回答,指着一条沿着小溪左岸蜿蜒的小路,"就在栅栏那边。"

当他们穿过栅栏进入草地时,梅瑞狄斯让男孩带路。犹豫了一会儿后,男孩想起了确切的地点。他突然快步走下草地的斜坡,到了岸边,离桥四五米,他停下脚步,向下指着蜿蜒水道两旁排列的茂密灯芯草地带。

"就在这里,长官。"

"你确定?"

男孩急切地点点头。

"这个是我和吉姆·特纳为了拿到帽子放在泥里的石头。"

"帽子原先在哪儿?"

"就在芦苇边上,长官。几乎淹没在水里。"

"好。现在你还记得你和吉姆·特纳什么时候找到那顶帽子的吗?"

"那是星期天。因为吉姆穿着他最好的套装。他回到家就为此惹上了麻烦,长官!"

"上周日?"

男孩果断地摇摇头。

"在那之前很久。就在我生日过后不久。"

"你的生日,嗯?那是什么时候?"

"3月19日。"

"好的。现在我们要回去了。"刚踏上回去的路,梅瑞狄斯就问道,"你还要那顶帽子和小胡子吗?"男孩点点头,看上去有点不安。"没事的,孩子,"梅瑞狄斯宽慰道,"我只想借用一段时间。我会还给你的。"

"你看,"安迪解释道,"这是我装扮枪手的帽子。我是我们帮派的老大，我不能不戴帽子出门。"

"没错，"梅瑞狄斯在皮尔森家门口停下来，感到很有趣。然后，他把1先令塞到男孩那脏兮兮的手掌里，补充道："不要告诉任何人我给了你这个。你可以去玩具店买东西，明白吗？"毫无疑问，安迪很快抓住了要点。梅瑞狄斯拿走了帽子和小胡子后，跳上警车，开车回警察局。

一进办公室，他就把两顶帽子并排放在桌子上。它们实际上是一样的！他兴奋异常。尽管普林斯可能买的是新帽子，但他显然费劲地把帽子弄脏，还揉搓变形。在帽子内侧，正如梅瑞狄斯预料，没有制造商或零售商的名字。如果上面有标签，普林斯肯定会在扔出去之前，将商标撕下。梅瑞狄斯原先非常想要知道的购买源头，现在似乎也不再需要了！在德文特和诺克仓库之间的直接路线上，有一顶废弃的绿色毡帽，裹着假胡子和一把蓝色扳手。从目前的情况来看，很明显普林斯打算在运油车经过波廷斯凯尔桥时把这些东西投入河中。不幸的是，他误判了距离，帽子变重了，掉到了芦苇的边缘，没有投进水里。安迪·皮尔森说他是在生日后的那个星期天捡到的。他的生日是在3月19日，这意味着男孩们是在24日发现的。犯罪发生在23号晚上！关于帽子，这就足够了！

梅瑞狄斯现在将他的注意力转移到小胡子上。它由深色毛发制成，上面有两个小小的金属夹子，用于夹住鼻孔。站在镜子前，督察试着把它固定好。他认为普林斯几秒钟内就能处理好胡子的伪装。小胡子整齐而牢固地安装到位，十分逼真，令人震惊。很显然，这是由一位专家做的。但是，就和帽子一样，没有丝毫线索表明是普林斯在哪里购买的。关于小胡子也就先到此为止。

现在梅瑞狄斯只剩下工作服没有线索了。普林斯是把工作服和帽子一起从运油车上扔出去了，还是他认为衣服体积太大，不能以这种草率的方式做处理？或许他把衣服直接一烧了之？梅瑞狄斯按照他想到的顺序分别推演了起来。

首先——他们是坐在运油车驾驶室里销毁证物的。普林斯是不是很有可能拿着工作服，然后在回家的路上扔掉了？在谋杀发生前，他可能已经标记了一个可以安全丢弃工作服的地点。这个地点可能是路边的池塘，偏僻的金雀花丛或荆棘。地点有数百种可能性。他甚至可能带着它回到油库，然后在丹西不知情的情况下把它偷运出去，或许还可以把它藏在某个毫无相关的人的垃圾箱里。梅瑞狄斯对这个问题思考得越多，他就越清楚地意识到摆在他面前的任务是无望的。这意味着要彻底搜查德文特和油库之间的每一寸土地，甚至在彭里斯报纸上发布一条迟来的通知——寻找一套旧的浅黄色工作服。如果普林斯把衣服扔进垃圾箱，这些证据很有可能几周前就在市政焚化炉里被销毁了！梅瑞狄斯叹了口气。警方能指望仅凭帽子、小胡子和蓝色扳手的证据就能定罪吗？当然，结合其他间接证据，他们有充分的理由逮捕。但是那12个必须做出判决的陪审员呢？

梅瑞狄斯确信必须找到那些工作服才行。但是如果它们被摧毁了呢？

这使他想到了第二点。普林斯是不是沾沾自喜地把工作服从油库里偷偷摸摸地拿出来，然后烧掉了？要做到这一点，他必须要花费时间并注重隐藏行迹，不被人打扰。这自然会指向他的住处，或者，如果他已婚，就是他的房间或小木屋。这需要他带着工作服走出油库，还不能引起丹西怀疑。罗斯肯定无须关注，因为他与这起犯罪有牵连，而且几乎可以肯定他知道这起谋杀案。下一步，梅瑞狄斯决定去埃蒙特别墅24号拜访丹西。他看了一眼手表，下午1:45。因此，要等到下午6:00以后，他才能找到看门人。他如何填补中间的时间最好呢？首先是再一次排查安迪·皮尔森发现帽子的地方，然后慢速开过彭里斯，寻找可能隐藏工装裤的地方。

因此，他回到格雷斯托克路，匆匆吃完午饭，驱车前往波廷斯凯尔桥。在那里，他不仅对河岸进行了漫长而详尽的搜索，而且他穿上防水靴，对河床也仔细搜查。但一无所获。没有丢失的工作服。他没有排除装着衣服的包裹可能被湍急的水流冲下去的可能性，但是在他探索了所有其他的调查途径之前，他决定暂时搁置这一条线。

接着，他又对德文特和油库之间整整30公里的路边进行了漫长而烦闷的侦察。梅瑞狄斯频繁地记录着，对每个可能的藏身之处做了快速的检查，并在笔记本上记下了它的位置。直到下午6:00，他才抵达油库，并继续向彭里斯驶去。

下午6:30，他拐进凯雷顿街的尽头，在埃蒙特别墅24号前停下来。幸运的是，丹西刚刚下班回来，正穿着衬衫坐在一边喝茶。一见到督察，他就给他的妻子做了个手势，让她去厨房休息，又挥手请梅瑞狄斯坐到椅子上。

"又有麻烦了吗，督察？"

梅瑞狄斯亲切地笑道。

"你和其他人一样，丹西先生！他们都觉得看到我出现就意味着麻烦降临！但是今天，我可以向你保证不必惊慌。我在寻找我通常的猎物——信息。仅此而已。我可以继续往下说吗？"

"当然。"丹西说着，拿起了烟斗，靠到了椅子上。

"还是关于那个星期六晚上。我要你回想一下普林斯和贝特尔在他们停了4号车、离开油库的时候，他们中有谁腋下夹了东西吗？比如一个牛皮纸包裹？"

丹西沉思地吸着烟斗，然后摇摇头。

"不——如果我没记错的话,他们身上没有你所说的那种东西。但是需要提醒你的是,距离现在已经一个多月了。我有可能记错,督察。"

"再想想。你肯定他们什么也没带?"

"唔,"丹西纠正道,"就是很寻常的东西。没有包裹之类的东西。"

"那就是说他们还是带了东西的。"梅瑞狄斯急切地厉声说道。

"他们当然有带啦,"丹西冷漠地回答,"他们的餐篮。但这没有什么奇怪的,不是吗?"

梅瑞狄斯急忙安抚看门人:"没有。我很明白,丹西先生。告诉我——这些餐篮有多大?"

丹西比画了它们的大概尺寸。

"大概是这样,我估计。"

"大到可以塞进卷起的连衫裤?"

"没问题,"丹西带着困惑的表情说,"但我不太明白……"

"我想在那个星期六晚上,你没有看到贝特尔或普林斯往里面塞大衣或连衫裤之类的东西吧?"

"他们可能有,"丹西审慎地回答道,"但是如果他们这么做了,我也看不到啊!"

梅瑞狄斯满意地从丹西那里得到了所有可能的信息,

向他道谢,向他的妻子喊了声"晚安",然后径直走出了门。

很明显,他要去一趟普林斯和贝特尔的住处。根据他们签署的证词,他们住在彭里斯布罗克曼街9号,阿克莱特夫人家。

然而,他意识到只能把访问时间推迟到第二天早上。他不想让运油车司机在他盘问时走进来。因此,他直接返回了凯斯维克,与汤普森取得联系,并报告了他的调查进展。

第二天,刚过10:30,他走出彭里斯大街,向布罗克曼街9号走去。一个40岁左右、矮胖、和蔼可亲的女人打开了门。梅瑞狄斯确定了这是阿克莱特夫人本人,解释说他是一名警官。他相信阿克莱特夫人可以向他提供某些重要的信息。她愿意吗?

督察严肃的声音给她留下了深刻的印象,她把他带进了一个不通风、没有阳光的小客厅,里面满是蕨类植物和一叶兰。她坐在精心装饰的沙发的最边缘,带着蔑视的表情面对梅瑞狄斯。她的表情仿佛在说:"某个地方可能会有麻烦,但我很肯定这与我无关!"有点发福的她展现出十足的高傲。

"阿克莱特夫人,"梅瑞狄斯开始说,"我了解一个叫普林斯的绅士租住在你这里?"

"是的，长官，"女房东立即回答，"他和贝特尔先生。他们共用走廊对面的房间和这边的卧室。普林斯先生没有惹上什么麻烦吧？"

"哦，这倒没有，"梅瑞狄斯淡淡地回答，"这两位先生在你这儿住多久了？"

"大约三年了，长官。"

"他们有什么地方令人不满吗？"

阿克莱特太太犹豫了一会儿，不安地瞥了一眼督察，最后选择保持沉默。

"别担心，阿克莱特夫人，"梅瑞狄斯安慰她说，"你告诉我的任何事情都将受到最严格的保密。你可以选择是否回答我的问题。"

"长官，我不喜欢谈论租客的私事。毕竟，这是他们的家，你明白我意思吧？"

"嗯。我了解你的感受。"

"但既然你保证保密，我不介意告诉你，我很担心普林斯先生。他喜欢喝酒，并且似乎离不开酒馆。"

"他有时晚上回家——呃——喝得烂醉，嗯？是这样吗？"

阿克莱特夫人点点头。

"最近情况变得更糟了，长官。有一两次，我相当害怕，因为他和贝特尔先生在他们的房间里争论不休。不过，普林斯先生是罪魁祸首。因为如果不是普林斯先生，贝特尔先生会很安静。"

"阿克莱特太太，这是从什么时候开始的？"

"从大约一个月前开始，长官。这一切都始于一个星期六的夜晚。如果没有贝特尔先生，我不知道普林斯先生那天晚上会怎么回家。他喝得酩酊大醉！我们生拉硬拽才把他拖到楼上睡觉。"

"你还能记得日期吗？"

阿克莱特夫人想了一会儿。"嗯，那是安妮——那是我嫂子，长官——从特劳特贝克来拜访的前一周。我想想，那大约是3月底。"

"30号还是31号？"梅瑞狄斯提醒道。

"就差不多那个时候。因为她的儿子在谈论他在愚人节要干什么。"

"所以你和贝特尔先生把普林斯拖上楼的那晚一定是23号。"

"我想大概是那时。"

"我可以看看他们的房间吗？"

"嗯，我还没有清理壁炉什么的，但是如果你……"

"没关系，"梅瑞狄斯笑着回答，"我是个有家室的人。我知道在10:30之前，房子里不可能总是井然有序的。带我去吧，阿克莱特太太。"

"请随我来,长官。"

梅瑞狄斯跟着阿克莱特太太的步伐。在这个朴实无华、陈设简单的房间里,有一扇面向街道的大窗。老式壁炉的两边放着柳条扶手椅,房间的中央放着一张餐桌,上面盖着红色毛绒桌布。

"你们家居住的地方可真舒服,"梅瑞狄斯委婉地赞赏道,"顺便问一下,阿克莱特太太,星期天早上你什么时候打扫房间?我想比工作日更早吧?"

"不是的,长官。贝特尔先生和普林斯先生从不早起。我总是在9:00左右给他们送茶。所以直到11:00,我都不会去整理房间。"

"现在我要问你一个相当奇怪的问题,"梅瑞狄斯慢慢地说,"3月24日星期天,当你清理壁炉时,你在灰烬中发现了什么不寻常的东西吗?记住,那是普林斯先生喝醉回家后的那个星期天。阿克莱特夫人?"

"长官,这个问题很有趣。"

"为什么?"梅瑞狄斯厉声问道。

"因为就在那天早上,我在炉箅下的煤渣中发现了半克朗。"

"发现了什么?"梅瑞狄斯喊道。

"半克朗,长官。我不知道它是怎么到那里的。肯定有位先生把它放到壁炉上,它滚到壁炉下面了。我当然向普林斯先生问起过这件事,他说这的确是他的,但他说不出这是怎么回事。"

"我想,"梅瑞狄斯说,从口袋里掏出一些东西,拿出来让房东太太检查,"你没有找到这样的东西,嗯?"

阿克莱特夫人吃惊得瞳孔都放大了。她似乎无法相信看到的证据。她两次试图表达她的惊讶,但震惊得说不出话来,只是发出低沉的嘶哑的声音。最终她终于说出话来:

"你从哪里拿到它的,长官?我把它扔进垃圾桶了!你又是怎么知道我那天早上在煤渣里找到了它和半克朗?"

梅瑞狄斯控制住自己的情绪,急忙安抚这个困惑的女人。

"没关系,阿克莱特夫人。我不是魔术师。这不是你从灰烬中捡到的。这是另一个类似的。你知道这是什么吗?"

阿克莱特夫人摇摇头。听到她没有成为某种巫术的受害者,她显然松了一口气。

"我一时看不出来,长官。"

"这是一个'拉链',"梅瑞狄斯说,"以前见过吗?"

"我真蠢!我当然见过,现在我想起来了。隔壁的格拉思夫人有一个手提袋,就是用这样的东西打开的。真想不到我当时居然没有想起它!"

"你告诉过普林斯先生这个发现吗?"

"没有,长官。我不认为这有什么价值。我只注意那半克朗了。"

"你把那半克朗还给普林斯先生了?"

"是的,长官。"

"你在灰烬中没有发现类似烧焦的布的东西?"阿克莱特夫人摇摇头。

"拉链你是怎么处理的?"

"正如我以前说过的,长官,我把它扔在垃圾桶里了。"

"阿克莱特太太,从那以后倒过很多次垃圾了吧?"

房东太太看起来很惊讶。"哦,不,长官!我不会把炉灰倒入普通的垃圾箱。我总是把它们丢进一个单独的垃圾桶里。"

"为什么?"

"嗯,长官,跟你说实话,我这样可以赚一点钱,但是不多——你得承认,在困难时期,即使一点都会有所帮助。"

"你是说你卖炉灰赚钱?"

阿克莱特夫人点点头。"我的隔壁邻居帕森斯先生。他在足球场附近有一块空地,他喜欢往土壤上铺点灰。我想他在筛灰,想用炉渣铺成一条路。如果你真的想知道他做了什么处理，你最好亲自去见见他，督察。"

"我想我会的，阿克莱特夫人，谢谢。他住在哪一边？"

"在8号，长官。"

带着新掌握的信息，梅瑞狄斯对女房东的帮助表示感谢。并警告她，无论如何，不要提及他的来访。梅瑞狄斯对自己取得的进展感到激动和无比高兴。他走上街头，敲了敲8号的门。随后，他得知帕森斯先生在杜克街的五金商洛夫戴-怀特店里。由于他直到下午1:00才回来吃饭，梅瑞狄斯决定去商店找他。

梅瑞狄斯快步走到五金商店。在寻找帕森斯先生时，一位商店的助手告诉他，他在商店后面的房子里登记一批新的存货。梅瑞狄斯随即指出他的事情相当紧急，并请求助手带他去商店后面见见帕森斯先生。助手同意了，带着督察穿过狭窄的货架通道，通向主储藏室。助手离开后，梅瑞狄斯向店主介绍了自己，然后就开始谈话。

"我就不长篇大论地解释这次来的原因了，"梅瑞狄斯不假思索地说，"你只要知道这是一件严肃的事情就够了——非常严肃，帕森斯先生。我需要你的合作。"

梅瑞狄斯简短地说了灰烬的事情，他是从阿克莱特夫人那里得知的。他最后请求帕森斯陪他去那块地里看看。经理批准同意他暂时离开一会儿，两人快步向足球场走去。到达那块地后,帕森斯带领督察穿过迷宫一般纵横交错的小岔路,随后到达了一块相当大的土地旁。店员自豪地表示这块土地是他自己的。梅瑞狄斯立刻注意到,这一片几乎被一条新铺设的灰土路包围。这条路还没完全铺完。显然,炉渣是最近才被倾倒上的。帕森斯立即证实了这一事实。

"事实上,长官,我几天前才把东西拿出来。我从商店借了一辆手推车,一次就把所有的炉渣运了出来。"

"我想这些都是筛选过的?"

帕森斯点点头。

"你用的是细的筛网吗?"

男人回应说是的。

"所以,如果有这样的东西,"梅瑞狄斯补充道,他拿出从克莱顿工作服上取下的拉链,"它会留在炉渣中吗?"

"是的,长官。"

"我想,你在筛选的时候没有注意到像这样的一条金属?"

帕森斯摇摇头。他很肯定他没有。

"那我们可以这样认为,如果这个在你从阿克莱特夫人那里得到的炉渣中,那它现在应该就在你铺的这条新路上?"

"是的,长官。"

"你介意我看看吗？用耙子或锄头稍微翻动一下表面，因为这是我必须做的工作，帕森斯先生。对不起了！"

帕森斯显然不太情愿，他小心翼翼铺设的新道路会被破坏，但他还是接受了梅瑞狄斯的请求。他打开一个小木屋，拿出耙子和锄头。过了一会儿，这两个人开始努力工作。梅瑞狄斯和店员从矩形的两端开始，翻找每一寸熟料。对梅瑞狄斯来说，这是最重要的时刻之一。在他看来，这是整个谋杀案中最关键的一项调查。只要找到第二个拉链，指控贝特尔和普林斯的证据链就能够完成了。这两个人中谁实际上灌入了一氧化碳，这是无解的。如果汤普森的理论是正确的，那真的没关系。因为如果普林斯让他吸入了一氧化碳，那么贝特尔一定是在当时抓住了受害者。他们俩都同样犯有谋杀罪。

但是问题仍然存在——他会在灰烬中找到最后一点证据吗？当他们一步一步地走过起伏的路面时，梅瑞狄斯的心沉了下去。再过两三米，他和帕森斯就会背靠背了。督察带着燥热的不耐烦情绪，但也带着令人值得称赞的小心谨慎态度，一次又一次地把锄头挖进压紧的炉渣里，把它们松开，耙拢过来。他听到身后帕森斯耙子的刮擦声，迫在眉睫了，每秒钟都在逼近。

然后，就在他放弃所有希望陷入绝望的时候。帕森斯突然惊叹一声。梅瑞狄斯转过身来。对方伸长了脖子，盯着他右靴尖附近闪烁的东西。

"天哪!"梅瑞狄斯喊道,"你找到了!绝对没错,帕森斯先生!来,让我们看看。快!"

他俯下身,抓起那块薄而柔韧的金属,仔细检查了一下。一眼就看出来了。帕森斯找到的拉链和他从克莱顿的工作服上撕下来的拉链是一样的!这意味着他如此渴望的确凿证据现在就在他手中!这个锈迹斑斑的废金属极有可能会把两个男人送上绞刑架。

仅此而已!第二个案子和第一个一样,现在已经可以结案了!只剩下必要的逮捕和审判。警察的工作就此结束。这些罪行的最后几章将由法官和陪审团那无情的手来书写——英国司法的公正公平锤炼出的无情。

在感谢了一头雾水的帕森斯先生后,梅瑞狄斯径直回到了彭里斯警察局。他开出警用摩托,匆忙赶回凯斯维克。

现在思路非常清晰了,但有一件事,在如此之多的事情中仍然困扰着他。阿克莱特太太家起居室壁炉里的工作服被普林斯烧掉了,这一点现在可以肯定了。在匆忙和兴奋中,他忽略了拉链不会和工作服一起被烧掉,这一点同样是肯定的。正如梅瑞狄斯所见,在他到达油库之前,他已经把衣服卷好,塞进了餐篮里。丹西没有注意到,他把衣服带回了住处。等到安全了,他很可能在阿克莱特夫人收拾完、用餐后，把工作服扔到火上，一直等到它们完全被烧毁。此时，他和贝特尔都会感到心满意足，到附近的一家酒吧休息，用饮酒狂欢消除他们的恐惧。普林斯回到布罗克曼街时完全失去了意识。从那一天到现在，他的所作所为显然说明他在借助酒精保持勇气。贝特尔显然对事情采取了更为冷静的态度。梅瑞狄斯认为，他比他的同伴要冷酷得多。

但还有一件事让他困惑不解。半克朗。为什么是半克朗？它从这个男人的口袋里滚了出来，和拉链一起滚到壁炉下面，这是巧合吗？是他们烧毁工装裤时，有一个人正靠着壁炉吗？如果是这样，对警方来说，这样的事故是种幸运。梅瑞狄斯很快意识到，要不是有了半克朗，阿克莱特夫人就无法如此准确地确定普林斯饮酒的日期，也无法发现拉链了。他认为这一点非常重要。但是不知何故，他不认为这半克朗是偶然落入灰烬中的。几乎可以肯定，如果是从他们的口袋里滑落了，他们会听到它掉到壁炉里的声音。那么，还能如何解释呢？梅瑞狄斯只能看到一个可行的解释：半克朗一定本来就在工作服的口袋里。但是为什么呢？工作服是伪装的一部分，不是普林斯的日常服装。当他真的穿着工作服的时候，他怎么会把半克朗塞进口袋？有什么原因吗？

梅瑞狄斯回忆了在模仿过程中发生的一系列事件。首先,瑞克夏少校和他的妻子在加油泵前停下了车——车辆猛烈转向,险些撞上被拉到路边的一辆农用车。傻瓜,梅瑞狄斯想。瞎眼的傻瓜!瑞克夏少校停下来要加油,伪装成克莱顿的普林斯开始帮他加油。瑞克夏用半克朗硬币买了单价1先令3便士的汽油。普林斯把硬币塞进了口袋。这个解释很合理。梅瑞狄斯回忆起他对少校的问询。他记得特别询问过他交出的硬币的面额,瑞克夏说他清晰地记得价格,并谈到了半克朗。所以他对布罗克曼街9号的访问给他提供了两条致命线索,不止一条!它决定了运油车司机的命运。从这一刻起,普林斯和贝特尔的命运已经确定!天网最终包围了他们——这是一个错综复杂的间接证据网络。

梅瑞狄斯不能否认这起谋杀是冷血的、有预谋的。现在他的努力取得了圆满成功,他不禁对那些被他绳之以法的人感到一丝怜悯。这是他第一次独立开展谋杀调查,他的怜悯因成功的喜悦消退了一些。他又想到克莱顿,他本来即将翻开新的一页;莉莉·里德也被未婚夫去世的消息改变了。本能地,他收紧了下巴,双手狠狠地抓着车把。他只是尽了自己的职责。因为生命和财产必须得到保护。毫无疑问,贝特尔和普林斯应该被绞死,这是对的!

# 第二十三章

最终围捕

梅瑞狄斯在彭里斯的最后发现为他的调查画上了句号。在他向卡莱尔提交了一份报告后,他被传唤参加第二天在总部举行的最后一次会议。在那里,他了解到马尔特曼成功地发现了其他5家酒店的加工室。它们都使用了与"海军上将"相同的方法——用假的酒桶伪装地道口,一条隧道通往地窖,地窖直接位于诺克油泵的下方。每一个隐藏的地窖都塞满了威士忌酒瓶和知名品牌标签和稀释原酒的设备。

因此,剩下的就是追捕歹徒了。局长已经拟定了一份包含所有人的逮捕令。首先,奥姆斯比·莱特面临两项指控。他将被指控谋杀克莱顿,这是一项几乎可以肯定是他煽动的罪行,以及为逃税而非法酿酒的罪名。当然,贝特尔和普林斯会受到主要指控,希金斯一直是从犯,他们也面临非法酿酒的指控。维克、斯坦利霍尔、菲萨姆修车厂的每个人面临非法酿酒的指控。最后，这6家酒店的所有人面临非法贩卖的指控。哈德维克上校也觉得，等揭露了这个团伙更多的违法行为，可能将逮捕更多的人。罗斯是诺克油库的负责人，尽管目前还没有证据指向他，但他因涉嫌参与非法活动而被拘留。大家普遍认为，在对其他囚犯进行交叉质询后，将会有确凿的证据证明他有罪。

局长接着谈到逮捕的方式。

为了防止该团伙的成员通风报信，逮捕应同时进行。行动要同步展开，让他们连打电话的机会都没有。事不宜迟，局长已经决定逮捕计划将在第二天午夜实施。4个修车厂和6家酒店里各派两名便衣警察。还有两个人将在罗斯的家里开展逮捕。汤普森要在彭里斯执行特殊任务，而梅瑞狄斯要在一名警长和两名警员的帮助下，到布罗克曼街对付贝特尔和普林斯。一旦逮捕完成，囚犯将被送往卡莱尔总部。就迄今尚未充分调查的3个修车厂而言，逮捕后立即开展搜查。正如局长指出，需要物证来支持每一项指控。出于同样的原因，在丹西的帮助下，警方将进一步搜查罗斯的办公室。他的书和私人文件将被翻阅，希望从中能找到这个非法组织更详细的确凿证据。

局长部署完计划，开始询问汤普森和梅瑞狄斯是否还有其他要讨论的问题。

督察开了口。

"只有一件事,长官。我们认为其他运油车司机与这一非法活动无关,这一点应该没错,对吧?"

"不,"局长说,"不能完全肯定!但这是我们必须承担的风险。如果这些人参与了非法活动,那一定要在对整个团伙宣判前揭露出来。就我个人而言,我倾向于相信只有普林斯和贝特尔会被定罪。原因有两个。自从我们上次见面以来,已经进行了调查,我们已经确定奥姆斯比·莱特在沿海城镇只拥有那6家酒店。由于他的犯罪计划中,酒店是至关重要的,运油车只是用来传输。梅瑞狄斯,当你检查运油车时,你就发现只有4号车装有假油箱。"

"这就够了,长官!此外,犯罪团伙中的成员数量越少越好——您不同意吗,长官?"

局长表示同意,在进一步讨论了细节后,会议结束了。

正如局长部署的那样,行动正常进行着。第二天午夜,实施了多次逮捕。所有罪犯那时都在酣然而睡,对抓捕一无所知。

对梅瑞狄斯来说,逮捕的环节不具有戏剧性。根据指示,阿克莱特夫人没有锁布罗克曼街9号的前门。梅瑞狄斯蹑手蹑脚地上楼,马修斯警长、雷顿和另一名警员紧随其后。他猛地打开卧室的门,打开灯,叫醒那两个人,让他们穿上衣服。罪犯们意识到游戏结束了,只得安静照做。警察在对房间的搜查中发现了更多的罪证。梅瑞狄斯在抽屉里发现了两瓶用了一半的酸。尽管标签被刮掉了,但分析证明瓶子中分别含有浓硫酸和草酸,这令人信服地证明了汤普森警司对犯罪的推理是正确的。

其他逮捕都是以同样有效而不引人注目的方式进行的。接下来是汤普森的特有出场情节。

根据计划,11:30时,他和警员在布雷肯赛德广场里把守着,为午夜进行逮捕做准备。当他们到达现场时,高处的窗户上孤零零地亮着一盏灯,光线从卧室的窗户里透出来,映出一个人的影子,因此他们知道他在里面,那就是他的卧室。因此,汤普森决定在一楼的每扇门和落地窗前都留一个人把守,因为即使奥姆斯比·莱特已经躺在床上了,他也很明显没有睡着。汤普森和警长按前门的门铃。如果奥姆斯比·莱特亲自来开门,他们将当场逮捕他。如果是女仆或男仆来开门,他们就冲上楼梯,直奔他的卧室。

11:50时,灯熄灭了。这些人各就各位。午夜钟声敲响时,汤普森按响了前门的门铃。经过相当长一段时间的等待,门被一个穿着睡衣的女仆打开了。看到这两个人,她在他们能够警告她之前尖叫了一声。在喧闹中,她做出了普通女人会有的反应——晕倒了。汤普森和警长先前已经确定了他卧室的确切位置，他们两步并作一步走，径直向门口冲去。然后他们遇到了意想不到的障碍。令他们大为懊恼的是，门被锁上了！汤普森随即依据法律，要求对方开门。尽管灯打开了，奥姆斯比·莱特并没有遵从他的要求。随后，这两个人开始撞门，经过一系列暴力拆卸，成功打破了门板。悲剧就此发生了！

正当汤普森从破碎的木门中伸出手去打开里面的门锁时，里面传来了震耳欲聋的声响。大家都知道发生了什么。进门后，他们看到奥姆斯比·莱特躺在床上，手里拿着一把冒烟的左轮手枪，致命的头部伤口在冒血。在他们抓到他之前，他已经死了。警方警告说游戏结束了，他发现只有一条路可以摆脱困境，于是他选择了自裁。

奥姆斯比·莱特的自杀证明了自己确实有罪，在他的私人保险箱里发现了各种书籍、账目、备忘录，这些足以证明包括罗斯在内的整个团伙都有罪。他煽动贝特尔和普林斯除掉克莱顿，这点毋庸置疑。贝特尔和普林斯受到了极刑。最后发现，是希金斯把软管固定在克莱顿汽车的排气管上，把门锁好，把钥匙藏在事先安排好的地方，然后他前往彭里斯的灯塔酒店，制造自己的不在场证明。所以，希金斯被判了15年劳役刑。

其余的就没什么好说的了。这个骗局已经持续了7年，据估计，奥姆斯比·莱特在那段时间里净赚了整整

50000英镑。该团伙的其他成员的刑期2～4年不等。普林斯、贝特尔和罗斯在他们来到北方之前就已经彼此认识了,而奥姆斯比·莱特为了非法卖酒,雇用了他们。那6家酒店的店主情同手足,丰厚的利润让他们缄口不言。在对贝特尔和普林斯的审判中,汤普森关于谋杀是如何发生的理论在每一个细节上都得到了证实,而梅瑞狄斯督察关于如何经营这一犯罪的推理也得到了证实。

梅瑞狄斯督察呢?现在可不能这么称呼了。现在是梅瑞狄斯警司——在卡莱尔总部与汤普森搭档!这次晋升实至名归!

完

大英图书馆
LIBRARY BRITISH
侦探小说黄金时代经典作品集

《女侦探》

《圣诞老人疑案》

《动物园谜案》

《帕洛玛别墅的秘密》

《维尔沃斯花园案》

《飞行疑案》

《牛津谜案》

《豕背山奇案》

《海峡谜案》

《地铁疑案》

《湖区疑案》

《银色鱼鳞谜案》

《康沃尔海岸疑案》

《切尔滕纳姆广场疑案》

图书在版编目（CIP）数据

湖区疑案 /（英）约翰·布德著；钱竞译. — 北京:中国青年出版社，2020.1（2023.3重印）
书名原文: The Lake District Murder
ISBN 978-7-5153-5933-5

Ⅰ.①湖… Ⅱ.①约… ②钱… Ⅲ.①侦探小说—英国—现代 Ⅳ.①I561.45

中国版本图书馆CIP数据核字（2020）第013484号

著作权合同登记号：01-2019-2473

This edition published in 2014 by The British Library 96 Euston Road London NW1 2DB © The British Library Board

湖区疑案

作　　者：	(英)约翰·布德
译　　者：	钱竞
责任编辑：	彭岩　刘晓宇
出版发行：	中国青年出版社
社　　址：	北京市东城区东四十二条21号
网　　址：	www.cyp.com.cn
编辑中心：	010－57350407
营销中心：	010－57350370
经　　销：	新华书店
印　　刷：	北京中科印刷有限公司
规　　格：	889×1194 mm　1/32
印　　张：	10.25
字　　数：	140千字
版　　次：	2020年8月北京第1版
印　　次：	2023年3月北京第2次印刷
定　　价：	42.00元

如有印装质量问题，请凭购书发票与质检部联系调换
联系电话： 010－57350337